扭轉衰小人生 4 完

風文創 1142

十二鹿 著

風文創
1142

目錄

第三十一章

椒房殿。

皇后看著對面的明夫人，眉頭緊皺。

「娘娘，七殿下這一齣先斬後奏，真是打得我們措手不及啊！」明夫人嘆道。

「孩子長大了，翅膀硬了。」皇后冷哼一聲。「他以為皇帝賜了婚，本宮就沒辦法了嗎？只要他還想要那個位置的一天，這大雲朝的皇后，就只能姓明！」

「可是，余璟賜封忠勇大將軍，他出身再是不好，看著卻也不像是肯讓女兒做妾的樣子。」明夫人斟酌道：「臣婦瞧著，余將軍怕是一心向著錦陵縣主呢……」

皇后瞟了明夫人一眼。「妾？皇帝的妾，豈是普通的妾室可比？大雲的歷代皇后，哪一個不是出身世家大族？無論她是盧陽侯的女兒，還是忠勇大將軍的女兒，都還不夠格。」

明夫人知道是這麼個理，心裡卻仍舊很擔心。「可娘娘，七殿下到底不是您親生的，終究隔著一層，若是硬逼著他娶了自家人……」

皇后不以為意。「明家自大雲開國便獲封國公爵位，傳襲至今，余璟他在朝中的根基才有多少？他想要兵權，本宮自也不攔著他，可條件卻要談好。他若不肯，本宮自有治他的法子。不過，煜兒的性情，本宮多少還是瞭解的。本宮有大恩於他，他無論如何也不會忘恩負義。」想了想，皇后又道：「余璟的意願卻也不好忽視，錦陵縣主除了出身低些，才貌上都是佼佼。妳不是說，昀彥那孩子有些迷了心嗎？實在不行，若他二人婚事能成，也算良配。妳若是擔心女兒過了門受委屈，倒也不必，煜兒在這方面像極了陛下，是斷不會辱沒了正妻，行那等寵妾滅妻之事的。再等日後有了孩子，這感情自是就培養出來了。」

「可是，娘娘……」明夫人臉色微沈。「若是七殿下沒有動過兒女心思，培養感情自是不難。可怕就怕在，他已經動了心思啊！這男人啊，最怕的就是想要的得不到。」

皇后一挑眉。「妳是說煜兒和錦陵縣主？這本宮之前倒是有看出些端倪來，可那也不過就是小時候的一些情誼罷了。兩人也算是青梅竹馬，親近些不算什麼，應該還到不了男女之情的分兒上。」

「娘娘，恐怕並非如此啊！」明夫人提起往事。「當初臣婦幫錦陵縣主的忙，送盧陽侯府的庶女去慈雲庵出家，彥兒想見縣主，便也跟了去。結果兩人沒說幾句話，七殿下居然到了，且臉色陰沈，騙彥兒說臣婦尋他說話，愣是逼著他不得不離開，之後和縣主兩人單獨在一塊兒，也不知說了什麼。後來彥兒和臣婦說，在那一刻，他就覺得七殿下已經……不是以前的那個七殿下了。」

聽著明夫人說完，皇后的眉頭又一次擰了起來，良久才說道：「難道，煜兒當真是單純為了縣主才請旨賜婚，而不是為了余璟的兵權？」

明夫人垂下眼簾，沒有答話。

「這倒是難辦了……」皇后轉了轉腕上的鐲子。「可再難辦，也得辦。回去告訴大哥，按之前的計劃做好準備，不得有誤。」

明夫人無奈地點了點頭，復又猶豫道：「娘娘，可這人選……臣婦以為，琦兒她是不可能了。這孩子太不服管教，為了逃婚，一下子就跑到邊關這麼久才回來，她恐怕是要壞了咱們的計劃啊！」

皇后沈思了一會兒，也覺得明夫人所言有理。

「娘娘，依臣婦看，不如就選玥兒吧？她可是打小就喜歡跟著七殿下呢！」明夫人提議道。

皇后一愣。她記得這個姪女明玥，是大哥和嫂子的小女兒，因為上面有兄姊，被寵得很驕縱，又因著年紀小，也沒有明琦的名氣大。

「論起來，琦兒倒是和錦陵縣主的性情有幾分相似之處，可玥兒……」皇后想了想，最終道：「也罷，那就換成玥兒吧。」

宮宴第二天，余璟帶著慕媛先行回到皇帝新賜的將軍府歸置東西。

余歲歲卻並未在武館休息，而是早早就出了門。

不為別的，因為她聽方雋說，在大約半個月前，盧陽侯禁了余清清和余靈靈的足，不許她們到學館來授課，理由是：未嫁之女拋頭露面，就是丟人現眼！

余歲歲一聽便氣不打一處來，難怪昨日宴上未見到她們。當下怒氣沖沖，讓人套上馬車，就往侯府去了。

「二姑娘？」門房看見她，不由得嚇了一跳。「您、您怎麼來了？」

「怎麼？這家我還回不得了？」余歲歲沒好氣。

「小的不敢！」門房何時見過她這般？趕緊賠罪讓路。

余歲歲帶著晚桃，快步就進了府，直奔絳紫苑。

「二姊姊！」余靈靈和余清清正好在一處，見她突然到來，都驚喜不已。「二姊姊，妳終於回來了！」

「我們聽說大軍班師回朝，宮中設宴慶功，就知道妳一準兒會來，卻沒想到這麼快。」余清清道。

余歲歲撇了撇嘴。「我回了學館才知，妳們已有半月未曾前去授課。學生們的課業都耽誤了，我如何不來？」

「合著二姊姊不是為了我們，而是為了學館？」余靈靈故作傷心。「唉，終究是錯付了！」

余歲歲一噎，早知道就不該教這小丫頭那麼多騷話。

「行行行，就當我是為了妳們！收拾收拾，跟我走，我帶妳們上學館去住幾天。」余歲歲道。「我爹已經開府，之後我和阿越都會搬走，學館裡之後會空出不少房子，妳們住起來也方便。」

之所以這樣提議，余歲歲也是有考慮的。

余清清不服二老爺管教已經很久了，越叛逆的事余清清就越開心，而余歲歲就是要借此打廬陽侯和二老爺的臉；至於余靈靈，年紀尚小，外出住幾天，秦氏也不會說什麼。

果然，對面兩人半分猶豫都沒有，轉身就回自己屋裡收拾東西去了。

過了一會兒，三人帶著各自的丫鬟，丫鬟身上還揹著個小包袱，浩浩蕩蕩地出了絳紫苑的門。

結果沒走出兩步，就被余老夫人身邊的連嬤嬤給攔了。

連嬤嬤一張口就指責余歲歲回家卻不拜見老夫人和侯爺。

余歲歲想了想，便也應了，跟著她去正院見余老夫人。

一進屋，余老夫人看向余歲歲的眼神都是綻著光的。

她現在無比慶幸當初余歲歲把余宛宛推進湖裡後，沒把余歲歲扔在偏院自生自滅。現如今，她縣主也封了，甚至還成了皇子妃，他們侯府以後要有大富貴了！

「歲歲回來了？快，過來讓祖母看看瘦了沒有？」余老夫人張口就是做戲般的親暱。

余歲歲冷笑一聲，連陪著做戲的興致都沒了。

「祖母既要來斥責我不懂規矩、不守孝道，那便開門見山，無須做這些許鋪陳。早些說完，我們還能早些走。」

「妳！放肆！」余老夫人臉色大變。「不要以為妳封了縣主、余璟封了大將軍，妳就能無法無天了！說破天去，妳的余是盧陽侯府的余，不是他余璟的余！」

余歲歲不緊不慢地反駁道：「祖母，這話您說錯了。陛下金口玉言說過，我與爹爹乃是父女，不容更改。昨日在宴席上，陛下更是親口答允了我日後可從將軍府發嫁，換句話說，我與侯府可以隨時再無關係，即便是嫁妝，都無須侯府出半分。」說著，余歲歲一挑眉。「我爹封了大將軍，我是陛下親封的縣主，我就是敢如此！有爹不靠，有大腿不抱，那是傻子——這個道理，還多虧了祖母和侯府這麼多年來對我時時刻刻的『諄諄教導』呢！」

一番話說完，余老夫人更是氣得說不出話來了。

從小，侯府就沒有人能在嘴上從余歲歲這裡討到便宜，如今她尾巴翹上了天，更是難上加難了。

想了想，余老夫人決定換個地方下手。

「哼！好哇，縣主的規矩我是管不了，可清清和靈靈是我的孫女，妳這樣公然帶她們出府，是何道理？難不成妳不孝，還要拉著自家姊妹下水嗎？」

余歲歲一攤手。「祖母這話，說得可就不講理了。我的規矩不都是您教的嗎？四妹妹和五妹妹的規矩，可也都是一脈相承。到底是為什麼，能讓她們對這個家半分留戀都沒有，祖母可曾仔細想過？當然了，您自是覺得您全無過錯，錯都是我們的。好，那就算是我們的吧。不過好叫您知道，陛下已下聖旨，文武學館由我協助我爹辦學。四妹妹和五妹妹是學館的女先生，她們耽誤了學生的課程，我就有權來管。祖母若是不樂意，那便去向陛下提吧！」說完，余歲歲扭頭就要走。

余老夫人氣急敗壞地指著她的背影，想叫人來攔她。

這時，一個家僕從外面跑進來，大聲通報——

「老夫人！祁川、祁川縣主帶著三姑娘，回來了！」

余歲歲的眼睛驀地一亮。余欣欣，她也回來了？

余清清和余靈靈兩姊妹也瞬間抬起頭，朝門口焦急地望過去。

只見沒過一會兒，院門外就走進來兩道身影。

為首的是祁川縣主，跟在後面的，正是好久不見、一身素色衣裙的余欣欣。

「歲歲，妳要怎麼感謝我？我可是又給妳帶回來一個當先生的好苗子呢！」祁川笑著走近。

余歲歲莞爾一笑。「來得正好，那就一起走吧！」

「余清清！妳敢！」余老夫人從椅子上站起來，知道惹不起余歲歲，便逮著余清清下手。「等妳爹回來，看他怎麼收拾妳！」

余清清一回頭。「祖母，孫女只是去學館暫住，並非是做什麼十惡不赦的事情。至於我爹……自從把我的幼弟過繼給大伯父後，他眼裡便再沒了我這個女兒。我做任何事，都與他無干。」說完，余清清朝余老夫人規規矩矩地福了福身後，轉身就走。

余靈靈也跟著行禮，隨後便不再逗留。

余欣欣跟在祁川縣主身後，低眉順眼，彷彿壓根兒沒瞧見余老夫人一樣，調轉了個方向，也跟著走了。

待余歲歲大步流星，帶著幾個姑娘跨出侯府大門的那一刻，她聽到余清清發出一聲喟嘆——

「活了十幾年，這會兒才覺得，真正為自己活了一回！」她轉頭看向余欣欣。「三姊，妳怎麼回來了？」

余欣欣在慈雲庵待了這麼久，眉眼間的戾氣消解不少，人瘦了，語氣卻不減當年。「怎麼？怕我回來，比妳講課講得好，把妳擠走啊？」話是如此說，可眸中的柔軟和笑意，卻是快要溢出來了。

「哼，誰怕誰啊！那咱倆就比比，看誰笑到最後？」余清清繼續一如既往地咬住余欣欣「激將」的魚鉤。

余歲歲將一切盡收眼底，不禁微微一笑。

有些事情，似乎全變了，也似乎全都沒變。

「歲歲，」祁川縣主突然湊近她，輕聲耳語。「過兩天我母親辦宴會，也是為著邊關大勝，到時一定會發帖子給妳的，妳可一定要來啊！」

余歲歲有些疑惑，玩笑道：「這是當然。長公主和咱們祁川縣主相請，我哪兒敢不去？」

祁川的臉色有些怪異。「其實，是因為……聽說明夫人要帶明家四小姐明玥前來赴宴。現在京裡都傳開了，說她才是皇后娘娘替七表哥選中的正妃。如今陛下的賜婚聖旨尚未下達，歲歲，恐怕……事情有變啊！」

余歲歲怔了一下。她倒也聽說了此事，鬧得很大。可也不知道為什麼，她卻是半分危機感都沒有。這兩天腦子裡想的，竟都是學館的事。爸爸當了學館的掌院，今後勢必要將學館的教學、育人制度一步步推向正規，志要成為大雲朝除了官學外，最公平也最順暢的人才選拔渠道。

實話說，她還真沒想過自己的婚事問題。

不過對於皇后和明家人的反應，余歲歲多少還是預料到了。這件事，無論是她還是父親，都不能去插手，只能交給陳煜來解決。

她相信他，既然走出這一步，就一定有萬全之策。

一轉眼，就到了長公主府宴會的當天。

余歲歲從將軍府乘馬車到了公主府，祁川和明琦早早就等在門口，一見她來，高興地就引著她朝府裡去。

「歲歲，快說說，剛搬到新的府邸，住得還習慣嗎？」祁川好奇道。「我聽母親說，那個宅子是從前一位前朝高官的府邸，他生活極為奢靡，在宅子裡造了不少享樂的景致，記得當初潘家得意的時候，多次想要那個宅子，皇帝舅舅仍是不同意呢！」

余歲歲在腦中回想了一下，那宅子裡確實有不少好景致，假山、花圃、庭院也都設計得很精妙，還挖了人工湖，建了湖心亭。不過，倒也沒有祁川說的那麼誇張。

「其實也就還行吧，我沒覺得和公主府有什麼太大的差別。」余歲歲聳聳肩。「我娘說，等府裡安置好了，便邀請些朋友辦個喬遷宴什麼的，到時妳們去看就知道了。」

明琦猛地瞪大眼睛。「歲歲，余將軍真的要和那位三娘子成親啊？」

「當然了！」余歲歲笑道：「我爹在金殿上求了賜婚的旨意，怎麼可能有假啊？」

「那妳……」明琦有些欲言又止。「三娘子對妳好嗎？我聽妳剛才都已經改口叫『娘』了。」

余歲歲立刻了然。確實，與媽媽的重逢來得太突然，所有人都很意外。爸爸突然從邊關帶回來這麼個女子，還著急忙慌地要成親，不惹人懷疑才怪。

好在，他們一家三口已經講好了說辭，就是謹防別人問起。

於是余歲歲便道：「其實，三娘子是個極溫柔的人。我娘去世得早，爹爹這些年孤身一人照顧我，也總該有個伴的。說起來，三娘子和我娘還有點像呢，且對我和我爹也是真心的好，所以她和我的親娘沒有什麼兩樣。」

這樣一解釋，祁川和明琦這才放了心。「對妳好就最好了。妳不知道，有多少人家，都是有了後母，便有了後爹。遠的不說，就說方大公子，不就是個現成的例子嗎？」

知道祁川和明琦是關心自己，余歲歲心裡是很感動。「其實有時候，這也是看人的。方公子的繼母心腸歹毒，可我五妹妹的生母也是我的繼母，她就很寬善。」

三人邊說著話，邊進了宴會廳就座。

席間已經坐了不少各家的夫人、小姐，都在有一搭、沒一搭的聊著天。

余歲歲和祁川、明琦的交談並沒有刻意放低聲音，因此說的最後一句話，正落入旁邊人的耳中。

「呵呵，縣主真是小孩子心性，想得也太天真了。」一個梳著婦人頭的年輕女子捂著嘴笑道：「這有些女人啊，心機可是深得很呢！剛過門的時候，把元配留下的孩子當眼珠子護著，可等有了自己的孩子，還不是精打細算地盤剝？到時候，人家是夫妻，又有兒有女，這元配的孩子，可不就只是個外人了嗎？」

祁川和明琦一聽，臉色立刻凝重起來，看向余歲歲，也覺得她說得很對。

余歲歲有些哭笑不得。這婦人說得確實沒有錯，可慕媛是她親得不能再親的親媽啊！這事外人又怎麼會知道呢？

「多謝夫人提醒，不過……我還是願意相信自己識人的眼光的。」余歲歲禮貌地笑了笑，打算敷衍過去。

卻沒想到，那夫人竟沒完沒了。

「喲，這算什麼？良言難勸該死的鬼？縣主如此固執，哪天讓外人算計了去，那可上哪兒哭去！」

余歲歲愣了一下，還沒反應過來，婦人旁邊，一個年長些的貴夫人也開口了。

「妳倒是要替她操心，妳怎麼不想想，她本來就是個外人呢？要說這余將軍還真是個冤大頭，養了個女兒是人家的，又收了個不知哪來的野小子當兒子，算來算去，沒一個是自己的種！現如今忙著娶妻，還不是為了子嗣？不然真要斷子絕孫啊？」年長夫人說話難聽得緊。

余歲歲一聽，臉色就是一沈。

她還沒見過這樣的人呢，當著面嚼舌根，說話還如此惡毒！

「這位夫人還真是考慮周全。」余歲歲將手裡的茶杯，重重地放在身前的案桌上。「只可惜，卻不太懂得說人話！在背後論人短長，姑且還是要臉面的，可如今這連遮掩都不遮掩的，該就是沒臉沒皮了吧？」

「妳！」年長夫人的臉唰地就青了。

世家之人因著禮儀繁多，有些時候言語交鋒都是陰陽怪氣、冷嘲熱諷的，哪裡見過余歲歲這般直接罵人的？

年輕的婦女看不下去了，柳眉一豎。「明琦，妳就這麼看著外人欺負妳姑姑和嫂子？」

余歲歲和祁川登時一愣，看向明琦。

明琦的臉色沈得厲害。「她們……是我親姑姑，和我表嫂。」
余歲歲頓時有些尷尬地撇了撇嘴，這下也不知該說什麼了。
「琦兒，妳這是胳膊肘朝外拐嗎？」年長的夫人明氏也指責起來。
只見明琦猛地回頭，生氣道：「可別了姑姑，我也是女兒，是個外人，與您和表嫂可算不上是自家人！對了，姑姑您也是個女兒，同樣是外人您外我也外，便就是個陌生人了。」
明氏挨了明琦一頓懟，越發憤怒了。她正想發作，卻聽門口傳來一陣騷動，眾人下意識看過去，明氏的眼睛立刻就亮了。
「唉呀，嫂子和玥兒來了！瞧瞧玥兒，出落得亭亭玉立的，這才是有規有矩、世家教養出來的好女子！」說著，不屑地瞥了一眼余歲歲和明琦。「身為女子，還是得清楚，什麼才是自己的本分！」
余歲歲沒有搭理明氏的陰陽怪氣，她的目光，緩緩落在了門口隨著明夫人走進來的少女身上。
原來，這個就是明玥。
相貌秀麗，雖和明琦有些相像，但更加嬌柔可人。走起路來，真叫蓮步輕移，眉眼間滿是倨傲與驕縱。
似乎感覺到注視，明玥也朝余歲歲這裡看了一眼。
一眼的功夫，就從上到下，將她掃視了一遍，然後甩過來一個不屑的眼神。

余歲歲一挑眉。喔吼，有點意思啊！

賓客都到齊了，長公主也在座首入席，宴會正式開始。

女眷的宴會，不外乎就是說說話、看看歌舞、聊聊天什麼的。

余歲歲更是也不去想別的，只一心享用著各色珍奇佳餚。

吃著吃著，有些人的心思，就活泛起來了。

「長公主，瞧著今兒個這麼多如花似玉的姑娘們在這兒，何不讓她們也乘機表演表演才藝，讓咱們開開眼界？」

提議的夫人，身邊正帶著一個適齡的女兒，正想趁著這個機會把自己的女兒推出來，好獲得眾家夫人的青眼。

她一說完，立刻有不少人附和，目的自然也是一樣的。

長公主當然明白這些，自是不會阻攔，便欣然答允。

早便做好準備的不少姑娘們，一個個相繼出場表演，這個才藝、那個才藝的，看得人眼花撩亂，心情也很是愉悅。

余歲歲難得欣賞一次琴、舞、書、畫爭相鬥豔的場面，看得真叫一個津津有味，甚至都想鼓掌叫好了。

這時，明玥也整了整裙襬後，緩緩步向中間。

她招來一旁侍奉的丫鬟耳語幾句，那丫鬟就走了，徑直走向宴會一旁伴奏的琴師處，和琴師說了些什麼。

就在大家覺得好奇時，只聽琴師撥動手指，一個清澈的樂音傳出，明玥的身子也隨之一動。

原來她是要跳舞啊！

伴奏的旋律優美又好聽，如高山流水，潺潺流淌。而明玥的舞姿也極為柔美，動作如行雲流水。

雖然余歲歲不太會欣賞舞蹈，但看得出來明玥絕對是下苦功夫練過的，再輔以周圍女眷們或驚豔、或嫉妒的眼神，便知是真的好了！

一曲終了，明玥身姿定格，長公主率先鼓掌叫起好來，隨後掌聲四起。

明夫人和明琦的姑姑、表嫂的臉上，同時露出了欣慰和自得。

就在長公主要請明玥回去就座的時候，只見明玥突然上前一步，雙眼帶笑地看著余歲歲。

「公主殿下，小女斗膽，想領教一下……錦陵縣主的風姿。小女時常聽兄長稱讚錦陵縣主才貌俱佳，令人傾慕，故而早對縣主心馳神往，如今終於得見，實在按捺不住，還請公主殿下見諒。」說著，明玥福了福身。

饒是她說得再冠冕堂皇，廳中眾人心裡也是有數的。

二女爭一夫什麼的，老套的戲碼了。如今似乎還牽扯出一個愛慕錦陵縣主的兄長？那不就更有趣了嗎？

眾人的目光，齊刷刷地看向余歲歲。

余歲歲承受著眾人眼神的洗禮，微微嘆了口氣。

這個明四姑娘，還真是有點兒意思，不光挑釁自己，還乘機潑了一盆髒水，試圖造些明昀彥和自己的謠言。瞧著也不過是十三、四歲的年紀，還真是不容小覷啊！

想著，余歲歲站了起來，露出招牌的笑容。「明姑娘謬讚了。令兄曾是我父親的弟子，令姊亦是我的好友。許是令兄不常與我見面，故而對我有什麼誤解吧？」

明玥歪著頭，一臉無害地說：「那縣主是不肯應戰，甘願認輸嘍？」

余歲歲嘴角一勾。「我可沒有這麼說。今日長公主殿下在府親設宴席，是為了慶祝邊關大勝，既是高興的事，總說什麼輸贏的，未免有些敗壞興致了。不過，明四姑娘盛情相邀，我也不好推辭。」余歲歲轉向長公主，並朝一邊有些擔心的祁川遞了個寬心的眼神，這才說道：「公主，不知可否借府上寶劍一用？」

長公主一聽，隨即雙眼一亮。「錦陵縣主難不成是要……」

余歲歲露出個乖巧的笑容來。

長公主也是從小就認得她的，她身上有什麼才藝，也是心知肚明的。

果然，長公主只是略一思索，便點了點頭。「這有何難？來人，去給錦陵縣主取最好的寶劍來！」

「公主，這宴會之上，都是女眷，貿然用這等鋒利之物，怕是不太妥當吧？若是傷了誰，那……」明夫人有些不贊同。

長公主瞥她一眼，眸底微冷。

在她辦的宴會上，公然挑釁她女兒最好的朋友，真以為她是傻子好糊弄嗎？

「明夫人太多慮了。」長公主的語氣依舊柔和。「歲歲之能，整個大雲，怕是都找不出第二個女子可以相提並論，夫人只管放心就是。」

祁川也想要開口懟幾句，可看了看身邊的明琦，還是忍了下來。

反倒是明琦，臉色更加難看，看著母親和妹妹，忍著氣道：「母親和小妹是害怕了嗎？那不如我替妳們擋著好了。」說著，站起來，向前走出兩步，坐在了明夫人和明玥的側前方。

幾人的位置離長公主的座首比較近，剛好形成一個拐角，明琦如此動作，倒也沒顯得特別突兀，可明夫人卻覺得臉上十分掛不住。

「琦兒！」明夫人一氣，狠狠瞪她一眼，暗罵她向著外人。

明琦卻是梗著脖子，怎麼也不肯退。

她在家中已經苦口婆心勸了母親和小妹無數次，可奈何兩人鐵了心，連素來穩重的大哥都失了分寸。

堂堂衢國公府明家的女兒，居然上趕著去倒貼一個壓根兒沒把她放在心上的男人，這像什麼話！

就因為陳煜是皇子？就因為他將來有可能做皇帝？明琦不能理解。

七皇子確實是京中人品、才貌都屬上乘的男子，堪稱良配，當初她也是有那麼一些心思的。可等問明瞭七皇子的心意，她立刻就斷了念想，後來還和歲歲成了好朋友。

明琦想得很簡單，她的夫婿，出身可以不高，可以沒權沒勢，但一定要人品端方，待她純粹且一心一意。

這段時間，跟著余歲歲去邊關走了一趟，親眼見過余璟對余歲歲的寵愛，明琦才覺得自己這些年來都沒認清身邊的真相。

真正被父母疼愛的孩子，就該是余歲歲那個樣子。真正疼愛女兒的父親，也該如余璟一般。

至於衢國公府，她的爺爺、父親，平日裡待她和顏悅色又如何？當利益擺在面前的時候，隨時都可以把她們丟棄。

看看她的兩個姑姑，一個是一國皇后，一個是高門貴婦，可丈夫身邊鶯鶯燕燕無數，庶子、庶女不斷，一生都絞盡腦汁地爭寵、爭權，想著如何才能從丈夫的手裡奪下哪怕一點點的好處。

正是看到了她們的無奈和不易，看到了她們的別無選擇，明琦當初才會那麼乾脆的逃婚。

可現在，父母對自己失望了，卻轉而又盯上了小妹？

小妹自幼在家裡就被寵得無法無天，她想要的，沒人敢不給她。可家人可以如此，外人憑什麼讓著她？

就玥兒這性子，真去做了後宮三千嬪妃的其一，不知道哪天就會被人啃得連骨頭都不剩了。

然而這些，祖父、爹娘都沒有考慮過……或許考慮過，但毫不在意。反正只要保證明家還能出一個皇后，保住明家的富貴，犧牲一、兩個女兒算什麼？

明琦越想越氣，越覺得心裡窩火，看著明夫人和明玥的眼神，也不由得帶上了幾分情緒。

明夫人雖然寵明玥，但對這個大女兒一樣是疼愛的，一見她這樣，就知道她心裡在想什麼，頓時覺得心虛，偏開了目光。

可明玥卻覺得是明琦在看不起自己，冷笑一記。「姊姊這麼看我做什麼？這個機會是姊姊不要，才輪到我的，如今想要後悔，可是來不及了！」

明琦瞬間一股氣血衝上腦殼，低聲罵道：「妳當這是什麼好機會？值得妳如此不要臉面！」

明玥一揚下巴。「我怎麼就不要臉了？七皇子的正妃，余歲歲當得，我如何當不得？我打出生就和七皇子一起長大，小時候他還抱過我呢，我比余歲歲差哪兒了？陛下遲遲不下賜婚聖旨，花落誰家還不好說呢！誰笑到最後，誰才是贏家！」

明琦翻了個白眼。

七皇子抱過明玥？多少年前的事了還能拿出來說項？

當初皇后在宮裡照拂著七皇子，陳煜自然會到明家來多走動。那時候陳煜不過是個五、六歲左右的小孩吧，而明玥也才剛剛出生不久。

兄長明昀彥見著明玥一個嬰兒覺得好玩，就抱她出去和幾個好友逗著玩，明夫人怒氣沖沖地找過去時，怕挨罵的明昀彥嚇得一把將明玥塞進了陳煜懷裡。

這件事父母這些年偶有提起，不過是笑話兄長幼時膽小怕事而已。

明琦越發覺得明玥沒救了。

這時，去取劍的下人也回來了，將手中的寶劍遞給余歲歲。

余歲歲道了聲謝，看著手中古樸大氣的寶劍，露出愛不釋手的神情來。

一邊的明玥輕蔑地瞥了一眼，看向明琦。「只會舞刀弄劍，當真是粗俗不堪，七殿下絕不會喜歡她的！」

此時的余歲歲，已經抽出了寶劍，在手裡挽了個漂亮的劍花。

隨即，她朝一旁的琴師朗聲道：「先生，可否請您幫我演奏一曲〈將軍令〉？」

琴師笑著點了點頭。

隨著琴樂聲起，余歲歲的手臂自身前劃開一個弧度，擺出了一個執劍的架勢。本來溫和的目光陡然一凛，射出兩道寒光。

〈將軍令〉是傳世的名曲，恢弘莊重，層層遞進。

余歲歲的腳步伴隨著身上舞劍的動作，踏著樂曲的節點，搖身一變，彷彿化身成了一個女將軍，正聽著城外頻催的戰鼓，一聲聲擊打在她的心上。

過了引子的一段後，樂曲開始變得慢了下來。但慢卻非柔，而是莊嚴穩重。余歲歲的動作也隨著節奏變化，身姿越發挺拔，目光望向遠方，儼然是女將軍擂鼓聚將，沙場點兵。

突然，曲子的節奏猛地快了起來，余歲歲一個原地騰跳，矯健的身體向後一個空翻，及腰的青絲在她腦後甩開，落地後又是連續幾個旋轉。

廳中的眾人不由得直起身子，盯著她的動作，想要看仔細一些。

余歲歲踏出的每一步、揮出的每一劍都極為有力，她此刻彷彿又不是那個女將軍了，而是變成了成千上萬的士兵，聽令而行，步步緊逼，向著敵軍進發。

節奏越來越快，鼓點也越來越密集，琴師撥弦的動作越來越緊迫。

場中，余歲歲的翻轉、騰跳更加頻繁，幾乎每次剛剛跳躍至半空出劍，方一落地，身子又瞬間跳了起來。

觀看的女眷們都跟著呼吸急促了起來，目不轉睛地盯著她，就好像在盯著刀光劍影的戰場上，與敵人拚死搏殺的將士般。有些人甚至都不禁捂住了心口，卻還是捨不得移開半分目光。

突然，躍至半空中的余歲歲手臂朝前一伸，身體旋轉半圈，長劍竟然脫手朝門口的方向飛去！

「啊！」所有人同時發出一聲驚呼。

下一秒，只見余歲歲反身落地，抬起一條腿，後仰下腰，腳尖勾住飛出的劍柄，一個旋身，再次將劍握回手中。

眾人這才呼出一口氣。

而再次拿回長劍的余歲歲動作更加乾脆，甚至輕盈起來。

一個極懂舞蹈的姑娘突然自言自語了一句。「原來剛剛不是失誤，而是擊殺了敵首啊！」

這話音不大不小，卻正正好傳入所有人的耳中。大家這才恍然大悟，跳動的心竟也平靜了一些，沒來由地感到一陣興奮與激動，就好像她們真的親眼見到了敵軍大將被殺死了一樣。

不知不覺間，曲子的鼓點漸漸恢復了有序的節奏，旋律也重新宏大起來。

余歲歲的動作也漸漸回收，沒有了剛才的激烈和驚心動魄。

「鏘」的一聲，樂曲在最莊重的地方戛然而止，余歲歲也適時的手臂揮動，長劍在她的身側轉了數圈，讓人看得眼花撩亂。

等再停下時，她已是反手持劍，劍鋒橫在身前，如墨的黑髮半遮住她的臉，只露出凌厲的眼眸，順著劍身看出去，好像是在看那個方向上的人，又好像是遠遠望著被擊敗的敵軍，目光中滿是勝利者的傲然。

「我們……是贏了嗎？」早已看入了戲的眾人中，有人發出一聲小心翼翼的疑問。

余歲歲勾起一個笑意，手腕輕轉，將長劍收向後背，朗聲道：「當然，我們贏了！」

瞬間，眾人才從戲中脫離出來，恍然驚覺自己只是看了一場酣暢的劍舞，而不是一場真正的戰役。

「好！」長公主帶頭鼓起掌來，高聲叫好，看著余歲歲的目光無比的激賞與欣慰。

其他人也跟著鼓掌，還不住地點頭，心服口服。

「錦陵縣主不愧是陛下稱讚過的巾幗女傑，之前我還覺得奇怪，今日一看，果然是實至名歸！」

「是啊，我還聽說，忠勇大將軍在邊關的勝仗，她也出了好些力，還抓到了蠻夷來刺探軍情的奸細，解了咱們大軍之圍呢！」

「哎喲，這麼厲害？真給咱們女子長志氣！」

「這算什麼長志氣？一個女子，成日裡和軍營裡的兵士們混在一起，成何體統？沾染這些粗俗的氣息，以後怕也是後宅裡的禍害！」

「喲，妳這是有多大的臉來指責連陛下和長公主都讚不絕口的錦陵縣主啊？這般女子，為國出力，不比妳這樣只會在京城裡安享富貴、嘰嘰歪歪的人強？就妳這丁點眼界，也就只能看得到後宅了！

「就是！說這話的，真是沒良心，也不怕遭雷劈喔！」

余歲歲含笑看著大部分人臉上流露出對她的真心讚賞，心裡又是高興、又是感動。

並不是所有女子都甘於被時代同化，雖然不至於做出什麼真正激烈的行動，甚至根本不會做出任何舉動，但只要她們對適當的改變是報以善意的，這就足夠了。

「多謝各位，小女獻醜了。」

長公主哈哈笑起來。「歲歲啊，這個時候可不能太謙虛！常言道，願賭服輸，這贏了，也要大大方方地說出來！」

余歲歲不禁一笑，將劍歸入鞘中，行了一禮。「是，公主說得是。」

一旁的明夫人和明玥，臉上頗有些火辣辣的疼。總覺得長公主話裡有話，就是衝著她們來的。

明玥更是臉色難看。剛剛音樂停下時，余歲歲劍尖的方向，正是朝著自己。看著余歲歲那滿是殺氣的眼神，她嚇得冷汗都下來了。

在那一刻，她突然想起來，余歲歲是真的去過邊關、殺過人的！

將寶劍重新遞給公主府的下人，余歲歲神色從容地走回座位坐下，餘光順勢地掃過明玥，眼底染上些笑意。

余歲歲一向不覺得自己大度，她就是故意的，故意嚇唬嚇唬明玥這個不知天高地厚的小姑娘。

倒並不是想把她怎麼樣，只是想告訴她——格局要打開！在妳還在玩「宅鬥」的時候，姊姊我已經征戰沙場了！

余歲歲剛回到座位，外面就傳來一陣嘈雜聲。

隨後一個婆子快步而來，一臉喜色地站在門口通稟——

「啟稟長公主，宮裡的聖旨到了！」

屋中的女眷們立時一愣，不知道此時皇帝有什麼旨意下到公主府，趕緊紛紛起身。

長公主卻是露出幾分了然的神色，目光帶著笑意，掃向了余歲歲。

眾人浩浩蕩蕩地走出廳外，來到院中。

傳旨的內侍一見長公主，立時恭恭敬敬的行禮，然後捧出聖旨來。「公主，陛下有旨，還請錦陵縣主出來接旨。」

所有人都是一驚。

給錦陵縣主的旨意？難道是……

事實證明，眾人的想法完全沒錯。

余歲歲跪下聽旨，內侍字字句句唸出來，說的正是賜婚錦陵縣主與七皇子陳煜的旨意！

人們互相交換著眼神，都在彼此眼中看到了驚訝。

明家是什麼地位？七皇子又是皇后一手提拔的。可連明家出手都鎩羽而歸，到底是皇帝別有用意，還是七皇子和明家有了裂痕？

長公主看著余歲歲接旨起身，送走內侍，心裡不由得暗笑。

這幾天，京中消息紛雜，她多少也是知道些內幕的。

皇帝遲遲不下旨，確實是在猶豫。

皇后與皇帝的關係一向和諧，皇后無子，皇帝也常有照拂，所以皇后這次提出賜婚陳煜和明玥的要求，屬實讓皇帝很為難。

不過長公主也明白，皇帝終究是怕明家外戚獨大的。如今有他在，明家翻不出什麼風浪，可萬一以後陳煜手腕不夠硬，被明家架空了，那不就威脅了他們陳氏江山嗎？

長公主看得出來，皇帝如今正是屬意陳煜的，當初不肯在慶功宴上封王，打的就是日後直接封太子的盤算。

不過她倒是覺得，皇帝恐怕是多慮了。

煜兒雖然寬仁心軟，但遇事是極拎得清的。就拿這賜婚聖旨來說吧，昨日煜兒專門找她確認過宴會的時辰，如今看來，怕是早就計劃好了，算著時間來頒旨呢！

皇后和明家仗著這些年的教養之恩，妄圖操縱他的婚事，陳煜便乾脆用一道聖旨，當眾打明家的臉。

長公主瞥了一眼旁邊臉色黑沈的明家眾人，內心不由得一嘆。

當初皇后和明家選中陳煜，動機便是不純，雖然恩情是實實在在的，多年的相處也確實生出了不少真切的情誼，可說到底，終究是隔著一層的。
陳煜心善，卻不等於會任人宰割。明家挾恩圖報，攫取私利，將來難保不會自食惡果。
一旁，明夫人的臉色陰沈得可怕，盯著余歲歲的背影，似要將她燒出個洞來。
「娘，這、這可怎麼辦呀？聖旨都下了！」明玥噘著嘴，不滿道。
明夫人瞪了她一眼，要她噤聲。
這個小女兒，確實是不如琦兒，明夫人在心中暗嘆。腦袋裡只有男女之情，還以為皇后娘娘真是因著她自幼喜歡七殿下才選了她，卻不知這件事，豈是這麼簡單？
這一道聖旨，昭示出的意義不僅僅是明家丟了七皇子正妃的位置、丟了將來的后位，還意味著，那個自幼聽話、順從的七皇子，真的已經不受控了！
明夫人斂下眼眸，此事回去後，還要和皇后、公公與丈夫好好商量一番。
見明夫人沒搭理她，明玥有些不樂意了，拉著明夫人的手搖晃個不停。「娘！我喜歡七殿下，我一定要嫁給他……」
「閉嘴！」明夫人低聲斥責一句，一臉的恨鐵不成鋼。
玥兒這股小家子氣，也不知是跟誰學的。世家大婦，哪一個會沈迷情情愛愛？這個孩子，回去後還是要好好教導一番。
明琦站在另一邊，看著沈默的母親和妹妹，心裡微苦。
聖旨已下，板上釘釘，這下子，爹娘、皇后姑姑還有小妹，應該就會死心了。

一道聖旨，惹得眾家夫人各有心思，長公主看在眼裡，便直接散了宴會。

祁川喜氣洋洋地去送余歲歲和明琦，嬤嬤則扶著長公主回到了廳中。

「祁川這丫頭，還是這麼沒心沒肺的。」長公主笑著搖頭道：「歲歲都要出嫁了，她的親事還連個影兒都沒有呢！」

嬤嬤笑了笑，安慰道：「各人有各人的福分，咱們縣主的福氣，還在後頭呢！」

長公主想起祁川對自己說過的話，臉色微變。

那丫頭，是真的對潘縉動了心思了。

如今那潘縉就在北府中，做余璟的屬官，隱姓埋名，不敢暴露身分，更是極少露面。祁川雖不見他，可心卻早就全落在了他身上。

是福是禍，誰又能說得準呢？

「罷了，我也懶得管了，隨她去吧！」長公主嘆了口氣。

正要轉回內院，卻見旁邊走出個清瘦的男子，約莫二十多歲上下，一身文氣，手裡還捧著個畫軸。

「欸，你等等。」長公主出言叫道。

男子停下腳步，回身見禮。

「你……是之前駙馬救回來的那個書生吧？」長公主問道。

男子點點頭，恭敬回道：「回長公主，正是。草民顧笙，被人欺辱，受傷餓暈在街頭，幸得駙馬施救，又得公主慈心收留，這才撿回一條命。」

長公主點點頭。「我記得你會畫畫，你手裡的，可是你的畫作？」

顧笙突然被問到，表情有些不自然，卻也不敢欺瞞，只得回答。「……是。草民今日在院中，無意聽得這裡傳來將軍令的曲子，唐突至此，又一時忘情，隨手畫了幾筆。」

嬤嬤立時就是一惱。「你這大膽的登徒子！這裡都是女眷，你溜進來已是無禮，竟還敢私自作畫，你——」

長公主一揚手，阻止了嬤嬤，看向顧笙。「畫了什麼？讓我看看。」

顧笙趕忙呈上畫軸。

嬤嬤將畫軸慢慢展開，長公主的目光，落在了畫紙的中央。

這是極為常見的工筆畫法，雖然只是草稿，卻不難看出畫中描繪著一個女子舞劍的背影。線條精細、筆觸純熟，極為傳神，只一眼就彷彿看到真人在眼前舞動一般。

「你畫的，是錦陵縣主？」

「是。草民被縣主的劍舞吸引，一時內心澎湃，彷彿置身於肅殺戰場，這才情不自禁，畫下了此圖。」顧笙回道。

長公主的雙眼染上些許滿意，微笑著說道：「顧笙，我給你半天的時間完成這幅畫。如果你的畫作入了我的眼，我就不追究你私自進院，又私自作畫的過錯，如何？」

顧笙一驚，趕緊答應。「謝公主，草民一定按時完成！」

傍晚，長公主便收到了顧笙交上來的畫。

比起之前的草稿，成稿的細節顯然處理得更加精妙細緻。畫作的中心依舊是余歲歲舞劍的背影，但背景卻隱隱約約地點綴了些隨興的筆墨。

可這些筆墨並不是隨便點上去的，拿遠了看，竟會覺得這些線條彷彿勾畫出了一個戰場，稍稍發揮想像，就能從畫裡看到旌旗、看到馬匹、看到刀光劍影。

而這些，都與余歲歲的背影交相輝映。

一邊是女子的溫柔，一邊是男人的豪氣；一邊是一人獨舞，一邊是千軍萬馬。剛柔並濟，猶如身臨其境，以小見大。

「這個顧笙，倒真有些才氣。」長公主說道。「來人，將此畫帶到京城書局，掛於最顯眼處。切記，無論誰要，都不許售賣，只說此畫無價。」

幾天後，一則消息在京城傳開。

京城書局有一幅奇畫，畫技超然，價值不可估量，問及其名，書局老闆稱，名為「巾幗」。

和畫作的名氣一樣不脛而走的，還有此畫背後的故事。

聽說繪製此畫的畫師曾在邊關見過一個容貌絕色、武藝超群的女子。此女在戰場之上衝鋒殺敵，還救下了畫師一命，從此畫師便將此女記在了腦海中。

後來畫師流落京城，被長公主和駙馬所救，於公主府中安身，無意中再見當初的救命恩人，才知原來那女子竟是錦陵縣主。

畫師感念其恩德，又敬佩世間竟有此不讓鬚眉的巾幗英傑，便畫出此畫，以表感恩之心。

而長公主見到畫師有如此高才，更是萬分欣賞，親自將其舉薦給皇帝。皇帝一見之下，立刻將其召入宮中，任命為宮廷御用畫師。

這個故事在京城傳得沸沸揚揚，人們津津樂道。

眾人大肆稱讚著錦陵縣主的英姿颯爽，稱讚著畫師的知恩圖報，也讚美著長公主夫婦的助人為樂、唯才是舉，還有皇帝的惜才，更感嘆著畫師的一步登天。

這樣環環相扣、傳遞善意與希望的故事，總是有著致命的吸引力。

很快地，余歲歲的巾幗之名，伴隨著故事，還有畫師顧笙的名字，從京城傳至中原，又傳至塞北、江南。

不過，此時的余歲歲，並不甚在意這天上掉下來的名望，她現在最要緊的事，是要先操辦爸媽的婚事，還是自己的婚事？

第三十二章

這一日，余歲歲帶著余璟和慕媛，乘著馬車，從將軍府出發，來到了何蘭的歸園食齋。

經過這段時間的經營，歸園食齋早已形成規模，在京城中牢牢占據著頂流的位置。無數達官顯貴因這裡的一頓飯而趨之若鶩，白花花的銀子像水一樣流進食齋的帳中。

余歲歲下車時，挽著慕媛的胳膊，帶著幾分得意。「媽，快看看，這都是我自己想的主意！」

慕媛好奇地打量著店面，素雅、古樸，大隱之士的氣質撲面而來，心裡別提多高興了。

「真好，我們歲歲就是腦子靈活，這點遺傳了我。」

余璟輕笑一聲，挺起胸脯。「怎麼都是妳的功勞？還有我的基因呢！」

慕媛撇撇嘴。「你？你才沒有我聰明呢！當初咱們小區王姊兩口子開服裝店，賠得一塌糊塗，最後還是我出了個主意，後來你看賺了多少？」

余璟摸摸鼻子，自覺無話反駁。這一點媛媛確實有遠見，早早就預測網路商店的興起。前幾年王姊兩口子按著媛媛的規劃轉往線上，又是大賺一筆。

「行行行，妳最厲害了，我甘拜下風。」

慕媛得意地一揚頭。「這還差不多。」說著，拉著余歲歲就進了店。

櫃檯後正忙著的何蘭一見到三人，立刻迎上前，行禮道：「小女見過將軍、夫人、縣主。」

「哎呀，何蘭姊姊還與我客氣什麼？」余歲歲趕緊拉她起來。「店裡今天很忙嗎？」她看了看櫃檯旁，剛剛在和何蘭說話的男子。

何蘭點點頭。「今天是入帳的日期，我正和開源銀號的少東家商量存息的事。」

余歲歲欣慰地點點頭。現如今，何蘭的生意做得越來越得心應手了，把自己教給她的那些方法也都爛熟於心。

她又看了一眼櫃檯旁的年輕男人，就這一會兒功夫，那人已經朝這裡瞧了三、四眼了。

余歲歲眼裡閃過戲謔。「談個存息的事，還要少東家親自跑來，何姊姊面子夠大的呀！」

何蘭臉一紅，瞬間不知該如何答話了。

余歲歲見她如此，也不再逗她，笑道：「好了好了，不逗妳了。樓上有房間嗎？」

何蘭點點頭。「都準備好了。陳公子……也已經到了。」

余歲歲神色一動，道過謝，帶著父母便上了樓。

推開雅間的房門，一個身影從桌前猛然站起，雙手拱在胸前，躬身便是一個大禮——

「在下陳煜，見過師父、師娘。我心悅歲歲多年，誠心求娶，但因一些事情，不得已先求父皇下旨賜婚，如今才求見師父、師娘，是在下失禮，還請寬宥！」

「噗哧！」慕媛見他一本正經的模樣，不由得笑出了聲。「這孩子，這話說的，我都不知道該說什麼了。」

余歲歲站在一旁，朝陳煜偷偷豎了個大拇指。

陳煜半抬起眼，朝她拋去個眷戀的眼神。

自回京的慶功宴後，兩人都未曾見過面，如今一見，頓覺思念洶湧。

「咳！」余璟將兩人的互動盡收眼底，輕咳一聲以示提醒，出言道：「殿下不必如此。我與內人，包括歲歲，都知道你的難處，不會怪你的。」

「多謝師父諒解。」陳煜放下了心。

從邊關回京城的一路上，陳煜已經見過了慕媛和余璟還有余歲歲的親暱，這三人就好像是命中注定的一家人般，默契十足，極為團結。

雖然他想不通是為什麼，但只要余璟娶妻後並不會影響到歲歲，而歲歲還能多一個人來疼愛，他就覺得很好。

四人正式落坐。

這一次，算是陳煜第一次以準女婿的身分來見余璟，也是第一次正式的和慕媛見面。向來老成持重的陳煜，卻是肉眼可見的緊張起來了。

慕媛又怎會看不出他的緊張？不過她早就觀察著他，認為他確實人品不錯，各方面無甚挑剔，因此對他很是和善，說話間也有意安撫他的情緒。

只是幾句交談下來，陳煜便明白了余歲歲為什麼和慕媛這麼親昵的原因。

慕媛雖然看著年輕，出身普通，可談吐不凡、端莊大方，話語間並未將自己當作皇子，而是小輩，甚至是孩子來看，莫名讓他聯想到曾經給他上過課的夫子。

不過慕媛可比那些夫子要溫柔得多了。

陳煜自幼沒有體會過什麼母愛，僅這一會兒功夫，他居然被慕媛牢牢地吸引住，好似有一種想要向她親近的想法，甚至覺得她就是自己的某個長輩，想要和她無話不談。

察覺到自己的這份心思，陳煜嚇了一跳，連忙收斂了一些。

按歲歲之前的說法，師母已經莫名其妙多了齊越那麼一個好大兒，大概不想再多一個了。

隨著菜一道一道的上，幾人的話題也漸漸深入起來。

皇帝前幾天給余歲歲下旨賜婚的時候，也給余璟下了婚旨。

因為陳煜是皇子，皇子娶妻程序繁瑣，既要選良辰吉日，還要避開陳容謹和余宛宛的婚期，所以時間定得比較晚。

但余璟就不一樣了，他本來就正猴急，皇帝也由著他，便給他選定了下月末的吉日。

除了余歲歲，余璟再沒有別的任何親人，於是余歲歲自然當仁不讓地挑起了給父母置辦婚事的活計。

畢竟，有幾個做孩子的，能有給自己爸媽辦婚禮的機會？

陳煜雖然有朝事要忙，但也不願意缺席，因此共同商議著這次的婚宴。

「算起來，時間確實比較緊，不過師父和師娘不拘小節，有些事情也就不必按著慣例來。」陳煜道。「嫁衣就從京城最大的製衣坊訂；宴席也可以交給何掌櫃。其他的，都是些細節，到時一步步來。」

慕媛微笑著點頭。「沒想到殿下竟如此心細，考慮也這般周全，倒是比歲歲還要精細一些。」

陳煜笑了笑，看了看余歲歲，他只是自幼就習慣考慮很多而已。

卻不料慕媛話鋒一轉。「我家歲歲，想法與殿下所見的其他姑娘可能不太一樣，就拿這件事來說，她並不是個體貼入微、事無鉅細都會為丈夫打點好的姑娘。殿下身居高位，朝事繁忙，自然也不可能事事操心、件件過問。我知道高門的貴婦理應為丈夫管理內宅，可歲歲……卻也並不是個願意久居深宅的性子。

「在過去，你們經歷過許多不凡之事，出生入死，便會覺得感情格外熱烈；今時今日，因著心悅歲歲，殿下自然覺得她處處合你心意。可長此以往，夫妻多年，細水長流，殿下還會如此想嗎？若是遇到比歲歲賢慧、溫柔、細心的女子，殿下會心有不甘，心生他意嗎？」

慕媛這話一問，別說陳煜愣了，就連余璟和余歲歲都愣了。

他們都沒想到，慕媛竟然如此直白地問出了這話，就連余璟都只想著旁敲側擊的試探陳煜。

慕媛看著陳煜，笑意不減，卻分明在等著他的回答。

她不是不知道陳煜的身分尊貴，在這樣的時代裡，他能做到剛剛那樣的賠罪姿態，已經是不易了。

可為了女兒的幸福，她就是拚上這條命不要，也要問個清清楚楚。

陳煜緩了緩，這才啟口回道：「我明白師娘之意。其實，我心悅歲歲，並不是因著什麼生死關頭，反而是平日裡的相處，才動了這般心思。歲歲待我，其實極為細心，可我深知，她亦有她的喜好與樂趣。我一向認為，人有一鍾愛之事，乃命之所賜，極為難得。我有，歲歲也有，我自是希望她能去做所有鍾愛之事。我想，在她鍾愛的事中，肯定也有我的一席之地。」

從來沒聽陳煜這樣說過話的余歲歲，整個人都震驚了。

這段話，竟好像是比陳煜剖白一千次心意，更讓她動容。

慕媛很顯然也被這話說動了，目光中露出激賞，點點頭，說道：「殿下所言，我記下了。其實，我剛剛這番話，不光是說給殿下聽，也是想說給歲歲聽。」她看向余歲歲。「成親之後，不比做姑娘的時候，有些事情，需要妳也做出改進。我覺得，殿下是個很值得妳改進的人。」

余歲歲臉一紅，重重點頭。「知道了，娘。」

陳煜在一旁暗暗點頭，這位慕媛夫人，不愧能得余師父這樣的人一見鍾情，確實是個有大智慧的女子。

慕媛頓了頓，復又轉頭看回陳煜。「不過，剛剛殿下可能沒有聽出我的另一個問題。」

陳煜一愣，求教地看向她。

「我不知道余環和歲歲有沒有問過你，不過我既是歲歲的母親，今日話又已說到了這裡，那我就斗膽問上一問。」慕媛臉上還是不變的溫和笑意。

「請講。」陳煜道。

「殿下，你能做到此生只有歲歲一個女人嗎？」

余環和余歲歲再一次震驚了，他們以前怎麼沒發現慕媛的膽子這麼大？

余環過去的想法一直是走一步、看一步，因為歲歲喜歡陳煜，陳煜又確實不錯，所以便同意二人的婚事。真若是日後陳煜變了心，或是順應了這個時代的規則，那就和離嘛，他還養不起自己的閨女嗎？

但現在余環的想法有了變化，因為眼瞧著陳煜奪嫡的希望越來越大。普通的女婿和當皇帝的女婿，自然是不能比的。

不過他還沒有想好怎麼開這個口，竟在今天被慕媛搶了先。

至於余歲歲，她確實都還沒來得及去想這些事，或許是一直以來太順利了，又有爸爸陪在身邊，她的思維總是或多或少停留在現代，而非被這裡同化，更沒有糾結過三妻四妾的問題，好像陳煜只有她一個人是順理成章的事情。

直到慕媛問出來，她方才意識到，這一點，確實還是要問清楚才是。

相比於余璟和余歲歲，陳煜這次倒是一點兒都沒有驚訝，彷彿早猜到慕媛會這麼問了。

他輕笑一記，面上帶上些羞澀。「其實，五年前，我曾無意中聽到歲歲的夢話，當時就知道，她想要的，是一生一世一雙人。」

「五年前？」余歲歲驚了一下。五年前，她才十二歲，合著這傢伙那麼早就盯上自己了？

余璟也皺起了眉頭。五年前，陳煜這小子正是一副老學究、老頑固的樣子，什麼時候讓他偷偷瞧見歲歲睡覺的？自己怎麼不知道？

陳煜看見余璟審視的目光，覺得自己很冤枉。

歲歲那時候成日裡跑來武館，中午累了就在書房休息，他也只是「無意」經過，哪裡知道歲歲睡午覺也說夢話啊？

話說到這分上，確實沒什麼好問的了，慕媛鬆了口氣，徹底放下了心。

午飯過後，四人出了雅間，準備下樓返回。

剛走到門口，一個堂中的食客突然跌跌撞撞地朝門口跑來，一下子就撞在了余璟的身上。

余璟剛想伸手扶他，只聽「哇」的一聲，那人口中嘔出穢物，吐了余璟滿身。

「欸……」余環下意識往後躲，那人卻更加往他身上倒。他沒辦法，只得扶住那人的肩膀，想要將對方扶起來。卻沒想到一接觸到那人的身體，頓覺他渾身都在顫抖，衣服下的皮膚似乎也在發燙。

「這……是喝醉了？」陳煜幫忙將那人扶著站直。

慕媛看了幾眼，心裡突然一慌。「不，不像是喝醉了，倒像是……什麼病……」

「病了？」余環仔細瞧了幾眼。此人臉的底色是慘白的，可面頰卻有些潮紅，嘴唇有點乾裂，還帶著些許紫色。這麼一瞧，似乎還真有點兒病容。「這樣吧，我們把他送到對面的醫館去，請人醫治。」

正巧歸園食齋的對面就是醫館，余環和陳煜便架著此人的雙臂，將他拖了進去。醫館的老郎中也是余環的熟人，見幾人過來，毫不猶豫就接診了此人。

余環身上還有那人吐的穢物，實在沒有辦法多留，便替那人付了診錢，又匆匆走出了醫館。

「這樣子肯定是沒法回府了，先到學館去，清洗一下。」慕媛說道。

余環和余歲歲也是這麼想，三人便和陳煜就此分開，轉道去了學館。

幸好學館裡還留著一些余環的衣服，等他換下髒衣服，又清洗了一下，慕媛便給他找來了乾淨衣物換上。那身髒的衣服實在太過污濁，乾脆就包起來直接扔掉了。

「也不知道那人是得了什麼病，看著怪嚇人的，似乎挺嚴重的。」慕媛回想著剛才的情形。

「應該不會有事吧？」余歲歲道：「都能外出來吃飯，大概不是早就有的毛病，許就是突發的什麼急性病？」

「那這樣不就更麻煩了？」慕媛想到什麼。「咱們開的是飯店，進嘴的東西，要是這人真是在咱們這兒犯病的，那不就表示我們的飯食不乾淨嗎？」

余璟一聽，心中立刻警惕起來。「妳這麼說倒是提醒我了。歲歲，妳快去和何姑娘說一聲，先把那人用過的飯菜，還有食齋的後廚都先管制起來。食物的安全對食齋是致命的，我們要先確定不是我們的問題，再判斷是不是有此人的仇家投毒之類的可能，之後一旦鬧起事情來，我們也才有證據。」

余歲歲立刻點了點頭。「行，我這就去。」

她快步轉身，從後門進入歸園食齋，找來了何蘭，將剛剛發生的事情和余璟的叮囑都說了一遍。

何蘭也知道事情的嚴重性，立刻親自去辦。

過了一會兒，何蘭返了回來。「姑娘放心吧，那一間食客們吃剩的菜我都原封不動地帶回來了，後廚也停了，不再做新菜，隨時都可以檢查。」

余歲歲點點頭，卻突然一頓。「妳是說，還有別的人和那個人一起吃飯？」

「是啊。剛才在門口的事，我都瞧見了。那個人我記得他，他是咱們這兒的常客，總帶著各種人來用餐。聽說是城西的一個富商，常和外來的商人做些買賣，賣一些京城沒有的東西，挺會賺錢的。」何蘭說道。「之前因著戰事，邊境的商路都已經停了，這不是仗打完了，可能西北那邊又來了什麼商隊吧？昨天他也來過，也帶著一群人，我有聽見他說話，應該就是在和西北來的商人做買賣。」

「西北？」余歲歲想了想。「是西域的商人嗎？不應該呀！戰事才剛剛結束，西域的使者剛啟程，朝廷和西域的商道不可能現在就開呀！」

何蘭搖搖頭。「不是西域人，都是中原人的長相，說的也是漢話。」

余歲歲也想不出個頭緒，索性先將這事放在一邊。

等食齋午後閉了門，余璟就帶著從醫館叫來的郎中過來，檢驗起後廚的菜餚。

驗了半天，都說沒有問題。

余璟的眉頭微擰。「也許，真是我們想多了。和他一起吃飯的那些客人都沒有事，食物相剋、投毒等因素也都排除了，大概只是他個人的身體因素吧。」

「那就好。」何蘭鬆了口氣。

既是這樣，余璟便也就和余歲歲離開了食齋，準備回將軍府去。

路上，余歲歲到底沒忍住，說出了自己的疑惑。

「爸，我總覺得，這件事沒有那麼簡單。這個人昨天還好好的和別人一起吃飯，怎麼今天就病成這個樣子？而且怎麼就那麼巧，是在咱們的食齋發病，又恰好跟咱們撞在一起？何蘭姊姊說，昨天和這人在一起吃飯的是西北來的行商。我一聽見『西北』這兩字，就覺得不安。」

余璟點點頭，大概明白女兒的意思。「我知道妳在想什麼。但現在，此人病情未定，什麼都是未知數。我們總不能靠著這些虛無縹緲的猜測，就在城中大肆搜查西北行商的下落吧？就算我現在權掌北府，但得不到陛下的准許，也是不可能在天子腳下做這種事的。」

「我知道。」余歲歲嘆氣。「可能就是我胡思亂想吧，也許什麼事都沒有呢。」

然而，事情卻比余歲歲想的更加嚴重。

第二天，天剛矇矇亮，將軍府的門就被重重地敲響了，是京兆府的人。

他們一個個都在臉上蒙著面巾，看見府中的僕人過來開門，立刻躲得遠遠的，扔下一封信，就匆匆離開了。

僕人雲裡霧裡地把信撿回來，遞到余璟手上，一家人這才知道，出大事了！

「瘟疫?!」慕媛驚訝地拿過信箋，快速掃過一遍。

「是。」余璟喉頭發緊。「昨天晚上，那個富商就不治而亡了。醫館的郎中見他上吐下瀉，最後竟吐出了血，病情有異，而且館裡的小學徒也出現了發熱、嘔吐的症狀，這才急忙在凌晨時去報了京兆府，懷疑是瘟疫。京兆府尹大人的這封信就是要提醒我們，昨天我們是靠近富商最近的人之一，我們去過的地方，包括食齋、醫館、學館還有這裡，都被暫時封鎖了。」

京兆府尹大人知道這事牽扯到余璟這個重臣，自然是不敢來將軍府貼封條的，只能寫了信來告知，還說會盡快稟明聖上，再做處置。

余歲歲趕忙問道：「那陳煜呢？他昨天也和我們在一起。」

「我們都如此了，七皇子府恐怕也是要暫時管控起來的。」

慕媛現在想不了別的，立刻張羅著府中眾人全部蒙面，又把昨天以來睡過的被褥、穿過的衣服，包括屋裡的窗幔都一併撤下來，堆在後院，準備分批燒掉。

除此之外，她也領著全部的人打掃府裡的所有角落，連之前沒來得及打掃的地方也全都要清理到，不能放過任何一個死角。

城中鬧了瘟疫的事，迅速在京城傳開，一時之間，人心惶惶。

東宮。

「什麼？真的?!」太子激動地看著來報信的屬下。

「是。」屬下點頭。「陛下早朝後已經嚴令京兆府封鎖京中所有街道，任何人不得私自上街，如有發熱、腹瀉等病症，必須立刻上報京兆府。」

太子白了他一眼。「我當然知道這些！我問的是，那個得瘟疫死了的人，真的是在歸園食齋撞上了老七和余璟？」

屬下遲疑了一下，點頭稱是。「正是。如今七殿下和余將軍都閉門不出，早朝也沒有去，不知道……有沒有染上疫病的可能。」

「哈哈哈哈……」太子發出一陣歡快的笑聲。「太好了，真是天助我也！這麼好的機會擺在我面前，不利用不是可惜了？你去，把妙先生請來，我要好好和他商量一番！」

因著京兆府反應迅速，最初城裡的一切都還頗為平靜。可隨著出現病症的人越來越多，城裡開始浮現出躁動，越來越多的人都不願意待在家裡，反而瘋了一樣地到街上去，有的要出城，有的要去藥鋪裡搶藥材，還有的人憤怒地去衝撞京兆府衙門。

一時之間，京城亂作了一團。

三天時間，將軍府的眾人沒有一個感染疫病，封鎖便算解除。余璟第一時間就進宮面見了皇帝，回來後，神色凝重。

「現在，城裡已經亂了，出現症狀的病人越來越多，事態有些難以控制了。」

余歲歲又一次想到了那些西北的行商。「爸，西北行商的事，你有和陛下說過嗎？」

余璟搖搖頭。「現在沒有辦法說，城裡的狀況，如今就是一塊地雷，一旦出現一點火星，就會立刻炸。西北之事如今只是我們的猜測，怎麼報給陛下？今日太子還向陛下進言，要出動禁軍和金吾衛鎮壓百姓，是七殿下和我強烈反對，陛下才改變了主意。這種時候，一旦出動軍隊在城中搜查，不知道會發生什麼事情。

「如今最要緊的，是控制疫病的蔓延，可城裡能夠收容病患的醫館本來就不多，且他們也有一家老小，自然是不肯的。想來想去，我決定把食齋和學館全部清空，暫時幫忙收容輕症病患，至於其他的重症患者，還是交由醫館和官府處置。」余璟說道。「陛下也給了七殿下權力，由他帶領太醫署盡快查清病症，對症下藥。一會兒我就得走了，京兆府正在徵召城中的所有大夫，到時都會分派到各個醫館還有收容所去。歲歲，妳留在家裡，照顧好妳媽，我帶阿越一起去。」

「不行！」慕媛當即反對。「我要跟你一起去！那麼多人，你和阿越怎麼照顧得過來？還有日常的消毒、飲食，你們能兼顧嗎？不管怎麼說，我當年也是經歷過類似事情的人，照顧過你爸媽，還有學校的學生，我是有經驗的，你不能拒絕我的參與。」

余歲歲也站起來說：「是啊，我們和那個人那麼近距離的接觸都沒事，證明起碼我們的身體素質是過關的。不管怎麼樣，我和媽媽也是有力量啊！」

余璟實在拗不過兩人，只得點了點頭。

慕媛這下才滿意了，回去收拾好要帶的東西，叮囑府中管家守好府內，三人這才一起去了學館。

學館和食齋早已收到了消息，當初封街的時候，除了上學的孩子們被家人帶走，其他人都不能隨意出門。

後來學館和食齋都出了幾個病患，剩下的人雖然沒事，可城裡一亂，他們更是哪兒也不能去了。

余璟告訴他們自己的打算，既然要將兩處改成收容病患之地，那麼這些人都不能留下了，所以請他們也盡快到別處安身。

但令余璟沒想到的是，這些人裡，竟然有一半多的人都不願意走。

「將軍、夫人，當初我們姊妹四人是姑娘仗義救下的，這時候我們怎麼能走呢？再說，食齋也是我們共同的心血，守著食齋，我心裡也踏實。」說話的是何蘭。

她的三個妹妹，自然也是聽姊姊的話。

「我反正是不走的。」余欣欣也不多說，但擺著的架勢，就是不肯走。

「余大哥，不管怎麼說，人多力量大。城裡到處都亂著，我們留下來，這裡能更清靜一些，疫病也能更快的控制住啊！」一個武師父說道。

余璟十分動容，心裡也是感慨萬千。「各位大仁大義，在下欽佩之至。也罷，那就都留下，我們實行輪值，儘量降低同一個人密集接觸病患的次數，大家也一定要小心保護自己。」

收容的事情一定案，很快地，京兆府就派人送來了一大批症狀較輕的病患，一起來的還有兩個郎中，學館和食齋各一個。

眾人做好了準備，投入到對病患的照顧之中。

「余璟，聽說醫館那邊又有一些重症的患者沒有挺過去，而且咱們這兒這兩天也有幾個輕症轉重症了，這樣下去，很不妙啊！」像陀螺忙了幾天幾夜的慕媛，掛著兩個黑眼圈，找到了余璟。

「這也是沒有辦法的事。」余璟嘆道：「城裡的郎中太稀缺了，根本看顧不過來。而且如今做的一切，都不過是讓病情暫時抑制住而已，並沒有更好的辦法。」

「這樣下去肯定不行。」慕媛道：「只拿學館來說就好，我們這些人輪著值守，唯一能做的就是時刻盯著患者的情況，一有不妥就去找郎中來看，可學館只有這一個郎中，怎麼可能看得過來？前天晚上，就是郎中還在看另一個病人時，我這邊的病情就突然惡化，都沒來得及往醫館抬，人就沒了。余璟，我想，是不是讓郎中教我們這些人一些基本的應急之法，將所需要注意的事項、簡單的手法、吃什麼藥、怎麼吃……多少教給我們一些。哪怕多一個人學會，就能分擔很多。既然只是抑制病情，這種辦法應該可以奏效的。」

余璟眼睛微亮，也覺得慕媛的提議很好。「妳這個辦法確實可以試試，我現在就去和郎中商議。」

學館的郎中聽了余璟的提議，也覺得可行，於是學館和食齋迅速改變策略，每日只要不輪值的人，都跟著兩位郎中先生觀看學習。

兩天後，余歲歲、余璟、慕媛、齊越還有何蘭等幾個人，就已經學得七、八成了。

這天晚上，又有一個輕症患者的病情突然惡化，嘔吐不止。慕媛按照郎中教授在幾個穴位扎上針，隨後一碗湯藥灌下，嘔吐竟真的漸漸止住了！

而余璟和余歲歲學針灸的悟性雖然差了些，但用手將那些穴位按下，再灌下湯藥，效果也都差不多。

眾人立刻高興起來，這樣下去，即使病患必須拖著等治病的藥方出來，但也可以盡可能地減少更多的人病重、病亡了。

這一夜，長時間沒睡的余璟和慕媛終於輪到了休息的時候，他們早早和衣睡下，想要盡快地休息過來，恢復體力好照顧更多的病人。

半夜三更，余璟的屋門被「砰」地撞開，一個身影慌張地跑了進來，驚醒了床上的余璟。

「余大哥！不好了，出大事了！」

余璟一個激靈爬起來，看向眼前的武術師父。「怎麼了？」

「學館的病人突然瘋了一樣地要往外闖，小姐和阿越已經去攔著了，但恐怕是攔不住啊！」

余璟面色猛地一變，披上衣服就朝外走。

此時的學館院中，已然大亂。
虛弱的病患不知是哪裡來的力氣，吵吵嚷嚷地就要往外闖。學館裡幾乎所有留下來照看病人的先生們都出來了，又要忙著攔人，又怕和他們密切接觸，阻攔的效果並不好。
余璟剛到沒一會兒，住在另一處的慕媛也趕過來了。他們一眼就看到了人群最前面的余歲歲和齊越，被幾個鬧得最凶的病患步步緊逼，一步步朝門口逼去。
「你們這是要造反嗎？」齊越臉上蒙著面巾，握緊拳頭擋在余歲歲身前，怒吼著。「朝廷有令，所有染病之人均必須待在收容之處，不得隨意外出，違者以謀逆論處！你們只要敢出去，就是殺頭的大罪！」
「我呸！」為首的一個病患拉下臉上的面巾，朝他吐了一口口水。「留在這裡也是一個死，還不如出去！就算被殺頭，也比在這裡受罪好！」
余歲歲不可置信地看著他。「你不過只是輕症，只要太醫署的藥方研製出來，你有極大的可能活命，且留在這裡有人醫治，但你出去的話，只有一死！」
「得了吧！」那人一揮手。「別騙人了！外面都傳遍了，你們是要拿我們的命去給西域來的妖女練妖術，我們這些人遲早都得死！」
余歲歲被他的一句話說得差點沒轉過彎來。「妖、妖女？哪來的妖女？」
「就是她！」那人手臂一伸，指向一旁站在余璟身旁的慕媛！
余璟的臉色登時一沈，腳步下意識地邁出，擋在了慕媛身前。

余歲歲的目光從父母身上收回來，瞬間轉冷。「你從何處聽來的？」

那人嘲諷一笑。「現在全京城的人，沒有不知道的！這個妖女是余將軍從邊關帶回來的，就是她把瘟疫傳給了我們！只要吸我們的陽氣和人血練妖術，她就能長生不老！我們如果再跟她待在一起，就必死無疑了！」

余歲歲氣不打一處來，冷聲質問。「既然如此，那為什麼余將軍沒有得病，我也沒有得病？還有這麼多人，比你們和她在一起的時間都長，為什麼也都沒有得病呢？」

「那是因為……」那人被問住了，頓了一會兒，隨即梗著脖子道：「因為余將軍是我們雲朝的英雄，縣主也被稱為巾幗女傑，而這裡的其他人，要麼有武藝傍身，要麼都是達官貴人家的公子、小姐，妖女的法力還不夠，只能拿我們這些平頭老百姓下手！」

他的話音剛落，人群裡一個病患突然大嘔一聲，噴出血來，血跡立刻暈開在臉部的白色面巾上。

余歲歲大驚，想要推開眾人去救治那人。

「看到了嗎？看到了嗎？妖女發功了！她要來害人了！」那個帶頭鬧事的人立刻叫嚷起來，和周圍的人一擁上前，堵著人不讓他們接近。

「讓開、讓開！」余歲歲帶著齊越，還有旁邊的幾個師父，發了狠地推搡著人群，一步步朝那吐血患者的方向走去。

另一邊，十幾個病患也開始衝撞余璟和慕媛所在的方向，一雙雙惡狠狠的血紅眼睛，好像要把慕媛生吞活剝般。
余璟帶著身邊的幾個武師父，又要護著身後的妻子，又要看顧女兒那邊的情況，心下越發著急。
余歲歲和齊越好不容易走到那吐血的患者面前，還沒碰到他，就見他突然全身抽搐著倒在地上，大口大口地吐著血，面巾瞬間被血浸透。
余歲歲見狀，立刻蹲下去摸他的穴位，可已經這麼嚴重，她的那些方法，早就不頂用了。「郎中！郎中呢？」她抬頭喊著。
郎中正被人群堵在外頭，聞言也奮力地想往裡頭擠來。
就在這一瞬間，地上抽搐的那人突然翻身坐起，瞪著血紅的眼睛，彷彿出現了幻覺一般，兩隻手成爪，大吼著撲向余歲歲。
「妖女，我要殺了妳！」
余歲歲正看著郎中的方向，絲毫沒有察覺。
「姊，當心！」千鈞一髮之際，齊越的身體猛地朝余歲歲撲去，手臂前伸，橫在她身前。
「嗯——」
一聲悶哼，讓余歲歲猛地轉頭，雙目陡然瞪大。
只見那病患的雙手死死地扣住齊越的手臂，一張嘴狠狠地咬在上面！
「阿越！」余歲歲驚呼一聲，一拳打在那人的腹部。

那男子吃痛鬆口，重病的身體早已支撐不住，直挺挺地向後倒去，沒了氣息。

余歲歲一把撩開齊越的袖子，精壯的小臂上，赫然出現兩排帶血的牙印！

「妖女殺人啦！」一聲高喊，所有的病患瞬間朝外衝去。

余歲歲和齊越下意識緊靠在一起，抵擋人群的衝撞。

突然，學館的門板「咚」的一聲巨響，轟然裂成四片，散落於地。

人群驀地一驚，紛紛沒了動作，彷彿靜止了一般，悄無聲息。

「想出去是嗎？」余璟的怒吼，響徹整個夜空。「可以啊，都走！但有一條，必須由我們看護著，轉移到隔壁的食齋，暫時安置。否則，任何敢私自上街傳播疫病的，現在就推出去斬了！」

擲地有聲的渾厚聲音，震得所有人的內心都跟著顫抖。

很多人的臉上露出了順從的表情，畢竟，他們都知道余璟的身分，敬仰他這個保家衛國的英雄，同樣也對他大義收留眾人的舉動一直是很感激。

見眾人冷靜下來，余璟的語氣也放緩了。「好了，現在排成隊，一個一個的走。」

大家沒有什麼異議，默不作聲地排好隊，在幾個武師父的帶領下，走了出去。

直到最後一個病患離開，余歲歲才驚慌地扶著齊越站起來，擔心地看著他的傷口，語氣都不禁帶上哭腔。「阿越，你怎麼樣啊……」

慕媛眼尖，最先反應過來，連忙走上前。「快，余璟，你快去拿酒給他沖洗傷口。歲歲，去找創傷藥來。郎中，您看，那些藥是不是也給他喝下？」
眾人立刻忙碌起來。
慕媛讓齊越坐下，自己蹲在一旁，細心地給他清洗、包紮著傷口。
「傷口不能紮太緊，得留點兒空間，以免捂著。阿越，你自己得注意，別讓細布掉了。你就在這兒坐著，只要有不舒服，一定要馬上說啊！」
慕媛溫柔的囑咐，說得齊越感動不已，他雙眼微濕，看著慕媛。「謝謝師娘。」
慕媛憐惜地拍了拍他的肩膀。「傻孩子，余璟是你義父，歲歲是你姊姊，你還叫我師娘？」
齊越的唇角微微抽動，好像小心翼翼，又好像期待多時，目光染上孺慕。「娘……」
「乖。」慕媛摸摸他的頭。
余璟看著院中的狼藉，還有身邊幾人沈重的面色，有些疲憊地坐了下來。
「今天晚上的事，背後一定有問題。」他揉了揉生疼的太陽穴。
已經幾天沒睡過好覺了，好不容易休息一次，又出了這麼大的事。
這一次，背後的人出手越發狠毒，竟然想到用「妖女」這個謠言來誆騙患者，引發他們的暴動，目標直指慕媛。
指向媛媛，不就是指向自己嗎？余璟心中發寒。
如果這件事不解決，今後還會鬧出什麼事來，他真的不敢想。

「余大哥，我覺得鬧得最厲害的那兩個，一定是挑事的。」一個武師父說道。

余璟也注意到了，一個是那會兒和歲歲對罵的，一個是在人群裡起鬨的。「那兩個人，是什麼時候進來的？」

「昨天吧？」武師父回想著。「沒錯，我看見他們身上的編號，就是昨天的。幸好夫人當時為了便於管理，提議給每個患者編上號，還能隨時記錄和觀察病情，不然這麼多人，還真是會搞得亂七八糟。」

「昨天剛來，今天就鬧了這麼一齣？看來，是有人不想讓我們安心救治病人。」余歲歲說道。這個背後的人是誰，簡直可以說是呼之欲出了。

「這事，其實也不難辦。」慕媛突然出聲。「我離開，不留在這裡了。什麼事都沒有救人來得要緊。」

余璟搖搖頭。「恐怕妳離開也沒用了。這個陰謀，現在只是剛開始，小打小鬧，後面不知道還有什麼等著我們?背後的人，不會輕易放過我們的。」

余歲歲垂下眼眸，心裡似壓了千斤的石頭。

這個局，算計的不會只有他們一家人，陳煜應該也在對方的算計之內。

陳煜一路疾走，衝進太醫署的大門，身後掌燈的內侍一路小跑，都跟不上他。

「杜太醫，我聽說找到治療的方子了？」

正在藥案前忙碌的一個老太醫轉過身來，恭敬地行了一禮。「老臣見過殿下。」

「不必多禮，快快細說！」陳煜一臉期冀。

「老臣多日來，和幾位僚屬翻遍了能找到的所有藥典，終於在一本前朝末年成書的醫經中，翻到了與此次疫病相似的一次瘟疫。」杜太醫說道。「當時前朝正值戰亂，百姓民不聊生，因此並沒有官府關心疫病的傳播，更沒有人費心去救治。直到本朝開國，百姓漸漸安定下來，這場疫病好像才慢慢地消失了。但究竟死了多少人，誰也不知道。

「不過，記載那次瘟疫的正是一個縣城的郎中，因為縣城相對閉塞，人口稀少，傳播不快，但病症非常嚴重。當地的富商害怕危及自己的生命，卻也不想離開相對平安的縣城，就花重金請了很多郎中來商討醫治之法。後來，他們真的找到了可以治好瘟病的藥方，保住了一縣百姓的生命。」說著，杜太醫遞給陳煜一張寫好的藥方。「殿下請看，就是這個。」

陳煜拿著這張紙，感覺自己的手都在發抖。「杜太醫，既然如此，是不是可以救人了？」

杜太醫搖了搖頭。「這本醫經裡記錄的疫病，發生在近兩百年前。自那以後，我朝再未發生過如此疫病，臣等不能保證，此藥真的有效。」

「可不試怎麼知道呢？試一試，總比眼睜睜看著得病的人死去要好吧？」陳煜道。

杜太醫頷首。「臣也是這個意思。但眼下，京城已亂作一團，謠言四起，眾說紛紜。一旦此藥無效，甚至吃死了人，民怨恐怕難以平息啊！」

陳煜想了想，目光一定。「這樣吧，杜太醫，你先帶領太醫署迅速按藥方配藥，我去求見父皇，想辦法試藥。」

第二天，得了皇帝首肯的陳煜，從天牢裡提出了一批死囚，將他們與患重度瘟疫而死的人關在密閉的空間裡，很快地，死囚們就染上了疫病。

太醫署立刻拿來熬好的藥，按醫經記載的方法服用。

兩天後，除了一個本就患有重病的死囚病死之外，其他死囚的病情都明顯減輕了。

陳煜和太醫署十分興奮，這就證明了藥方是有用的。

可將藥用在死囚身上，到用在普通的病患身上，這個坎，卻是極為不好跨過的。在這個節骨眼上，陳煜心知，一點差錯都不能出。

最後，還是京城收治病患的幾個醫館裡，因為治病救人而身染瘟疫的郎中們，提出為了再次檢驗藥方的效果，自願以身試藥。

他們中的一些人，本來只是輕症的患者，可因為城中的郎中太稀缺了，他們這些染病的人少了很多顧忌，便繼續救治，最終拖成了重症。

陳煜得知他們的來意，萬分感動，立刻將他們收治在一處，服下藥劑。

令人欣喜的事情出現了，沒過幾天，他們的病情也逐漸減輕，好得快的，甚至已經大好了！

「聽說了嗎？宮裡頭的七殿下帶著太醫們找到了治病的良方，已經有人被治好了！」

「真的假的？」

「當然是真的！南街的李小郎中救人的時候染上了瘟疫，那麼壯實的小夥子都病得起不來床了。就昨天，我看見他生龍活虎地又去醫館救人了呢！」

太醫署找到藥方的消息傳遍了京城，迅速給城中的百姓帶來了一絲曙光。

學館裡，余歲歲也非常高興。只要疫病結束，關於媽媽的謠言，自然也就不攻自破了。

「阿越，今天好點沒？」余歲歲隔著門，收走齊越放在屋外的吃剩飯菜。

那天，齊越替她擋了那人的一口，結果不幸染上了瘟疫，所幸只是輕症。

「好多了，謝謝姊。」齊越在屋裡說道。「外面怎麼樣了？需要我幫忙嗎？」

「你啊，操心你自己就行了！」余歲歲笑道。「反正現在京城裡什麼謠言都有，有說我娘是妖女的；也有說我爹是戰神，陽氣十足，能震懾妖孽的，這一亂，反而也有好處。起碼，現在有些膽子大的病患，也敢到學館來安置了。」

不過大量的人手還是都集中在食齋，學館只留下零星幾個人，照顧二十來個病患，倒也有條件把他們隔離起來了。

後面的那個戰神謠言，是余歲歲找人傳的。

既然疫病一時半刻難消，謠言難除，那就先用謠言打敗謠言。

等這事過去後，她一定要找背後的人算帳！

「沒事就好。」齊越在屋裡道。「等姊夫帶來了藥方，治好了我，我也好趕緊出去幫忙。」

余歲歲臉一紅，輕拍了一下門框。「瞎叫什麼！」

屋裡傳來齊越隱忍的笑聲，余歲歲也不禁笑了笑，端起托盤，轉身離開。

不出意外的話，陳煜那邊的藥方發下來，也就這兩天的事了。

第二天早晨，余歲歲特意起了個大早，正在梳洗時，晚桃慌慌張張地跑了進來。

「姑娘，出大事了！」

余歲歲一愣。「怎麼了？」

晚桃眼圈一紅。「城裡都傳遍了，聽說被太醫署救治回來的那些郎中，一夜之間，全部身亡了……」

「噹啷」一聲，架子上的水盆被碰掉，水灑了余歲歲滿身，她卻絲毫沒有察覺。

「怎麼回事？怎麼會這樣？」

晚桃都有些不忍心說了。「他們說，因為夫人是妖女，所以要了這些郎中的命，接下來就是所有人的命了。還說這根本不是瘟疫，是妖術，太醫署的藥是沒有用的，那是……是七殿下被妖女蠱惑，為了害人才弄出來的藥方。現在，城裡的人都在外面喊著，要將軍殺了夫人，以救百姓的性命。」

余歲歲定定地聽著，手指甲不由得嵌進手心的軟肉，都沒感受到疼。「人呢？」

「什麼？」晚桃微怔。

「那些……死去的郎中呢？」余歲歲又追問一句。

「聽說還在醫館，七殿下和太醫署已經趕去了。」

余歲歲聽完，抬步就往外走。「我們去醫館。」

學館的門口，果然有鬧事的百姓高喊著，要求余璟殺死從邊關帶回來的妖女，不要被妖女所蠱惑。

京兆府的衙差和金吾衛前來維持秩序，卻被眾人叫罵「官官相護」。

余歲歲打開學館的門出來時，所有人看到她，都不由得退了一步。

「縣主，您看這……」金吾衛的統領，是余璟從前的同僚，見到余歲歲，也是很客氣。

余歲歲冷眼掃了人群一圈，不知道是不是在邊關鍛鍊出來的，竟一眼就看出了幾個明顯在起鬨鬧事的人。她側過身子，朝金吾衛統領耳語幾句，讓他盯住那幾個人。

隨後，她朝人群說道：「我要出門，各位請讓一讓。」

金吾衛的統領見眾人不動，無奈道：「這位是錦陵縣主，不是什麼妖女，你們快讓開吧！」

眾人這才順從地讓開一條路，還有人喊著，讓縣主不要受妖女蠱惑。

等走遠了，晚桃才道：「姑娘，就這麼放過他們嗎？他們明明什麼都不知道，還自以為是的鬧個不停！」

余歲歲嘆了口氣。「他們只是被人挑動了情緒，並非十惡不赦。真若把他們抓起來，事情會變得更糟。不過好在，他們本來就是少數人，只是聲音大而已。那個計劃這個陰謀的人，不也正是利用了這一點嗎？」

「可……就讓他們這麼鬧下去的話，就會有越來越多的人相信他們呀！」晚桃說道。

「那又能如何呢？我們確實拿他們沒有辦法。他們沒有犯法，不能捉拿去京兆府打板子。」余歲歲聳聳肩。「為今之計，最好的解決辦法就是盡快止住瘟疫，再戳破謠言。那些本就沈默的人，大多比較隨大流。大家同在京城之中，闢謠也相對容易，會過去的。至於這些少數人，到那時，也不會多說了。」

兩人走著，來到了醫館。

此時，陳煜和杜太醫正在屋中檢驗幾個郎中的屍體，醫館的外面，還有郎中的家人在哀痛的哭嚎。

余歲歲進去的時候，杜太醫剛剛從一個屍身前離開。

「殿下，不是死於瘟疫，也與藥方無關。」杜太醫看著陳煜，神情凝重。「是砒霜。」

「真的嗎？」陳煜的聲音一啞，胸腔劇烈地起伏起來。

杜太醫不忍地點點頭。「全都是。」

余歲歲快步走過去。「所以，大人能證明，他們是被人害死的，跟藥方根本無關？」

杜太醫見到她，先行了一禮，隨即道：「縣主說得是。但，老臣只恐怕，這個時候，不會有人聽的。」

余歲歲閉了閉眼。「他們的家人會聽的，他們需要一個真相。還有那些在生死關頭的病患，他們需要這個藥方。只要藥方沒問題，就盡快投入治療吧。先救那些已經命在旦夕的，人命最重要。」

杜太醫遲疑了一下，看向陳煜。

陳煜微微頷首，算是默認了。

杜太醫嘆了口氣，自言自語地朝外走。「老臣一把年紀了，第一次救人居然還要偷偷摸摸的……」

耳邊的話一點點飄遠，余歲歲看著屋裡陳放著的幾具屍體，眼睛一酸，淚珠頓時跟斷了線似的往下掉。

「為什麼？為什麼要傷害這些無辜的人呢？想對付我們，為什麼不衝著我們來？他們是郎中啊！他們還能治病救人啊！為了救人，他們不惜以身試藥，憑什麼要這樣冤屈的死去？」

陳煜輕輕摟過抽泣的余歲歲，柔聲安慰。「別哭，那些人會付出代價的。」

「代價？」余歲歲轉頭，嘲弄一笑。「陳煜，你跟我一樣清楚，策劃這一切的人是誰？是東宮！是太子！他能付出什麼代價？把這些真相告訴陛下後，陛下他難道會為了區區幾個百姓的性命，殺了自己的親生兒子——」

「噓！」陳煜一把反手輕捂住余歲歲的嘴，低聲道：「慎言。我明白妳的意思，相信我，我會讓他付出代價的。」

余歲歲冷靜了一下，平復下剛才波動的情緒。

她突然生出一種無力感，不是為了別人，而是為了這個時代。

陳煜是個很好的人，她也相信他會成為一個很好的皇帝，就像歷史課本裡很多名垂青史的皇帝一樣。

可惜，這裡的生產力不會改變，生產關係也不會改變，這就意味著皇權與門閥世家的權力也不會改變。

雖然陳煜在做出改變，但這不過只是既定制度下的一點點改良，歷史的路徑，終究會走向它該走的方向。

自己、爸媽，還有陳煜，不過是這個世界裡的幸運兒，還有無數普普通通的人，他們有的正被病痛折磨，有的正義憤填膺，有的在哀慟，而有的……就躺在這裡。

「陳煜……」余歲歲側身，把臉埋進身邊人的胸口。「為什麼，我偏偏只在這裡遇見你？」

陳煜心中莫名一顫，平白生出一股蒼涼之感，下意識抱緊了懷中之人。「為什麼這麼說？」

「我……想換個世界認識你……」余葳葳嘟囔著。

陳煜不懂她的意思，心裡一陣一陣的發慌，只能強迫自己鎮定，故作從容地回答她。

「那，可以請妳先委屈一下，留下來嗎？等以後，妳去哪裡，我都陪妳。」

余葳葳不由得勾了勾嘴角，輕嘆一聲。「放心，我哪兒也不去。」她直起身子，呼出一口氣。「剛剛我只是……有點兒難過，現在已經好多了。來都來了，還怕什麼？」她對上陳煜的雙眼，堅定不移地說：「我也一定會，讓他付出代價的！」

第三十三章

幾個郎中身亡的事情，悄無聲息的過去。沒有人關心他們到底是怎麼死的，人們只關心妖女還會不會再繼續殺人？

上次在學館門口鬧事的人，金吾衛派人盯上了幾個可疑的，趁著人群散開後，將他們秘密抓了起來。

可太子的人又怎會善罷甘休？抓完自是還有，仍舊繼續拱著百姓的怒火。

這一日清早，當一幫早已臉熟了的人再次來到學館門口叫嚷著要求余環殺死妖女時，學館的大門，突然從裡面打開了。

一個虛弱的少年被人攙扶著，緩緩走出學館，身後還有幾個同樣虛弱的人，手裡都捲著鋪蓋。

「他們染了瘟疫！」不知是誰嚎了一嗓子，圍著學館的人群「嘩」地迅速散開，不敢靠近。

學館裡，匆匆趕來的余歲歲看著站在門口的父母，有些奇怪。「這是……在做什麼？」

余環回頭，看著她，低聲解釋。「是阿越。他說，這個時候，最好的辦法，就是讓所有人看到真相。」

「什麼意思啊？」余歲歲心裡生出不安。

慕媛的眼睛紅紅的。「這孩子背著我們，偷偷和那些重症的病患待在一起，病情加重了。他要搬到街上，讓所有人看著，太醫署的藥，真的能治病。」

余歲歲心裡登時一堵，不知道該說些什麼。

慕媛繼續道：「歲歲，一會兒，我也要出去了。」

「媽？妳去幹什麼？」余歲歲又是一驚。

「我去照顧他呀！」慕媛微微笑道：「阿越為了我、為了我們家，不惜賭上性命，我怎麼可能丟下他不管呢？」

「可他們以為妳是妖女，他們要妳的命呀！爸，你怎麼也不勸勸？」余歲歲看向余璟。

余璟沈默了一會兒，神色嚴肅地說：「在這件事上，我已經很無能了。現在這是唯一的破局之法，我勸不了的。」

慕媛笑笑，拍拍丈夫和女兒。「你們兩個已經很厲害了，可你們又不是神仙，什麼都難不倒。這次，就把光環讓給我和阿越吧。」

門外，齊越帶著幾個同樣病重的病患，將鋪蓋鋪在學館外的街上。

如今城裡因為瘟疫，已經亂成一團，自然也不會有馬車經過此處。

夏初的天氣，還算適宜，露天也不覺得冷。

「小兄弟，你們這是做什麼？是不是被妖女害得跑出來逃命啦？」有人問道。

齊越看向那人，聲音虛弱卻堅定地說：「沒有妖女，只是瘟疫。我住在這兒，就是為了讓京城的百姓都看看，我是怎麼好起來的。」

「呿，真是初生牛犢不怕虎，真不怕死啊！」那人不以為然。「那你們呢？也陪著他送死啊？」

齊越身旁的一個男子冷笑一聲。「要是沒有余將軍，幾年前我就死在城西的大火裡了。現在我相信余將軍，也相信咱們的陛下和七皇子、太醫署，一定會再救我一次的。」

另一個人也道：「我是右衛軍的士兵，我不相信陛下，我信誰？信你嗎？你除了會在這兒嚷嚷，救過幾條人命啊？」

那人被懟得啞口無言，灰溜溜地避到了一邊。

正在這時，慕媛穿著新換的衣服，臉上蒙著面巾，也走了出來。

人群裡一個人突然指著她叫道：「快看，她就是妖女！」

話音剛落，就有人想衝上前。

早等在門口的金吾衛瞬間湧上來擋住了人群，將他們和慕媛隔絕開。

「說我是妖女，居然還敢湊上來？難道你知道你在騙人啊？」慕媛戲謔地調侃一句。「想看就留下來看著，看我到底是救人，還是害人。」

有金吾衛擋著，旁人不能接近，慕媛非常放心地將自己的鋪蓋也放到了街上，朝齊越走過去。「手上的傷該換藥了，來吧。」

「娘……妳可以不用這樣的。」齊越小聲道：「我出來，就是想要保護你們。」

「你是娘還是我是娘？」慕媛笑他。「我不用你保護我。」

「可……」齊越咬了咬嘴唇。「義父和姊姊對我有救命和養育之恩，我這麼做，都是應該的。」

慕媛無奈地給他上著藥，不知道這個少年怎麼就如此執拗。「跟你說了多少次，別總提什麼恩不恩的，你不嫌累，我們壓力也大啊！趕緊把病養好，你姊姊還有任務交給你呢！」

果然，這句話直接轉開了齊越的注意力。

「真的？是什麼？」

「等你好了再告訴你。」慕媛無語。真不知道余璟和歲歲從哪兒遇到這麼些個實誠的孩子，一個陳煜、一個齊越，難道真是物以類聚，人以群分？

有人在學館外的街上當街演示治療瘟疫，傳說中的妖女也在其中，這個消息很快就飛滿了全京城。

要說有的人看起熱鬧來，倒也真是不要命，居然還真有人願意從城東跑到城西來，就為了看一眼這場面。

臨近傍晚，宮裡來了一個內侍，趾高氣揚，戴著面巾，難掩兩眼的嫌棄，站在學館的後門。

之所以不站前門，還不是因為齊越他們在那裡，他怕染上瘟疫。
「錦陵縣主，皇后娘娘和賢妃娘娘傳召，立刻跟咱家進宮吧！」
余歲歲看了看他，十分驚訝。「這種時候召我進宮？兩位娘娘就不怕我——」
「啊呸呸呸！」內侍不等她說完就打斷她的話。「縣主可要仔細說話！現在滿京城都知道，縣主和余將軍不會被妖女所害，自然不會染病，要不是這樣，娘娘怎麼可能見妳！」
余歲歲無語。行吧，又是個聽信「封建迷信」的，看來這宮，她還非去不可了。
不過這個節骨眼上，這兩位娘娘見她是要幹什麼？

很快地，余歲歲就知道了答案。
因為她一踏進椒房殿，一個杯蓋「啪」地就摔碎在了她的腳邊。
「余歲歲，看看煜兒被妳害成了什麼樣子！妳還要繼續折磨他嗎？」
賢妃站在皇后旁邊，一臉的怒氣，臉都憋紅了。
余歲歲的腳步猛地停住，看著碎成兩半的杯蓋還在地上打著晃。
皇后驚訝地看了一眼賢妃，顯然也沒料到她居然會發這麼大的脾氣。果然，親娘還是親娘，到底是把兒子看得跟眼珠子一樣的。
余歲歲全然不在意，依舊規規矩矩地行禮。「臣女見過二位娘娘，娘娘萬安。」
「哼！」賢妃回給她一句冷哼。

「不知二位娘娘召臣女來，所為何事？」余歲歲主動開口問道。

皇后見賢妃氣得臉頰兩側都鼓起來了，便知她一時間是不好開口說話了，只能自己來。「錦陵縣主多日來一直忙於城中瘟疫之事，甚是辛苦了。本宮雖身在深宮，卻也時刻記掛著城中的百姓。眼下城中流言四起，人心惶惶，本宮和賢妃實在心有不安，這才召妳進宮問問。」

皇后的話說得若隱若現的，余歲歲心中暗嘲，面上故作糊塗。「娘娘心繫百姓，真是慈悲心腸。有娘娘惦記，城中百姓一定會很快好起來的！」

皇后一噎，決定把話說得再明白些。「縣主，其實，本宮想知道，令尊余將軍和那位邊關來的娘子，究竟是什麼情況啊？」

余歲歲緩緩抬頭，眼睛猛地睜大，面上表露出慌張。「原來皇后娘娘是想問我爹爹和慕娘子的事啊！娘娘是要下懿旨，讓我爹爹殺了慕娘子嗎？」

「……」

皇后的話，再一次被堵在了嗓子眼。

雖然她確實是有這個意思，可這般直白地說出來，便就不美了。這種事情，不外乎就是暗示一番，雙方心領神會後照做便是，如今讓余歲歲這麼一捅破，竟是怎麼也說不出口了。

「呃……縣主誤會了。」皇后斟酌了一下。「妳也知道，如今城中境況不妙，縣主和余大將軍為了朝廷和百姓，屢次用命，如今好不容易邊關安定，你們也不希望看到京城就這樣亂下去吧？」皇后換了個親昵的稱呼。「歲歲，妳也清楚，煜兒統領太醫署熬製藥方，眼瞧著就要成了，卻偏偏出了這樣的事。如今所有人都說他草菅人命，被妖女所惑。本宮知道，妳對煜兒也是一片深情厚誼，總不希望他因為這件事，失去他努力這麼久的成果吧？煜兒一心待妳，很多事不好明言，可他的想法，妳也應該是明白的吧？」

余歲歲眼眸微垂，好像在思索著皇后的言語。

一旁的賢妃坐不住了，嚷道：「娘娘，別和她拐彎抹角了，這丫頭根本揣著明白裝糊塗！余歲歲，現在我就跟妳說明白點，皇后娘娘就要妳一句話，想嫁給煜兒做正妃，就回去讓余將軍砍了那個妖女；要是不願意，那妳就去找陛下自請退婚，不要耽誤煜兒娶明四姑娘過門——」

「賢妃！」皇后娘娘一聲暴喝，卻沒能擋住賢妃的快嘴，整張臉都垮下來了。

這個賢妃，怎麼如此蠢笨？把話說得這般明白，她一個皇后，還有明家的臉要往哪裡擱？為了一個皇子妃的位置，逼著大臣殺妻，這名聲傳出去，他們明家豈不是要遺臭萬年？

余歲歲低著頭，不讓她們看到自己臉上的表情。

過了一會兒，她神色冷淡地抬眼，目視皇后和賢妃。「二位娘娘既然如此說，臣女也就實話實說了。此事背後乃是有心人操縱，這一點娘娘不會不明白。可在娘娘眼裡，當這件事能成為籌碼，換到比京城安穩、七殿下平安更大的利益時，便不去關心背後的事情了。不過也請娘娘聽臣女一句勸，大局當前，莫要因小失大。這個機會，可是機不可失，失不再來了。」余歲歲說得很慢，一邊說、一邊看著皇后的表情。

她就不信，皇后會聽不懂她的意思。

皇后當然聽懂了。背後搞鬼的，除了太子還能有誰？

余歲歲是在暗示她，這種時候，他們應該團結起來，先把太子拉下來。

可……陳煜已經不受控了，這次她之所以鼓動賢妃來逼余璟殺妻，就是為了攪黃余歲歲和陳煜的婚事，強行安排明玥出嫁。結果賢妃這一挑明，余歲歲肯定不會落入陷阱了。

何況，她連「此事乃陳煜的主意」這種謊都撒出來了，余歲歲這鬼丫頭居然壓根兒不提這一茬，可見是不信的，挑撥的計策也失效了。

皇后覺得，自己這是同時遇到了豬隊友和神對手，她太難了！

「娘娘，我早說她不會聽話的！」賢妃又一次開口了。「依我看，還是把煜兒叫來，從他那裡下手得了！我就不信咱們一個親娘、一個養娘，他還敢忤逆不孝？至於余歲歲，還是趕緊讓她出去吧，我一見到她就來氣！」

皇后一口銀牙險些咬碎。賢妃這句話，不就證明了陳煜對今日之事壓根兒不知情嗎？

她狠狠瞪了賢妃一眼——不說話沒人把妳當啞巴！

「罷了，今日賢妃娘娘氣性大，縣主先回吧。不過本宮和賢妃說的事，縣主還是好好想想，不要感情用事。」皇后說道。

余歲歲點了點頭，福身告退。

椒房殿外，早已等候的嬤嬤見余歲歲出來，便轉身替她引路。

記得上次來時，椒房殿的宮人們見到自己一個個都喜氣洋洋的，今日卻頗為鼻子不是鼻子、眼睛不是眼睛，看來都是為著陳煜，惱了她了？余歲歲搖頭暗笑。

這些人還是不知道她的脾性。莫說陳煜從未覺得媽媽的事情影響了他，就算他真的這麼想，難道她就會為了要嫁給他而妥協嗎？

啪嗒！

一個聲音驀地打斷了余歲歲的思緒，她下意識一低頭，就見一只荷包掉在腳邊。

她俯身撿起，看向前面引路的嬤嬤。

「嬤嬤，您的東西掉了。」余歲歲趕上前兩步。

嬤嬤回頭，不屑地白了她一眼。「縣主把奴婢當什麼人了？奴婢可是皇后娘娘跟前的老人，什麼金銀珠寶沒見過？縣主以為，拿這麼個破荷包、幾兩銀子賄賂，就能說動奴婢在皇后娘娘跟前說好話嗎？哼！快些走吧，遲了宮門就要關了！」

余歲歲一怔，捏著手裡的荷包，想了想，默默收攏進袖中。

直到上了馬車，余歲歲才再次將荷包拿了出來，緩緩打開。

荷包裡，是一塊小巧的翡翠玉石，扇形模樣，比余歲歲的手心小些，上面有些陰刻的暗紋，兩頭還各有小孔，像是穿繩用的。

余歲歲心裡一動，又往荷包裡摸了摸，果然，又摸出一張字條來——

贈余夫人。請務必配於髮間。

余歲歲眼神疑惑，心中卻安定了不少。

其實剛剛在椒房殿時，她就覺得奇怪了。

賢妃娘娘看似生氣，卻句句都是在給皇后拆臺，愣是把皇后的一肚子算盤捅了個底兒掉。

後宮之中，誰都知道賢妃性子直，說不喜歡皇帝就敢吃齋唸佛十幾年，一個好臉都不給皇帝留。好不容易開竅了，不唸佛了，卻是唯皇后馬首是瞻，皇后說啥就是啥，半點兒不向著自己的兒子。

可今日余歲歲才覺得，賢妃單純是不假，卻不是個傻子。

可憐天下父母心，賢妃所做的一切，都是為了陳煜。

如今表面上陳煜不聽皇后的，可賢妃聽，那麼皇后就會覺得賢妃被拿捏在自己手裡，陳煜就不敢太過放肆。

可惜，玩鷹的到底是讓鷹啄了眼睛。精明如皇后都沒有發現，賢妃其實事事都在為陳煜打算，就連剛才那些話，都是變相在替陳煜澄清，生怕自己誤會了陳煜。

更厲害的是，賢妃居然能把皇后的人撬走，讓那嬤嬤用這麼個辦法，把這玉交給自己。

余歲歲盯著手中的玉石，翻來覆去地看了好幾遍，愣是沒看出有什麼特別之處。

或許，只是賢妃的一個安撫禮物？想要提前和親家聯絡聯絡感情？

余歲歲想不出個頭緒，只想著回去給媽媽戴上就好。

馬車在距離學館一條街的地方停下，余歲歲下了車，朝學館走去。

天已經黑了，齊越幾人躺在街上，周圍站著守衛的金吾衛，不許別人靠近。慕媛就住在一邊臨時搭起的一個帳篷裡。

余歲歲剛想往裡走，就被旁邊衝出來的一個人冷不防地拉住。

「歲歲！」

余歲歲嚇了一跳，定睛一看，才看出面巾下罩著的這張臉，是明琦。

「明琦？妳怎麼在這兒？多危險啊，快回去！」

「歲歲，我沒事。」明琦道：「我和祁川都很擔心你們，所以才一個人過來看看。」

「我們都會沒事的。」余歲歲安慰她道：「我相信太醫署的藥方，一定能治好這次瘟疫。阿越不惜染重病，當眾試藥，我們也不能辜負他。」

明琦重重地點頭，隨即從懷裡掏出一只荷包，聲音細小地說：「歲歲，可以請妳幫我把這個帶給阿越嗎？這是我幼時生病，我娘給我求來的長命鎖，我一戴，病就好了！」

余歲歲手裡被明琦塞進了荷包，不由得手心一燙，驚訝地看著她。「妳……」

長命鎖……這可是女子的貼身之物啊！明琦這是……

明琦眼神一閃，不敢多留，轉身就跑了。

余歲歲原地失笑，看著手裡的兩個荷包——得，她倒成了個送荷包的了！

既是受人之託，她圍了面巾便來到了齊越旁邊，將荷包遞給他，並說明了情況。

「阿越，東西我帶到了，有些事，你心裡可要有數啊！」余歲歲戲謔地看著他。

齊越臉紅紅的，竟分不清是病的，還是羞的了。

隨後，余歲歲才來到慕媛的帳篷。

「媽，我來給妳送個東西。」她掏出玉石，將在宮裡發生的事情全都說給了慕媛聽。

「戴在頭上？」慕媛好奇不已，卻也看不出這玉有什麼不一樣。「算了，好歹是賢妃娘娘的心意，那妳就幫我戴上吧。」

余歲歲點點頭，跪坐在地上，解開慕媛髮上的一處髮帶，將玉石綁了上去。

慕媛的頭髮又多又黑，綰起來本就顯得很厚，而那玉石不大，若不仔細看，根本看不出來。

母女倆只當這就是個小禮物，便誰也沒當回事。

第二天清晨，太陽剛剛升起，慕媛一醒來，外頭的喧鬧聲就闖進了耳朵。

她一把掀開帳篷，只見一個路過此地、帶著個孩子的婦人，正驚慌失措地摟著自己癱軟在地的兒子，大聲呼喊著。

只一眼，慕媛就看出來，那孩子身染瘟疫，而且已經病得神智不清了。

見慕媛露面，旁邊看熱鬧的人登時大喊：「快看，妖女又要殺人了！」

這一聲，所有醒來的、剛醒的，醫館裡的、學館裡的病患，都急急忙忙地來看熱鬧了。

慕媛半點兒都沒有猶豫，撥開守衛，直接抱起了那孩子。

「欸，妳——」那婦人懼怕她的名聲，想要阻攔，卻被慕媛一開口給喝了回去。

「不想妳孩子出事，就閉嘴！」

驚慌中的母親被慕媛一嗓子給嚇傻了，竟真的動也不敢動了。

只見慕媛三下五除二，按上了孩子的幾個穴位，動作中不難看出她用盡了全身的力氣。

幾下過後，抽搐中的孩子漸漸平復了下來。

慕媛回頭，叫來剛醒的齊越，讓他去醫館取一碗太醫署的藥劑。

等齊越把藥碗端來，慕媛立刻解開孩子的面巾，小心地餵他喝下。

孩子的母親跪在一旁，大氣都不敢出地盯著自己的孩子。

就這樣，不知道過了多久，慕媛腿都蹲麻的時候，昏迷過去的孩子臉上潮紅漸漸褪去，重新恢復了意識，嘴裡也發出了嚶嚀。

「兒啊，你可嚇死娘了！」一旁的母親一把摟住自己的兒子，大聲哭嚎起來。

慕媛鬆了一口氣，扶著腿，緩緩站了起來。

圍觀的人群，眼裡都染上了疑慮。

「這妖女好像真的在救人啊？」

「說不定是當著這麼多人的面，不敢下手罷了！」

「可我覺得，她好像是真心的耶……」

「你們快看！妖女的身上在發光！」

余歲歲從學館裡出來的時候，正看見所有人都盯著街中心的慕媛，好像見到了什麼奇蹟似的。

她疑惑地朝媽媽看過去，只見慕媛的周身彷彿籠罩著一束金光，朝周圍散發著淡淡的光芒。

就像神話裡的仙女，被佛光籠罩，普度眾生。

「她不是妖女，是神女啊！」不知道是誰，突然大喊了一聲。

「神女？」人群議論紛紛。

慕媛也不知道發生了什麼事，下意識轉了身子，沒想到那光線更亮了幾分。

這下子，那些本還半信半疑的人們也都徹底動搖了，紛紛感嘆著，他們竟然親眼看到了神女下凡！

余歲歲撓了撓頭，看看慕媛，又看了看遠處屋簷角上的太陽，瞬間恍然大悟！

那塊玉石！

一定是那塊玉石有什麼奇異之處，能反射太陽的光線，這才出現了慕媛被金光籠罩的「神蹟」！

難怪賢妃寧願冒那麼大的險，也要把這塊玉交到自己手裡，原來竟是這樣的好東西！

余歲歲激動地轉身就往學館裡跑。

這一次，終於輪到他們翻盤了！

之後的幾天裡，聚集到學館看熱鬧的人越來越多。他們都聽說了那傳說中的妖女不是妖女，而是神女，她也並非是在害人，而是在救人。

一時間，京城裡的輿論來了個大逆轉。

之前那些成日在宣揚妖女禍世的人，如今都被視作肉眼凡胎，有眼不識金鑲玉。

大家都認為，如果不是這些人胡說八道，神女手一揮就能消除瘟疫了，卻被這些人害得困於文武學館而不能出。

不過，神女還是憐憫世人的。她深知「授人以魚，不如授人以漁」，因此讓太醫署發現了前朝的醫術，嘔心瀝血，熬製出了治病的良藥。

這下子，受盡了詬病及誣衊的太醫署和陳煜，總算揚眉吐氣了。

自此後，全城所有的醫館以及學館、食齋，都開始發放太醫署的藥劑，城中痊癒的人越來越多。

齊越幾人當眾治病，一時更傳為佳話。

夏季的曙光，彷彿此時才照入京城的大地。

是夜，御書房。

皇帝坐在龍案前，一旁候著的，是陳煜、余璟、馮閣老、杜太醫，還有大理寺卿裴涇。

「陛下，自臣與七殿下發現那些暴斃的郎中均是死於砒霜之後，便想盡辦法保存下了屍體。如今雖然難免有所腐爛，但仍能驗出體內殘存的砒霜。」杜太醫說道。

皇帝點點頭，看著眼前的奏摺。「是，朕看到仵作的驗屍結果了。」

五個京城最好的仵作，驗出來的都是同一個結果，事實是什麼，已經毋庸置疑了。

「余卿、裴卿。」他看向余璟和裴涇。「此事關係重大，朕只給你們一天時間。朕要證據確鑿，明白嗎？」

余璟與裴涇對視一眼，重重點頭。

看來這一次，太子是在劫難逃了。

學館裡，余歲歲換上久違的男裝，將頭髮高高地束起，戴好髮冠，拿起桌上的劍，走了出去。

屋外，齊越已經等在門口了。

「阿越，身體恢復好了嗎？」她關心一句。

「好了！」齊越一挺胸脯。「從來沒有這麼好過！」

「那就好。」余歲歲點點頭。「今天，我們是和禁軍、金吾衛同時動手，要將爹查找出來的太子私下的據點全部端掉，動作要快，不能提前走漏任何風聲。」

這段時間，余歲歲和慕媛忙著治病救人的時候，余璟並沒有閒著。

當初那些來學館拱火挑事的人被金吾衛扣押之後，余璟一直抓緊時間在審問，再加上陳煜掌握的消息，這才能在一天之內，將證據匯總呈給皇帝。

「阿姊放心，我絕不會失手的。」齊越道。「我只有一個請求，我想……親眼看著他，得到一個什麼下場。」

余歲歲了然。

太子，天潢貴胄，不是犯了謀反、弒君這樣的滔天大罪，很少有哪個皇帝會動手殺死自己的兒子。

齊家的人命、郎中們的人命、那些與太子有關的無數條性命，注定等不到他的償還。

齊越也只能是看一眼太子的落敗。

「想看，咱們就去。」余歲歲微笑道：「如今你隸屬右衛段哲將軍麾下，又是我爹的義子，去求禁軍白統領這麼一件小事，他會答應的。走吧，時辰到了。」

夜幕剛剛降臨，街上的行人還在悠閒的行走。

訓練有素的官兵們舉著刀槍，呼喝著衝進了分佈在城中各處大大小小的錢莊、銀號、酒樓、楚館、賭坊，還有一些隱蔽的民居。

這些，都是太子經營多年，用來斂財、結黨和探聽消息的地方。

東宮之中，一個宮人著急忙慌地闖進來，把守在門口的太子貼身內侍嚇了一跳。

「慌裡慌張的，出什麼事了？不知道殿下這時候不許任何人打擾嗎？」內侍斥責道。

「公公，大事不妙了！禁軍和金吾衛突然查封了福興錢莊和紅袖樓，城裡都傳遍了！聽說秦府也被禁軍給圍起來了！」宮人面露驚恐。

「什麼?!」內侍大驚失色，臉上瞬間蒼白一片。他心裡一焦，在原地轉了兩圈，幾次回頭想去敲響身後的門，都猶豫著再次放下手。

「公公！再不告知殿下，一切可就都晚了！」宮人催促道。

內侍瞪他一眼。「你又不是不知道，殿下對這個新討的美人寵愛得緊，日日與她廝混。上次在這時候打擾殿下的，人已經扔到亂葬崗餵狗了！你若嫌命長，你來！」

宮人腦袋一縮，頭搖得像撥浪鼓。「公公饒命！可、可現在……」

內侍看了下緊閉的房門，想了想。「這樣吧，我們先去見妙先生，他一定能想到辦法的！」

兩人說著，就要往外走，卻聽院外傳來一聲大喝——

「封鎖東宮所有出口！有敢擅出者，殺無赦！」

內侍和宮人立刻嚇了個魂飛魄散，都還沒來得及看清是誰，就雙雙癱坐在地上。

隨著一陣鎧甲輕撞的聲音，禁軍統領白鴻飛龍行虎步地走了進來，一雙冰冷的眸子只是一掃，就將地上的兩人嚇得動彈不得。

這時，久閉的房門，終於被打開了。

敞著衣袍的太子臉色發青，怒氣沖沖地看向白鴻飛。「白鴻飛！你吃了熊心豹子膽了，敢擅闖東宮！」

白鴻飛幾步走上臺階，冷笑著回看太子。「殿下，臣是禁軍統領，您以為，是誰讓臣到這兒來的？來人，請太子殿下移駕！」

太子猛地一驚，瞪大雙眼，腳步下意識往後退。「父皇？為什麼？我要見父皇！我要見父皇！」

「殿下別急，您馬上就能見到陛下了。」白鴻飛嘲弄一笑，手一揮，身後的軍士立刻上前押住了太子。

太子就這樣披頭散髮、衣衫不整地被帶了出來。

余歲歲和齊越就站在院門口，看著一路叫嚷著「父皇」的太子，狼狽又滑稽，像個小丑。

「阿姊，妳知道嗎？那天晚上，是我吵著鬧著不肯睡，奶娘拗不過我，才容我出來玩的。」齊越突然輕聲開口。

余歲歲一怔，心中泛起酸意。

「是奶娘發覺了動靜不對，讓我偷偷藏進堆雜貨的耳房，囑咐我不管發生什麼事都不能出來……」齊越的聲音漸漸有些哽咽。「後來，我看到外面起了火，想起從書上看來的法子，便撕了衣服沾濕，把水缸倒扣過來，躲在裡面，動也不敢動。那火燎到水缸上，是真的燙啊，可我都忘了害怕了。我那時一心只想著，我再也不貪玩了，貪玩太可怕了，比我爹讓我跪祠堂都可怕。可從那以後，我爹、祠堂……什麼都沒了……」

余歲歲抬起手，緩緩落在齊越的肩膀。「都過去了，不管怎麼樣，我們終於等到這一天了。」

齊越深吸一口氣，將悲傷的情緒掩過。「是啊，終於等到了。從今以後，我可以再無任何負擔地活著了。」

余歲歲正想安慰他，就見白鴻飛從宮裡走了出來，身後還跟著被押著的一個人。

「白統領，多謝您幫忙。」余歲歲和齊越走上前見禮。

白鴻飛微一頷首。「二位不必多禮。我與你們爹是好友，這點事，不算什麼的。」

余歲歲隨意地掃了一眼他身後的那人，好奇地問道：「白統領，這位是？」

「喔，聽說是太子的謀臣，叫什麼『妙先生』。」

余歲歲覺得這姓氏有些稀奇，不由得多看了一眼那個妙先生。

只見那妙先生也正抬頭朝她看過來，他臉頰瘦削，一雙眼睛犀利而精明。

與他對上眼的那一瞬間，余歲歲心裡突然一抖。
「他……」還沒等她開口，白鴻飛已經走了，押著妙先生的兩個士兵也隨之走了出去。
妙先生的目光在余歲歲的臉上停留了一瞬，不知道掩去了什麼，淺笑著步步遠去。
「姊，怎麼了？」齊越見她神色不對。
余歲歲看著妙先生的背影。「我怎麼覺得……這個人好像在哪裡見過？」
「見過？」齊越一臉困惑。「沒有吧？我印象中，沒有這號人物啊！」
余歲歲也想不出個頭緒，只是剛才那股突如其來的熟悉感，太令人驚異了。
「算了，估計是這段時間累著了。」她沒有太過在意。「我們回去吧，咱們的任務，算是完成了。」
第二天，滿朝文武像往常一樣，按時進宮上朝。
可等眾人在金殿上站齊後，卻突然發現原本屬於太子的位子竟空出了一塊，而七皇子陳煜則站立在旁邊，神情淡然且從容。
很快地，他們就知道發生了什麼事。
皇帝的內侍高聲宣讀了廢黜太子、降為郡王、軟禁於府的聖旨，隨後皇帝又宣佈了幾個官吏的調任，無一例外，皆與太子一黨相關。
直到早朝結束，眾臣才恍若夢醒。

太子……沒了？

那儲君豈不就是……七皇子？

一時之間，七皇子府、衢國公明府，還有忠勇將軍府，日日門庭若市，訪客無數。

歸園食齋。

陳煜和余璟面對面坐著，頗有些「逃出生天」的無奈之感。

「殿下今日特意約在此處見面，可是有什麼急事？」余璟看向陳煜。

多年以來，他看著陳煜從一個小小少年，長成如今的沈穩果決，每一步，都走得艱險異常。

如今，太子終於倒臺，陳煜離那個位置，更近了一步。

當初，自己對女兒說過一句戲言，意思大概是不能讓陳煜繼續走炮灰的老路。然而他們誰也沒想到，陳煜今天竟會走出這樣的一條路。

余璟想，他大概明白陳煜找他是來做什麼的。

「師父，我今天是有一件要事，想與師父細說。」陳煜道。「師父有沒有覺得，這次太子被廢黜，有些過於順利了？」

余璟眼神一凝。「殿下也感覺到了？」

陳煜頷首。「起初，我以為是我的錯覺。畢竟，為了這一天，我們準備了這麼多年，臨到頭的最後一擊，想不順利倒也難。可我再細想，仍覺得有些奇怪。太子雖無甚大智，但也不是愚蠢至極之人。當日太醫署找到治病的方劑，那些郎中試藥成功，他不想我領下如此大功，便下手暗算，想要栽贓是方劑有問題，可他明明有很多辦法可以選擇，卻偏偏選了最愚蠢的一個，下砒霜。」陳煜頓了頓，繼續道：「別說杜太醫是兩朝老御醫，哪怕就是個江湖郎中，要驗出砒霜之毒也不在話下。他不會不知道，一旦郎中出事，我第一個想到的就是他。這麼大的把柄，他就這樣送到我手上，豈不是自尋死路？」

余璟聽著，神情也是了然。陳煜所想的，其實他也早已想到了。

「有一件事，殿下可能還不知道。」余璟開口道：「最開始感染瘟疫的那個富商，在發病前一天，曾與一夥西北來的行商在這裡聚會飲宴。那天，歲歲一直提起這個疑點，但因為當時無暇顧及，我也沒來得及徹查。前些日子在查太子的產業時，我試著在城中尋找過西北行商的蹤跡，但卻一無所獲。」余璟輕輕皺眉。「殿下試想，京兆府是在第二天清晨接到瘟疫的稟報，此時城門還未開。通稟陛下後，京城所有城門全部關閉，無人出入。滿打滿算，一天半的時間，這些西北行商就這麼莫名其妙的消失了。

「我問過守城的軍士，在這期間，沒有一隊行商出過京城。而在此之前，也沒有軍士記得有西北來的行商曾進過京。那麼，這群人到底是誰？又究竟去了哪裡？京城突然爆發的瘟疫，和他們是否有關係呢？」

陳煜越聽，神色越嚴肅。顯然，他是第一次知道，這背後還有這回事。

眼下，疑點竟是越來越多了。

「這些事，恐怕還需要暗查。」陳煜道：「如今太子廢黜，朝政不穩，父皇器重師父，文武學館和北府的事也極為繁重，您怕是要連軸轉了。」

余璟輕笑。「不算什麼，使職當為，不敢推辭。對了，還沒有來得及謝過殿下和賢妃娘娘，上次內子能逢凶化吉，還多虧了娘娘相助。」

陳煜微微一笑。「師父客氣了，母妃也是把師娘當作了一家人。不過，若不是這件事，我也不知母妃竟還有這等奇物。」歲歲和他說起此事時，陳煜都驚呆了。他沒有想到，一向對他不怎麼親近的母妃，居然為了自己，不惜在皇后眼皮子底下玩了一齣明修棧道、暗渡陳倉。說不感動是假的，只可惜，如今明面上，他還要和母妃因為娶歲歲的事而不對盤，竟不能親自去謝過母妃，更無法問起那神奇的玉石究竟是從何而來。想到這兒，陳煜突然一拍腦袋。「哎呀！我竟忘了，過些日子便是師父的大喜之日！到時，我一定自罰三杯，給您賠罪。」

余璟哈哈一笑。「三杯？太少了吧！那日段將軍定是要來，有他在，你我可誰也逃不了。」

「師父放心，那天我和齊越一定會為了您好好擋酒，絕不會誤了您和師娘的洞房花燭！」陳煜戲謔道。

一轉眼，便是大婚之期。

慕媛在京城沒有娘家，來到京城後，她只作了學館的女先生，因此學館就是她出嫁的地方。

當初余璟住在這裡時，和周圍的鄰居關係都不錯，而且這場婚事本來就沒有那麼多規矩，因此余歲歲便將鄰家的諸多女眷都請到了學館裡，為慕媛送嫁。

除了鄰居，學館的宋玉昭宋先生也在，還有何蘭四姊妹、學館裡讀書的小姑娘們，都被余歲歲叫來，熱鬧得不得了。

門外的鞭炮、鑼鼓響起時，余歲歲一臉喜色地跑進屋裡。

全福夫人在替慕媛梳頭，一旁的宋玉昭笑呵呵地陪著她說話。

自從慕媛來了學館後，一個是現代的教師，一個是古代的女先生，她們二人倒是極為談得來，有說不完的共同話題。

「等過些日子，阿媛妳便和我一道繼續修撰《掃盲之書》，歲歲只需要畫畫就好。」宋玉昭對慕媛說著。

「行，沒問題。」慕媛滿口答應。

一旁的喜婆哭笑不得地走上前。「兩位先生再是心繫教書育人，現在也得等等了。新郎官已經到了門口，新娘子快蓋上蓋頭，要上轎啦！」

慕媛看向余歲歲，四目相對之間，無數情緒交織。

大紅的蓋頭自頭頂罩下，遮住了慕媛臉上的笑顏。

余歲歲和何蘭幾人在屋裡瞧著，喜婆牽著慕媛走出房門，大步進門的余璟一把抱起她，將她放入了門口的花轎。

不知道怎麼的，余歲歲突然熱淚盈眶。

她的媽媽，再一次滿懷幸福地嫁給了她的爸爸，這一次，他們一定能白頭偕老！

花轎沿著京城的大街，一路往將軍府而去。一路之上，圍觀者眾，路更是被堵得水泄不通。走了大約半個時辰，花轎才停在府門口。

府門外，張燈結綵，一片喜慶。

喜堂內，紅燭招搖，高朋齊聚。

「一拜天地！」

司禮一聲高叫，余歲歲的目光穿過人群，落在雙雙跪地叩拜的父母身上。

忘了有多久，她都沒在父親的臉上，看到如今天這樣的笑容了。

一禮成，余璟便輕輕握住慕媛的手腕，將她扶起。

本來負責攙扶新娘的喜婆，原地失業。

「二拜聖君！」

余璟和慕媛都沒有高堂，又是聖旨賜婚，這第二拜，便是朝皇宮的方向，叩首謝恩。

「夫妻對拜！」

余璟兩手隔著慕媛嫁衣的袖子，將她的身子一點點擺正方向，隨後鬆手，自己退後半步，緩緩躬身。

對拜禮成，周圍的歡呼聲越來越大。

在大雲朝，二婚的規矩本就沒有新婚那麼多，加上余璟也不是墨守成規的人。只見余璟身後，來參加婚宴的幾個膽子大的副將，順手就是一推，余璟借著力就上前兩步，將慕媛摟進了懷中。

「喔——」眾人紛紛笑鬧起來。

余歲歲拿起手上早已準備好的花籃，朝半空一撒，紛揚的花瓣飛舞而下，整個喜堂的氛圍瞬間又是一陣升騰。

「送新郎、新娘進洞房啦！」

「走走走！快去看揭蓋頭了！」和余璟、余歲歲關係熟稔的好友與女眷們，推推搡搡地跟進了洞房。

喜床邊，余璟手持喜秤，輕輕挑起大紅的蓋頭，那張令他刻骨銘心的容顏，帶著嬌豔明媚的妝容，撞入他的眼簾。

慕媛順著挑起的蓋頭，緩緩抬眸，與余璟對視。

當年，她嫁給余璟的時候，是披著西式的婚紗；今天，她再次嫁給他，是穿著鳳冠霞帔。

可不管穿什麼、在哪裡，只要是他，她都無怨無悔。

「媛媛……」余璟啟口，聲線不由得有些發黏。第一次的婚姻，雖然她從無怨言，可他卻時時愧疚。重來一回，他失而復得，只想要彌補所有的遺憾。「媛媛，這次我們永遠不分開了。妳在哪裡，我就在哪裡。」他低聲說道，任由自己陷進慕媛柔情似水的目光之中。

慕媛抬手，捏了捏他的手指。「還有歲歲，我們一家三口，永遠都在一起。去吧，你還要去前廳見客呢，歲歲和其他人會陪我的。」

余璟這才恍然回過神來，一步三回頭地離開了房間。

如今陳煜是儲君的熱門人選，余璟更是皇帝的寵臣，因此幾乎半個朝堂的朝臣都來參加這場婚宴了。

文臣們還是相對「矜持」一些的，不過武將們就不客氣了。余璟在軍中的好友，以段哲和幾個副將為首，拚了命地要給余璟灌酒！

事情果然跟余璟料的一樣。

齊越是義子，陳煜雖是皇子，可本就和將領們關係極好，又是準女婿的身分，便雙雙站出來擋酒。

可三個人，哪裡敵得過一群人的圍攻？

到最後，陳煜不得不把潘縉、陳容謹幾人當場「策反」，這才勉勉強強，打發了眾人。

夜已深了，賓客也已散盡，將軍府恢復了一貫的沈靜。

管家把余璟扶進喜房時，慕媛熟練地將他接過來架在身上，然後，毫不客氣地把余歲歲「請」了出去。

本來還想幫著媽媽照顧爸爸的余歲歲，此時站在門外，無奈地摸了摸鼻子。

她可真是個意外！

「小姐，小的已經讓人將阿越少爺送回房了，七殿下也醉得狠了，您看？」管家走來，朝余歲歲請示。

余歲歲看了看管家身後被兩個家僕扶著的陳煜，哭笑不得。

「住下定是不妥的，還請你遣人去七皇子府報個信，請他們派馬車來接殿下回吧。眼下，就先把殿下安置在廂房，等七皇子府來人，再喚醒他。」

管家得了令，點頭離開。

余歲歲又轉頭吩咐晚桃。「妳去廚房，多做些醒酒湯，給我爹、殿下和阿越都送去。」

「是。」晚桃依言離去。

余歲歲正打算回自己房裡，一轉身，就看見幾個鬼鬼祟祟的影子，正躡手躡腳地接近洞房的屋門。她定睛一看，為首的，居然是明琦和祁川！

「你們幹麼呢？」她快步走上前，攔住幾人的去路。

洞房去！」

「欸？歲歲！」明琦見了她，一點兒也不怕，反而越發驚喜。「我們正找妳呢！走，鬧

余歲歲震驚了下。「鬧……洞房？」再一看明琦和祁川身後跟著的人，有段哲、潘縉，還有一群她爹的副將，余清清和余欣欣居然也混在裡面！這下她算是知道，這些人哪裡來的勇氣了。「我就不去了。」余歲歲擺手推拒。「為人子女，鬧親爹娘的洞房，太奇怪了。」

祁川一拍額頭。「對喔，這倒是個問題。算了，那我們自己去吧！」

明琦在一旁接話。「其實也沒什麼，反正妳也要成親了，就當提前練習練習唄！」

余歲歲的臉「唰」地就紅了，恨不得立刻堵上她的嘴。

「不了不了，還是你們去吧！」說著，她後退幾步。

幾人見狀，也沒再糾纏，轉過身，又繼續躡手躡腳地朝門口而去。

就在他們接近門窗，準備趴在上面，一聽裡面的動靜時，突然，所有人全都腳下一滑，站立不穩，一邊叫著、一邊手忙腳亂地揮舞著，最終全部摔倒在地上。

余歲歲遠遠看著，沒忍住，笑出了聲。

屋裡，傳來一聲中氣十足的低吼——

「誰敢鬧洞房，我讓他練一天的障礙跑！」

話音剛落，段哲和幾個副將顧不得腳底滑溜，瞬間爬起來，撒腿就跑。

段哲邊跑還邊喊著。「老余，我就知道你沒喝醉！」

他們都跑了，祁川幾個姑娘家自然也不好繼續留著，只得垂頭喪氣地站起來，朝余歲歲走了過去。

「二姊姊，妳是不是早知道余將軍有防備啊？」余清清揉著自己摔痛的屁股。

余歲歲憋住笑。「我也不知道我爹會用這招啊！他本來是防備著段將軍他們的，誰知道妳們幾個也這麼膽大啊！我那兒有跌打藥，我去拿些給妳們，回去敷上，可不許訛上我爹啊！」

「哼，今天鬧不了，等妳成親那天我一定能鬧成……哎喲！」明琦佯裝生氣，誰知一說話，就牽動了屁股上的傷，不禁痛叫起來。

眾人見她這般，又是一陣大笑。

正一片其樂融融時，余歲歲突見晚桃從院外疾步而來，一臉怒氣沖沖，口中喊著——

「姑娘，不好了！剛剛我在七殿下房裡撞見了明四小姐！」

晚桃話說完，也走近了，這才看見余歲歲身旁還有別人，當即捂住嘴巴，臉色一白！

余歲歲雙眼一瞇，餘光裡，只見明琦的面色，瞬間變作紫黑。

第三十四章

祁川再來找余歲歲時，已經是幾天後了。

余璟和慕媛成親之後，馬上就是陳煜和余歲歲的婚期。

皇宮裡的聘禮，正好在這一天抬進了將軍府。

「妳說……明琦走了?!」余歲歲一驚，手裡的禮單一下子掉在地上。

那晚明玥想要對陳煜圖謀不軌，她和明琦前去時，明琦當著眾人的面搧了明玥一巴掌，便把她帶走了。

余歲歲怎麼也沒想到，事情居然發展成了現在這樣。

祁川神情落寞，點點頭。「她只給我遞了信，說是無顏見妳，究竟人去了哪裡，我也不知道。還有……」祁川頓了頓，接著說：「明四姑娘昨天出嫁，嫁到江南去了。」

余歲歲又是一個震驚。「江南？這麼突然？」

「這是明家能最快壓住此事的辦法。」祁川嘆道。

余歲歲皺皺眉，心裡突然有些不安。

果然，一場突如其來的暴風雨迅速而來。

最初的導火線，是御史參奏七皇子陳煜手下的兩名官員，仗著七皇子的名聲，放縱家人仗勢欺人、為害一方。

事情查實後，皇帝在朝上以御下不嚴為由，斥責了七皇子。

可當此案牽扯之人全部歸案後，竟意外地爆出了當年三皇子和五皇子倒臺之事，都不乏七皇子的手筆。

更令人驚訝的是，因為幾次事件均有大理寺和刑部參與，御史們立刻發現，大理寺和刑部有偏幫七皇子，有意栽贓、作假案之嫌。

而順著這些線索再繼續查，便又發現前段時間廢黜太子之事中，大理寺卿裴涇、刑部尚書方度的身影也隨處可見，而他們居然都和忠勇大將軍余璟往來甚密。

一連串查下來，牽連的文臣、武將，不計其數。

一時之間，朝野譁然，奏摺如雪片一般飛至皇帝的龍案上，字字句句都是在指責七皇子結黨營私、戕害兄弟、心懷不軌。

而余璟、裴涇等人，身為臣子，陰謀陷害皇子，更是罪不可赦。

皇帝看著滿桌的奏摺，大概一數，竟是半個朝堂都上書參奏了！

看著御史臺擺出來的一樣又一樣白紙黑字的證據，皇帝終於作出了決定。

七月初八，早朝。

皇帝當眾怒斥余璟、裴涇等一干官員目無君紀、結黨營私、謀害皇親。按律例，如此大罪當捋奪官職，流放三千里。但念余璟戰功不俗，只貶其為七品校尉，即刻遷往行宮，看守打掃，幽閉思過。

裴涇祖上有大功於大雲，念其祖上蔭庇，不予貶謫，但要發往陪都，專心朝事，無詔不得回京。

其餘官員，有貶有罰。

一夜之間，七皇子一派損傷大半，幾乎全無喘息餘地。

而對於七皇子本人，皇帝在朝堂之上嚴厲斥責，追問他是否為奸人所蒙蔽，這才如此行事失當？

朝臣之中，也有很多人覺得七皇子素來心慈仁善，不似會做出這等兄弟鬩牆的事來，因此以馮閣老等人為首的朝臣，也在替七皇子求情。

皇帝畢竟念及父子之情，便熄了怒火，要他親口承認被人矇騙，並取消與余璟之女錦陵縣主的婚約，便能既往不咎。

可讓所有人都沒有想到的是，陳煜竟抵死不從，不僅不肯承認被人矇騙，取消婚約之事更是絕不退讓，竟在金殿之上，與皇帝公然反抗起來。

皇帝被七皇子氣得捂住胸口，大罵他忤逆不孝，當場下旨，卸除七皇子身上一切官職和名頭，讓他回府之後閉門思過，不許再參與朝政。

京城的天，一轉眼就變了個天翻地覆。

七月十二，京城十里長亭。

漫天的大雨噼哩啪啦地往地上砸個不停，呼呼的風吹得人連傘都拿不住。

余歲歲打著傘，看著眼前的父母，雨水被風斜著吹進傘下，身下的裙襬都被澆透，臉上更是分不清是雨水還是淚水。

「為什麼？為什麼會突然變成這樣啊……」她哽咽著，怎麼也不肯相信。聖旨下時，她就全然懵了。

在她和爸爸決定走上這條路的時候，她曾不止一次的想過，如果他們是不幸的，那麼總會有這麼一天。

可如今，他們已經走了這麼長的路，每一步都走得艱辛而紮實。就在她以為他們是幸運的時候，這一天，竟然猝不及防的到來了。

余環一臉疲憊，雙眼滿是哀傷，扶住女兒的肩膀。「對不起，歲歲，是我連累了妳，也連累了妳媽媽。」

「可這是為什麼啊？」余歲歲搖著頭。「那些證據，明明都是偽造的，陛下難道看不出來嗎？」

余環嘆了口氣。「妳知道，為什麼七殿下明明不是皇后的親生兒子，可皇后表示了扶持他的意願，他就理所當然的能得到朝臣的認可嗎？」

余歲歲一愣。

「衢國公府乃一等國公，世襲的名門望族，他們的勢力遍佈朝堂、京城與各州縣，就算是陛下，也沒有輕易說不的權力。」

余歲歲當然想得到這一點。在皇權還沒有過分集中的時代，君主的言行，有時就是會被世族、朝臣制約，很多事，並不是他想怎麼樣，就能怎麼樣的。

「歲歲可知，裴大人為什麼沒有被貶官，而只是發配陪都呢？」余璟又問道。

余歲歲眸色一黯。「因為裴大人出身裴氏，是百年望族，如今雖然勢力不大，可名望不小。」

余璟拍拍女兒的肩膀。「現在，心裡可好受些了？」

余歲歲臉一苦，又是無語、又是無奈的。沒想到，遭逢如此大變，爸爸的心態倒是挺好的，大概是因為有媽媽陪在身邊的緣故吧？

「爸、媽，我不想和你們分開，我們一起走不行嗎？」余歲歲的眼淚仍是止不住。「明明說好了的，我們一家人都不分開了嘛！」

「歲歲。」慕媛走過來，將女兒摟進懷裡。「我們現在走，是為了將來還能回來。妳留下，就是我和爸爸的希望啊！歲歲大了，有自己的生活、自己的圈子，也馬上就要有自己的家了。現在的七殿下，很需要妳，就像妳爸爸也很需要我一樣。」她的目光落在遠處的馬車旁，那裡撐著傘等待余歲歲的，是祁川縣主。「歲歲，別擔心我們。妳是我們最大的牽掛，也是唯一的支撐。妳好好留在京城，這裡也有很多關心妳、記掛妳的人。學館、食齋，也都交給妳了。」慕媛柔聲說道：「回去吧，雨太大了，莫要生病了。」

余歲歲看向父母馬車前駕車的齊越，這次貶去行宮，是齊越親自送他們。「阿越，照顧好爹娘。」

「阿姊放心吧。」齊越道：「等阿姊成親那日，我一定回來揹阿姊上花轎。」

大雨滂沱中，灰篷馬車遙遙而去，只留下余歲歲在雨中淚流滿面。

「歲歲，回去吧。」祁川走上前，為她裹上一層披風。

這世間，人心勢利。當初他們回京，門庭若市時，京城無人不知、無人不曉；而現在，滿朝之中，敢與他們一家相交的，也只剩下一個祁川了。

「祁川，今日，裴大人是不是也要啟程了？」余歲歲轉頭問道。

祁川一愣，點了點頭。

「那我們再等等吧，我替陳煜，送送他。」余歲歲吸了吸鼻子。

陳煜在府中關禁閉，短時間內，恐怕除了兩人成親，再出不得府半步了。

祁川嘆了口氣，內心也是一片蒼涼。「怎麼會……變得這麼快呢？連我母親都沒有猜到。明琦走了，如今方大人出事，方雋方公子怕是也不能到學館來了。段將軍他們，但凡是沒被牽連的，也都閉門謝客了。」

余歲歲用袖子拭了拭臉上的雨水和淚水，理智漸漸回籠。「事情發生得太突然，我爹也措手不及的，竟是沒有細問。這回到底都牽扯了誰？又是誰先起的頭呢？不知道長公主有沒有什麼消息？」

祁川想了想，道：「我聽母親說，出手的大部分都是明家的勢力，但明家只在文臣中聲望不菲，武將一般不買他們的帳，所以我也問過父親和母親，這裡面到底有什麼名堂？」

「那……長公主和駙馬，有何見解呢？」余歲歲趕忙追問。

「我爹懷疑，可能和潘家的舊部，還有鄧家有關。潘家自不必說了，鄧家……自是為了鄧章。鄧章之事，我們知情人雖都知道是什麼原因，可架不住鄧家的想法。要是再受人挑撥，那就沒法子了。不過，我母親對我說，此事還有別的蹊蹺。她覺得，以潘家舊部和鄧家的勢力，還不至於大到如此。可要說還有誰參與了，她也猜不透了。」

余歲歲聽完，突然整理起衣裳，隨即在雨中，朝祁川行了一個大禮。

祁川嚇了一跳，後退半步，將她扶起，驚訝道：「歲歲，妳這是幹什麼？」

余歲歲一臉動容地說：「請縣主替我謝過長公主和駙馬的大恩！余歲歲無以為報，只得敬以此禮。」

如果不是長公主准許，祁川就算再想，也是不可能在此時與她繼續來往的。

如果不是長公主有意傳話給自己，祁川又怎麼會知道這裡面的彎彎繞繞呢？

就在剛才，她還在想著和父母共進退，可現在，她突然就不想了。

那些小人還在背後得意，她怎麼能走？

她要留下來，一步步查清所有的真相，洗刷所有人的冤屈，讓那些小人親眼看著他們置之死地而後生！

七月十六，良辰吉日。

沈寂的將軍府，掛起了紅綢，滿堂喜慶。

可詭異的是，並沒有什麼賓客走進這喜慶的大門，門前空寂寥寥，只有鋪在地上的紅綢，在天地之間格外的顯眼。

皇家賜婚，無論如何，規格還是要保證的。

府裡的腳夫們身旁放著長長的、繫著紅綢的嫁妝箱子，卻是不敢多加議論這場奇怪的婚事。

喜房裡，宋玉昭為余歲歲戴上鳳冠，看見她的眼角滑下一滴眼淚。

「歲歲，其實妳應該找個全福夫人來為妳送嫁，這不礙什麼的。」

余歲歲抬眼，看著她笑了笑。「宋先生能來，比任何全福夫人都要好上千倍萬倍。如果沒有您，當年我不可能那麼快的適應京城和侯府裡的生活。您不僅是我的蒙學先生，更是我的貴人。更何況，您和我娘也是至交好友，有您在，就像她也在這裡一樣。」

宋玉昭心裡一酸，伸出手指，輕輕擦去余歲歲的那滴淚珠。「好孩子。妳爹娘雖相隔甚遠，可心卻永遠留在妳身上。」

「姑娘！花轎到了！殿下來迎親了！」管家的聲音，伴隨著鑼鼓聲，在窗外響起。

「快！歲歲，花轎來了！高興一些，今天是大喜的日子呢！」

余歲歲環顧房中，除了宋玉昭，還有祁川、何蘭姊妹以及余家的四姊妹。

她突然覺得，老天真的待她還算不錯。

她真心相待過的人、仗義相助過的人，此刻都在這裡，願意不顧一切地陪伴自己。

屋外，有她視如親人的齊越等著揹她上轎；府門外，那個她付了真心的人，正等著和她白頭偕老。

當初高速公路上的車禍發生時，她何曾想過會有今天？

而現在，父母皆在，雖然分隔兩地，但終有見面之期，她還有什麼遺憾呢？

余歲歲站起身，自己拿起蓋頭，舉過頭頂，蓋在鳳冠之上。

「是，今天是大喜之日，我很開心，開心得不得了！」

鞭炮聲起，余歲歲伏在齊越的背上，一步步被他揹著朝外走去。

齊越看不見她的表情，卻是低聲勸慰。「阿姊，義父不在，我一定會護著妳的。」

聽出他的聲音有些哽咽，余歲歲強忍住心酸，拍了他一下。「這孩子，怎麼是個哭包呢？不許哭！我呀，自從來了這裡後，就沒怕過什麼！你是得護著我，得讓那些人看看，他們一輩子都求不來個真心相待的親朋知己，可我偏偏有這麼多呢！」余歲歲笑說道。「等事情了結，我幫你把明琦找回來，到時，讓七殿下為你主婚。」
齊越嘶下心中的難過，重重點頭。「哎，都聽阿姊的。」
當余歲歲坐上花轎，身子跟著轎夫搖晃著顛起來時，這些年的一幕一幕，全都在她的腦海裡一一浮現起來。
從在異世醒來那一刻的慌亂，到與父親重逢的狂喜，再到無數次出生入死，最後都化作了眼前的一片紅色。

不知道什麼時候，花轎停了下來，穩穩地落在地上。
一隻修長的手掀開轎簾，握住了余歲歲交疊於雙腿上的手。
像夏日的一絲冰涼，余歲歲反手抓緊那手掌，想要用手心的熱氣，捂熱它。
陳煜沒有說話，只是手更攥緊了些，甚至帶著些顫抖與緊張。
偌大的七皇子府，也是冷冷清清，只有零星幾個賓客，賣力地營造些喜慶的氛圍。
余歲歲倒沒覺得有什麼，反正就算來的是人山人海，真心相賀的也就還是那幾個。既然如此，多與少，又有什麼分別？
「一拜天地！」司禮一聲高叫，余歲歲瞬間有些恍惚。
當日父母拜堂，她尚在一旁，就像是看著一幅會動的畫；如今，自己卻也是別人的畫中人。

陳煜抓著她的手，竟是不肯放，拉著她跪下，向天地叩首。
「二拜聖君！」
連這個流程，也是一模一樣。余歲歲似乎找到了與父母的共同點，心情更加明媚起來。
父母雖不在此處，卻處處都有他們的影子。
「夫妻對拜！」
余歲歲俯身拜下的那一刻，突然就心有所感。這一拜下去，她和面前的這個人，就真的是一輩子了。
「禮成——」
沒有灌酒、沒有鬧洞房，余歲歲和陳煜直接被送進了新房，還被貼心地關上了房門。
兩個人並排坐在床邊，一時無話。
突然地，余歲歲「噗哧」一聲，笑了出來。
陳煜轉頭，看著還蓋著蓋頭的她，一臉疑惑。「妳……笑什麼？」
「我在笑，我爹那日成親時，你可是喝得爛醉。如今想來，竟是把今日的酒，一起給喝了。」余歲歲笑說道。
陳煜神色一黯，一點也高興不起來。
余歲歲等了好久，沒等到對面人的回話，不由得掀起蓋頭的一角，側頭看過去。
正在此時，陳煜眼眸一垂，恰與她的雙眸對個正著。

余歲歲臉一熱，啪地放下了手，恢復中規中矩的坐姿。

「你怎麼……不說話呀？」她試探著開口。

「我……」陳煜捏了捏手心。「對不起。」

「為什麼要道歉？」余歲歲追問，雖然心裡已經有了答案。

「我都知道了，那天晚上的事。雖然妳沒有說。如今……也是因為我，才讓師父和師娘沒能見證我們成婚。這個遺憾，這一輩子我都沒有辦法再彌補妳了。」陳煜語氣落寞。

透過蓋頭下方的視角，余歲歲伸出手，握住陳煜的手指。

「是，確實很遺憾。但並不是因為你，我也不想你來彌補。我知道，你也很難受。你失去的不比我少，你的恩師、你的貴人、你的朋友……」余歲歲輕聲說著。「往往在灰暗的生活中，人才會一次一次地想起過去，悔不當初。我希望，我們以後都能生活在明媚裡，這樣每每想到今天，只會覺得是個特別的記憶。」她語氣歡快起來，道：「陳煜，我們來玩個遊戲吧！」

陳煜一愣。「玩……什麼？」

「十五、二十！」余歲歲說著，有些興奮地一脫繡鞋，直接盤腿坐上床。

陳煜頗有些震驚地看著她豪放不羈的動作，見紅蓋頭還垂在她頭上，他失笑著試探道：「那……不如先挑個喜帕？」

余歲歲大手一揮。「可以啊！誰贏了，誰就給對方提一個要求，另一個人也必須滿足。

你得贏了我，才能揭我的蓋頭！」
陳煜無語。「……」
余歲歲把遊戲規則給陳煜講了一遍，兩人就摩拳擦掌，開始了第一回合。
「二十！」
「十！」
兩人同時喊出口。
陳煜看著面前兩隻攤開的手掌，和余歲歲兩隻握緊的拳頭，眼中劃過懊惱。
「再來！」他說道。
第二回合，兩人一人喊出十五，一人喊出二十，陳煜又輸了。
第三回合，陳煜再次敗北。
聽著陳煜喊數的語氣都不禁染上些暴躁了，余歲歲一個沒忍住，笑得前仰後合。
「陳煜，你怎麼、怎麼這麼誠實呀？我又看不見你出了什麼，你偷偷變一下不就贏啦？再輸下去，你打算讓我蓋一晚上這個啊？呀——」話音落下的一瞬間，被喜帕隔著的視線突然感受到一道陰影壓上前來，余歲歲猝不及防地整個人被陳煜向後撲倒。「你……」她下意識拽住陳煜的衣襟，腦中恍惚了下。只感覺陳煜一手托著她的後腰，一手撐著她的後腦，喜帕前的陰影一點點放大……
突然，余歲歲的嘴唇覆上一抹濕潤，是隔著喜帕的布料都能感覺到的溫熱。

那溫熱在唇上停留了很久，才依依不捨地離開。
耳邊，隨即響起一個低沈沙啞的聲音——
「只要我想，不用騙妳贏，這喜帕，早就沒有了。」
余歲歲心臟狂跳，不自覺地嚥了嚥口水。
為什麼覺得，把這句話裡的「喜帕」兩個字換成別的什麼布料的名稱，也很適合呢？
「還玩嗎？」陳煜沈聲又問。
「玩、玩啊……」余歲歲結巴起來。
下一秒，她被陳煜再次拽起來，扶著坐好，他還動手調整了喜帕的角度。
「來吧。」他說道。
喜帕之下，余歲歲的嘴角勾起難以抑制的弧度，心裡好像被棉花糖瞬間塞滿一般。
她該是會永遠折服於他的誠懇吧。
「十五。」
兩人同時說起來。
余歲歲喊道：「零。」
陳煜叫道：「五。」
透過喜帕的布絲，余歲歲費力地辨認著對面人的手勢，看到他也和自己一樣，握緊了兩隻拳頭時，她便一點點地，張開了自己的右手。

「你，贏了。」

陳煜心口一震，左手伸向前，與那纖細的手十指緊扣。他的輸贏，從來都掌握在她手中。

右手的手指輕輕捏起喜帕的下角，陳煜放慢了呼吸，緩緩抬手，一寸寸掀起繡著龍鳳呈祥的喜帕。

搖曳的紅燭映襯下，喜帕蓋著的秘境慢慢出現在眼前。

柔美的下頷、殷紅的唇瓣、精緻的鼻尖，然後是……盈盈的水眸。

第一次見她，她這雙亮晶晶的眼睛，就吸引了他的全部注意。而此時，這雙眼睛裡，滿滿裝著的，全都是自己。

「歲歲……」陳煜掀掉喜帕，任由它飄飄然落於床角，手指如朝聖般，輕顫著撫上余歲歲的臉頰。

「嗯？」余歲歲嚶嚀一聲，對他作個回應。

大紅的幔帳悄然垂落，遮住了窗外那一輪羞紅了臉的月亮……

第二天一大清早，一輛馬車從七皇子府駛出，停在了宮門之前。

值守的禁軍看過來，只見一個藏藍色錦袍的男子從馬車上跳下，隨後轉身，接住車簾裡伸出的一截皓腕。

隨後，簾子被斜著掀起，梳著雲鬢的女子露出嫻靜姣好的側臉，下一秒，卻是活潑地跳進了男子的懷中。

禁軍立刻垂下眼眸，躬身見禮。「屬下見過七殿下、皇子妃。」

陳煜微一頷首，牽起余歲歲的手，走進了宮門。

待進了大殿，皇帝、皇后、賢妃，還有宮中的其他嬪妃，都已經在了。

「兒臣參見父皇。」陳煜與余歲歲一起行禮。

「平身吧。」皇帝的口氣略顯不善。

陳煜扶著余歲歲起來，又朝皇后見禮。「見過母后。」

「煜兒請起。」皇后的語氣別有一番意味。「燕爾新婚，得償所願，果然是容光煥發呀！」

「哼！」皇帝不滿地冷哼一聲，目光掃過下方的二人，目光犀利。

陳煜又牽著余歲歲，朝賢妃拜禮，同樣得到了一記眼刀。

皇帝的臉色越發黑了起來，皺緊眉頭，看著兩人好似黏在一起的手。「堂堂男兒，沈醉溫柔鄉，像什麼樣子？」

余歲歲動了一下手臂，想要抽出自己的手。

陳煜卻抓得更緊了，垂眸戲謔地看她一眼，彷彿在問：不牽著手，妳可還站得住？

余歲歲臉一紅，狠狠掐了一把陳煜手心的軟肉，感覺他渾身僵直，才算解了氣。

將兩人的眉眼官司看了個分明的皇帝，立時氣不打一處來，一聲怒喝。「你就不能把那手撒開！」話音剛落，龍椅上的皇帝猛地眼睛一閉，頭一栽，整個身體朝前倒去。

「皇上！」

「父皇！」

「快，快叫太醫！」皇后怒喝一聲，把混亂中的眾嬪妃一下子鎮住。

宮人小跑著離開，陳煜和幾個宮人連忙扶著皇帝躺下，提心吊膽地等著太醫的到來。

沒過一會兒，太醫院的陸太醫拎著藥箱，滿頭大汗地跑進殿中。

一番診治之後，皇帝幽幽轉醒。

「稟娘娘，這幾日暑熱難消，陛下只是急火攻心，一時閉住氣，並無大礙。」陸太醫說道。

皇后鬆了口氣，轉頭一看，一群嬪妃們正七嘴八舌地圍著皇帝噓寒問暖，而皇帝的眉頭卻已皺了起來。

「行了，妳們都退下吧！」皇后冷聲道：「陛下需要靜養，妳們圍在這裡，像什麼樣子？」

隨著三皇子、五皇子、太子的接連倒臺，宮裡能和皇后抗衡的幾個娘娘都不在了，其他嬪妃們自是不敢和皇后對著幹，趕緊乖乖地退了下去。

賢妃一直遠遠地坐著，顯然是並不樂意去皇帝眼前獻殷勤的。若是往日，皇后會覺得她很有眼色，可現在，心裡反倒不舒服了。

管不了賢妃，皇后自己便坐到皇帝的榻邊，柔聲詢問。「陛下，可還覺得哪裡不舒服嗎？」

皇帝有些虛弱，轉頭，看向另一側站著的陳煜和余歲歲。

剛剛一片混亂的時候，余歲歲和陳煜也很想圍上前來關心，可惜被其他娘娘們給擠到了一邊。

在余歲歲心裡，她一直覺得皇帝是個很值得敬重的長輩，於國於民，雖不完美，但絕對不差。所以剛剛他暈倒的一瞬間，她同樣發自內心的擔憂與害怕。

她想，連自己都是如此，陳煜身為敬仰父親的兒子，心中的驚懼還不知會有多少？尤其是，皇帝的暈厥，與他們有關。

「父皇……」陳煜臉都白了，至今血色還沒有回到臉上。

皇帝嘆了一口氣。「你不願意的事，朕也逼不了你；朕不要你做的事，你樁樁件件還是做了。朕管不了你了，你走吧。」

「父皇?!」陳煜猛地上前兩步，滿面驚慌。

余歲歲的心也跟著提了起來。

皇帝閉上眼睛，不想再看他二人。

「七皇子，陛下累了，你還是請回吧！」皇后冷冷開口，多年來第一次對陳煜換了稱呼。

賢妃坐在一邊，垂眸不語。

余歲歲上前，捏了捏陳煜的衣袖，示意他暫時離開。

陳煜捏了捏拳頭，突地一撩衣襬，朝皇帝跪下。

余歲歲也趕忙跟著跪下，看著他叩拜一記，語氣悲傷。

「父皇……兒臣，告退。」說著，起身，抓起余歲歲的手腕，大步離開。

直到聽見兩人離去的腳步聲，皇帝這才重新睜開眼睛，朝宮門的方向看了一眼，目光複雜幽深。

「陛下，七皇子──」皇后還想說什麼，卻被皇帝止住了。

「皇后，讓人傳步輦吧，朕還有奏摺沒有批完。」

皇后拗不過他，只好答應。

宮門外，上了馬車的余歲歲，看著神情鬱鬱的陳煜，有些擔心地握住了他的手。「陛下會沒事的，別多想了。」

陳煜抬起眼眸，看向她，語氣落寞。「歲歲，往後我們的日子，怕是要越發難過了。」

余歲歲沒有說話，只是緊緊握著他，給他一些力量。

然而，事情比他們想的，還要糟糕。

第二天，早朝時辰已到，皇帝卻遲遲沒有上朝。

就在文武百官焦急等待，不知道發生了什麼事的時候，皇帝身邊的老內侍突然出來宣佈，皇帝病重，纏綿病榻，無法甦醒，更遑論處理朝事了！

滿朝譁然，上朝的百官頓時炸開了鍋，圍在宮中不肯離去。

很快地，他們就聽說了昨天新婚的七皇子領著七皇子妃入宮覲見時，把皇帝氣得暈厥的事情。

身為人子、人臣，把君父氣成這個樣子，還讓皇帝說出了那樣的話來，七皇子失寵落敗，已然是板上釘釘之事了。

消息傳到七皇子府時，陳煜和余歲歲又忙不迭地換上衣服，匆匆趕入宮中。

一進宮，皇帝的寢殿外已經站了黑壓壓的一片人，文武百官、後宮妃嬪、皇室宗親，包括平王、長公主都已經到了。

「煜兒、歲歲，你們來了。」長公主一看到他們，就迎了過去。

現如今，其他人都對他們避如蛇蠍，敢當眾走來與他們搭話的，也就只有長公主了。

「昨日覲見，到底發生了何事？皇兄的身體一向健朗，怎麼會這麼突然？」長公主細問道。

余歲歲看了看陳煜，他的心思全在那緊閉的宮殿大門上，便只得自己將昨天發生的事情全都細細講給長公主聽了。

長公主聽著，眼中露出了悟。「難怪，剛才陸太醫被皇后斥責一通，勒令他回家休養，原來是昨日診治出現了失誤。」

「陸太醫被趕出宮了？」余歲歲一驚。

「是。剛剛太醫署會診，說皇帝是得了一種奇怪的心悸之症，表徵與暑熱略相似，發病的緣由也是因昨日怒極。皇后不滿陸太醫誤診，耽誤了治療的時機，這才讓他回家了。」長公主解釋道。

「心悸……」余歲歲心裡七上八下的，只恨自己半點不通醫術，不知道皇帝是不是得了什麼心肌梗塞之類的？如果真是那樣，按眼下朝中的情形，可就真的要亂了。

長公主看看余歲歲和陳煜，突然發問。「皇兄真的只是因為你二人舉止親密，就極為氣憤嗎？」

余歲歲一愣，點點頭。

「這就怪了。據我所瞭解，皇兄並不是個如此迂腐頑固之人啊，怎麼會——」

長公主話未說完，就被突然打開的殿門給打斷了。

走出來的，是皇后以及幾個太醫，還有禁軍統領白鴻飛。

「白統領，趁著大家都在，便由你來宣佈陛下剛剛的口諭吧。」皇后揚聲道。

聽到皇帝下了口諭，所有人都挺直了身子，豎起了耳朵。

白統領聽命，朝皇后行禮後，轉向眾位大臣。

「陛下聖諭，因身體不適，精神不濟，難以兼顧朝事，為保朝堂安穩，黎庶寧定，今特命八皇子監理朝政，平王、馮閣老與明大學士從旁協助。眾臣需傾力配合，不得遷延！」

白鴻飛話音剛落，朝臣們就議論起來了——

「八皇子監國?!開什麼玩笑？」

「一個八歲的孩子，他能理什麼？按舊例，若無儲君，也得是成年皇子出面理政才是，讓一個孩子來，是什麼道理？」

「不讓他來，你還想讓誰來？廢太子、三皇子和五皇子自是不行，七皇子正遭了陛下的厭惡。說白了，八皇子就是個由頭，拿出來當個名正言順的幌子罷了，本質上還是三省、六部以及翰林院主政。」有人思路比較清晰。

「這倒也是。這麼一看，倒是七皇子運數不濟啊……」

議論之聲飄進余歲歲的耳中，她心頭也被壓得悶悶的。

那個官員說的話是極有道理的。皇帝不能主政的時候，由朝中的能臣理政才是最好的解決辦法。但為了保證皇權的至高無上，自然要找一個吉祥物立著，這樣等皇帝身體恢復之後，大權就會重歸皇帝手中。

而八皇子，就是那個吉祥物。

這麼一看，這個諭旨並沒有什麼不對。可余歲歲總覺得，哪裡怪怪的。

見眾臣的議論漸漸平息，皇后才又一次開口。「陛下身體不適，本宮只是後宮婦人，不得干政。前朝諸事，還要仰賴各位大人了。」

「娘娘言重了。臣等必肝腦塗地，為陛下和娘娘分憂！」馮閣老站出來說道。

皇帝病重，宮中也無太后，皇后就是大雲朝如今最大的人物，一樣是他們的「君」。更不用說八皇子只是個小孩，而皇后背後還有強大的衢國公府。

即便皇后真要對朝政說些什麼，他們這些人也必須恭敬聽著。

這樣一番安排，皇帝突然的病倒給朝政帶來的衝擊反倒減弱了很多，眾臣得知皇帝只是需要靜養之後，也都放下了心，準備回去安心工作。

就在這時，一直沒有說話的陳煜突然飛身上前，卻被白鴻飛一把抱住，攔在殿前。

「七殿下，您不能進去！」

「我要見父皇！讓我見父皇一眼！」陳煜大聲喊道。

眾臣停住腳步，紛紛朝那邊看過去。

「七殿下，陛下不想見您，請您回府休息，不要再多費心思了。」白鴻飛語氣恭敬地勸諫道。

陳煜立刻轉向皇后。「母后，請您讓我見父皇一面，母后！」

皇后眉頭緊皺，苦口婆心地開口。「煜兒，你一向是個孝順孩子，如今你父皇正在病中，你也該體諒他的心情。你為了你的皇妃忤逆他，一次不夠，還要再來一次嗎？」

眾臣的目光，齊刷刷地射向了一旁的余歲歲。

倒沒人覺得她是紅顏禍水，畢竟當日皇帝榮封縣主的聖旨，和她在邊關的作為，都證明了她並非那等妖魅惑人的女子。之前她的「巾幗」畫像名揚天下時，還有不少文人墨客為她賦過詩呢！

士大夫們一向推崇「忠孝節義」，因此對於她這個占全了的女子，也不會過多苛責。

他們只是想到了已經被貶謫出京的余璟。七皇子與錦陵縣主的這樁姻緣，本該是天作之合，誰知道一遭生變，鬧成了今天這副模樣。說到底，該是余璟連累了她。

可再轉念一想，她也並非是余璟的親女，於是余歲歲在眼下這境地裡的角色，就顯得多少帶些無辜與受牽連了。

再看七皇子，寧可冒著被皇帝厭棄的風險也要履行婚約，倒也是一如他一貫的仁善信義之名聲。

可再想到他曾勾結朝臣陷害諸位皇兄，這份仁善之名又打了折扣。

一眾朝臣心裡轉了幾百個念頭，余歲歲卻是渾然不覺。

她看了一眼被白鴻飛死死攔住的陳煜，眼珠一轉，提起裙襬，三步併作兩步，一下子就跪到一旁的賢妃面前。

「母妃！母妃，求您看在七殿下是您親子的分上，讓殿下見皇上一面吧！殿下當真是一片拳拳孝心啊！」余歲歲拽住賢妃的衣襬，一張口，眼淚就啪嗒啪嗒地掉了下來。

賢妃當即臉就黑了，一邊後退，一邊想從她手裡扯回自己的衣裙。

「妳求我做什麼？我早告訴過他不要忤逆陛下和皇后娘娘，他不肯聽我的，我有什麼辦法？」賢妃說道。「皇后娘娘都幫不了他，我怎麼幫他？妳快把他帶回去，別在這裡丟人現眼了！」

這話說完，本來看戲的大臣們，眼中都不由得劃過一絲憐憫。

從來都聽說賢妃對七皇子毫不關心，自小放養，若不是得皇后照拂，都不會有今天。如今一看，傳言果然不虛。

仔細想想，七皇子也怪可憐的。

親生母親不疼，皇后照拂也是另有目的。就因為娶妃之事，和皇后、明家決裂了，被毫不猶豫地拋棄，落到如今這般下場。

他只是想娶一個自己喜歡的妻子罷了，何況這個妻子並無不妥，他又有什麼錯呢？

此時，也將賢妃絕情的話語聽在耳中的陳煜，一瞬間臉色灰敗，倒退兩步，也不再鬧著要見皇帝了，整個人肉眼可見地委靡了起來。

余歲歲見他如此，也顧不得賢妃這邊了，連忙起身去攙住他。「殿下！殿下，我們先回去吧？有母后和太醫們在，父皇不會有事的。」

眾臣聽見她柔聲的安撫，竟真的在七皇子的身上起了作用，兩人相攙離去。

背影交疊的二人，莫名地讓人腦中冒出四個字——伉儷情深。

將一切盡收眼底的長公主，似無意地瞟過皇后一眼，掩去唇角一絲不明的笑意。

直到回了府，進入書房，余崴崴和陳煜才放鬆下心神，對著彼此，露出一絲笑意來。

「今天這一場殿前大戲演過，無論今後皇后娘娘和明家再有如何的陰謀計劃，朝臣們都再也忘不了你了。」余崴崴說道。

陳煜淡淡一笑。「恐怕也不會忘了妳。說起來，妳反應倒是挺快，怎麼看出來我是故意的？」

「其實很簡單。」余崴崴聳聳肩。「以你目前的功夫，雖不至於高出白統領一大截，但也不會被他攔得死死的。你若想進，他還真攔不住你，不然我爹不是白費心力教你了？」

陳煜低頭輕笑。「知我者，妳也。」

「還有母妃。」余崴崴補充道：「她是真的，事事在為你打算。」

「是啊……」陳煜嘆息一聲。「多虧了妳，和母妃這番配合。以後她獨自一人在宮裡，我也能安心不少。只是父皇他……」

余崴崴拍了拍他的手。「事已至此，多想也無用。其實今日，也算是有好消息的。」

「怎麼講？」陳煜看向她。

「以前，我們不是一直弄不明白，皇后和明家到底想幹什麼嗎？現在，他們行動了，目的也就隨之暴露了。」余崴崴道。

「妳是說，扶持八皇弟登基，把持朝政？」陳煜也早已想到了這一點。

余歲歲點點頭。「明家這一次，為了一舉顛覆你和爹爹的勢力，可謂下了血本。那日我從祁川口中聽到了長公主有意遞給我們的話，在栽害爹爹和裴大人等人的事情裡，明家、鄧家、潘家的舊部，甚至是三皇子和太子的勢力，都有參與，為的就是打壓你。明家一直想要的，就是一個好控制的傀儡，這個目的，皇后當年沒能在陛下身上達成，就寄託在了你身上。而你如今也脫離了他們的掌控，他們就換成了八皇子。今天這一齣，只是他們的前戲罷了。」

陳煜頷首。「這我當然知道，可妳說的好消息，又是什麼呢？」

余歲歲的嘴唇勾起神秘一笑，湊近陳煜，壓低聲音。「你覺得，兩個聰明人過招，當實力、智謀等等一切條件都不相上下時，贏，靠的是什麼呢？」

陳煜沒有思考，脫口就回道：「當然是出其不意。」

「沒錯。」余歲歲一挑眉，笑道：「但今天，有兩個一直藏在幕後的人，一不小心跳到了臺前。於是，這個先機，他們再也不可能占了。」

陳煜面露沈思。

余歲歲卻沒有給他多餘的思考時間，直接揭開了謎底。「我說的，就是禁軍統領白鴻飛，還有陛下的同胞兄弟，平王！」

陳煜驀地一驚。

余歲歲並不意外陳煜會有這個反應，其實，如果不是她占了穿書的這個便宜，也未必能想到這一層。

「殿下在聽到白統領說出陛下口諭的時候，有什麼想法嗎？」余歲歲問道。

陳煜沈吟片刻，開口回答。「父皇病重，應該無暇留有口諭，因此多半是皇后和明家有意偽造。讓八皇弟監國，自然是為了達到他們扶持傀儡的目的。朝政交由平王叔、明大學士和馮閣老，其實也是符合定制的。宗親、外戚、重臣，以三個不同身分的人來共同理政，朝臣不會有什麼異議。妳若是從口諭來判定白統領是皇后的人，我並不意外。可平王叔……他一向無心朝事，逍遙快活，也許只是皇后知他性情，才拉來做個幌子的。」陳煜分析著。

余歲歲一邊聽，一邊點著頭。

陳煜這些想法，再正常不過。畢竟這麼多年，平王從來沒有表現出任何一絲覬覦權力的心思，若貿然猜測，那才叫無稽之談。

可誰讓余歲歲知道劇情呢？

雖然如今的很多事情都與原書中完全不同了，可這個世界賴以維繫的那兩個男女主角還在呢！原著中對平王的著墨不多，但男主陳容謹是平王的兒子啊！

原書中的最後，陳容謹正是扶持八皇子登基，自己做攝政王，把持朝堂。

試問，彼時的皇后和明家去哪裡了呢？那時身為炮灰的七皇子已命喪黑熊掌下，明家扶持七皇子的計劃徹底失敗。以明家的野心，合理推測，同樣會盯上八皇子。

然而陳容謹直到小說番外時都還是攝政王的身分，是他不想嗎？離至尊之位只差一步，又同樣是陳氏皇族，名望、聲譽樣樣不差，若余歲歲是他，怎麼也要走到那最後一步的。畢竟，想要給這種事冠上些「冠冕堂皇」的理由，有的是辦法。

那麼，是誰阻止了他的腳步呢？

聯想一下當日彈劾爸爸和裴溼時，那幾乎半個朝堂都蜂擁而上的情景，就不難想到答案。

隨著三皇子、五皇子和太子的接連倒臺，衢國公府明家的勢力已然擴大到連當今聖上都要避讓三分的地步，陳容謹自然也不例外。

八皇子當皇帝，明皇后就是太后。

可若是陳容謹做了皇帝，那還有明家什麼事？明家怎麼可能會同意呢？

於是余歲歲能想到的唯一解釋就是，明家和陳容謹達成了某種協定，各取所需。

「陳煜，或許我的猜測在你看來有些匪夷所思，但我想請你務必考慮我的猜測。平王和明家，應該暗地裡有什麼勾結，具體的，我不能判斷，還需要靜觀其變。」

陳煜眉宇微擰，沈思了一會兒，點頭答應。「好，我想，妳一定有妳的道理。」

余歲歲不由得舒心一笑。「平王之事，暫且不表，至於白統領……」她遲疑了一下。

「他替明家做事，應當是毋庸置疑的。可不知道為什麼，我總不由得想起他的弟弟白鴻漸。白鴻漸死的時候，說了一句話——『回去告訴我大哥，是我對不住他』。回來後，我們查過很多次，並沒有白統領勾結敕鑾的證據，疑罪從無，他自然是清白的。可現在，我心裡總有一種感覺，這件事，或許並沒有我們看到的那麼簡單。」白鴻飛作為禁軍統領，出現在今天這樣的場合再正常不過，可余歲歲就像著了魔一樣，總覺得他不對勁。

「歲歲，別多想了。我們現在處於一個被動的位置，最不容易出錯的辦法，就是以靜制動，等他們慢慢出牌。」陳煜見她眉毛皺得死緊，不禁笑著抬手，替她撫平。「過幾天，我們去逛逛京城吧？既然他們不想讓我參與朝事，那我索性就休息一下。我們都還沒有一起出去遊玩過呢。」

余歲歲一愣，隨即點點頭。

現在，確實是韜光養晦的時候了。

第三十五章

幾天後的一早，陳煜和余歲歲就乘馬車出府，一路駛向京城的主街。

兩人從街北一路逛到街南，無論是玉器店、雜貨店、成衣店，還是茶樓、酒館、點心鋪子，一家不落。身後跟著的一眾小廝，身上更是掛滿了購置的東西。

兩人一路毫無遮掩，很快就有人認出了他們的身分，於是七皇子夫婦同遊京城街市的消息，立刻傳了出來。

隔天就有御史彈劾，認為七皇子在皇帝病重期間還沈迷享樂，實乃不孝，理應斥責。

八皇子一個八歲的孩子，每日只能被皇后牽著手來上朝，他自然是沒有什麼表示的，於是皇后就以皇后懿旨的名義，派人前往七皇子府訓誡了陳煜。

訓誡懿旨下了的第二天，七皇子就帶著七皇子妃跪在了皇帝的寢殿外，痛陳自己的過錯，要親自為皇帝侍疾，以表心意。

皇后氣極，趕緊讓人打發他們回去。

然後過了幾天，七皇子和七皇子妃，又上街去玩了。

這一次，明家安排的御史彈劾更加言辭激烈，痛批七皇子屢教不改，實乃不孝至極，應當責罰。

於是這回，是八皇子以皇帝諭旨的名義下詔斥責陳煜，還給他減了俸祿。

斥責後的隔天，陳煜又帶著余葳葳去跪金殿了，而且這次無論怎麼勸，他就是不肯走，非要見皇帝一面不可，說要親自磕頭賠罪。

皇后差點就氣暈過去，搬出皇帝、賢妃，威逼恐嚇之下，終於是勸走了兩人。

陳煜倒是什麼也沒說，磨蹭到天黑，總算帶著余葳葳出宮了。

再然後，他們又上街去玩了。

這一回，朝臣們也漸漸覺得不對勁了起來。

又要彈劾，又不肯讓七皇子見皇帝，這……皇帝到底病得如何？

當日皇帝剛宣佈病重時，因為皇后和明家的一番處置合情合理，加上太醫說了皇帝無大礙，因此並沒有太多人質疑。

可如今隨著時間推移，皇帝病重的時間越來越長，又有七皇子這事的怪異，大家終於開始不安起來了，心裡也犯起了嘀咕。

皇后和衢國公府也驚覺自己上了陳煜的當，立刻不再安排御史彈劾，打算把此事輕拿輕放。

可埋在朝臣心裡的懷疑種子，卻不是那麼容易根除的，反而隨著時間，一點點地生長、發芽……

八月初，平王世子陳容謹迎娶盧陽侯府養女余宛宛，婚禮盛大而風光，一時郎才女貌、佳偶天成的佳話，傳遍京城。

余歲歲從晚桃那裡聽到消息的時候，正和陳煜窩在將軍府裡那個人工湖的湖心島上吃葡萄、玩遊戲。

現如今沒有人管得住他們，兩人倒成了京城裡一對眾所周知的閒人。

「現在京城裡只知平王世子和世子妃，再無人知道殿下和您了！」晚桃有些不滿地說道：「明明當日賜婚時，他們也說殿下和您是天作之合、天賜良緣呢！」

余歲歲把吃空了的果籃塞進晚桃的懷裡，故意冷臉道：「去，再洗一筐來！沒洗夠，不許回來！」

晚桃吐了吐舌頭，知道余歲歲不是真的生氣，但也知道她的意思，便趕緊下去了。

見晚桃走遠，陳煜輕輕將余歲歲攬進懷裡，下巴抵在她的頭頂，悶聲問道：「連晚桃都替妳打抱不平了，妳就真的不在意嗎？」

他們的婚事寂寂無名，甚至沒能讓她最在乎的家人見證，這是他心裡一輩子的遺憾，想起來，都覺得發堵。

余歲歲卻是半點都不在意這種名聲。

「我不在意啊！」她聳肩說道：「這本來就是他們應得的。」人家是男女主欸，這點排面都沒有，還算什麼男女主？

「應得的？」陳煜對這個用詞很疑惑。「為什麼是應得的？」

「唔……」余歲歲的腦子飛速地轉著，想出一個搪塞的理由。「陳容謹一向就是花孔雀一樣的氣質，他的婚事備受關注，這不就是應得的嘛！」

「花孔雀？」陳煜被余歲歲的比喻逗笑了。「別說，確實和容謹兄有些相似。」

「你也覺得是吧！」余歲歲受到鼓舞，不由得話多了起來。「他和余宛宛呢，就是注定要把所有事情都過得十分的戲劇性，或者說帶點……演繹的色彩。你想啊，從兩人的身分來看，一個是身世突變的孤女，一個是驕傲飛揚的貴胄子弟，初遇時美救英雄，余宛宛慷慨襄助，陳容謹一見傾心、心生憐惜，然後步步緊追，終於得到了余宛宛的芳心。這個時候，反對者平王和平王妃就登場了。陳容謹不畏父權，遠走邊關；余宛宛弱中帶剛，追夫千里，邊關被劫，陳容謹一箭救愛，回來後用自己出生入死的軍功當眾求賜婚。

「現如今兩人是成了婚，可往後定還要有許多誤會與虐心橋段，虐得越狠，兩人的情意就越深。要不是我夕山君的身分已被眾人所知，我也要用他倆畫個新畫本。這故事搬上戲臺，那還不紅遍全京城啊！」余歲歲興奮地將原著裡的故事講了出來。

雖然她不常關注男女主的消息，可但凡聽到的消息，根本沒怎麼偏離原著的感情線。

余宛宛依然還是有很多愛慕者，愛慕陳容謹的姑娘也沒有少到哪裡去。自己這邊忙著自己的故事，余宛宛和陳容謹的劇情也按部就班的走著。

依她看來，這兩人即便是成了親也不會消停的，不過反正兩人也分不開，就當是夫妻間的情趣吧！

可余歲歲說完了半天，卻並沒有聽到陳煜的回應。

她覺得奇怪，從他身上支起身子，回頭看向他的臉。

陳煜雙眼放空，不知道在想些什麼。

「你想什麼呢？怎麼不出聲？」她拿手在他眼前晃了晃。

陳煜恍然回神，神色怔然。「我在想，其實我們……和他們也挺像的，不是嗎？我們經歷的，生死也好、磨難也罷，並不比他們少。」

「哎！」余歲歲趕緊捂住他的嘴。「這可不能比啊！咱不跟他們比！」男女主的感情線太戲劇了，她可玩不起。

陳煜抓住在臉上作亂的那隻手，笑道：「那妳想要什麼呢？」

余歲歲趴在他胸前，把他當個軟墊般。「簡單一點就行，有話就直說，起碼要長嘴，不要故意搞一些誤會什麼的。比如我們以後若生氣鬧矛盾了，千萬不要故意找別的人來氣我。」原著裡男女主就玩過這種套路，太令人頭疼了。「還有啊，如果有一天，你喜歡別的人了，就只管告訴我，不要藏著掖著，我不會有任何異議的，咱們好聚好散……唔！」余歲歲的話，被陳煜一下子堵住了。

「不會的。」陳煜雙目堅定地看著她。「不會有那一天的。我也不會給妳好聚好散的機會的。」

余歲歲臉一紅，埋首下去。「行，那我不說了。」

反正現在的他是真心的，將來真要是變心了，也是真心的。她會全心信賴他，卻不會對他保持太高的期待。

那些戲劇性的劇情永遠不可能在她身上發生，因為只要有一次，就不會再有以後了。

幾天後，就在陳容謹和余宛宛成婚不久、聲名大振的時候，又有事情發生了。

西南之地突發地震，西北山區也發生了山洪。一時之間，兩地民不聊生，市井之中，居然漸漸多出了一個傳言——

當今聖上，得位不正！

聽說，當年皇帝登基前，欽天監給了先皇一句批文——

玄鳥東生，王於西北，天下太平！

先皇曾說這是儲君的預兆，可先皇駕崩後，繼位的皇帝卻和西北毫無關係。

很快地，傳言甚囂塵上，席捲了天下各州縣。

自皇帝登基以來，發生的所有天災、人禍，全部都被重新翻出來，以作證據。傳言說，就是因為皇帝得位不正，遭了天譴，才讓百姓們替他受苦受難。

正在此時，西北之地，突然出現了一股起義軍，打著為民請命、正本溯源的旗號，在西北迅速壯大。

一封封加急的奏報飛進京城，滿朝上下，人心惶惶。

此時此刻，沒有人在乎皇帝到底病沒病、怎麼病的，或者什麼時候能好，他們更關心的是，皇帝此時還昏迷不醒，這眼看著生亂的天下，該讓誰力挽狂瀾？

就在這關鍵的時候，平王跳出來了。

朝堂上，他言辭懇切地向朝臣和八皇子舉薦自己的兒子陳容謹，讓陳容謹親自帶大軍前往西北，平息內亂。

陳容謹曾在邊關歷練多年，又曾跟隨忠勇大將軍余璟征伐敕蠻，帶兵經驗充足，因此朝臣並無異議。

於是，陳容謹很快就統領了一支軍隊，出征西北。

不到一個月，陳容謹斬下西北義軍首領的項上人頭，凱旋回朝交旨。

朝堂上下，爭相慶功，平王與陳容謹的聲望，在大雲登時水漲船高。

所有人，都漸漸忘記了京城裡還有七皇子的存在。

眼下，平王和平王世子才是挽狂瀾於既倒，扶大廈之將傾的功臣。

至於那位監國的小孩子，就更加沒人記得起他了。

九月九日，重陽佳節。

平王府要辦菊花宴，滿朝文武趨之若鶩，像極了當初忠勇大將軍府門前的情形。

余歲歲本是不想來的，可萬萬沒想到，余宛宛居然破天荒地給她下了帖子。

要知道，當日她成婚時，余宛宛和余家姊妹一同來送嫁時，她就和她們約定過，如今情勢不同往常了，血緣至親的關係在外人看來本就容易多想，為了不互相影響，她們的心意自己領了，但以後，還是要少往來些才好。

所以，自那以後，她們其實並未再有交集。

卻不知道這一次，為何余宛宛給她下了請柬？

陳煜自是不會來的，余歲歲便自己單獨赴宴。

平王的宴會，按理說長公主府也是會來人的，可上到公主、駙馬，下到祁川縣主和她的兄弟，竟沒有一人前來。

余歲歲便和余清清、余靈靈坐在一處，好似個透明人。

「二姊姊，要不妳和我們去花圃裡逛逛？」余清清和余靈靈生怕余歲歲覺得被冷落，想要帶著她遠離此處。

這偌大的一個亭子裡，平王妃和余宛宛是女主人，忙於招待，自然顧不上她們。而其他人，當然也不會來搭理她們的。

「沒事，不用。」余歲歲笑道：「妳們若是想去，就去看吧，難得出來一次。」

如今，除了余欣欣一直留在學館教學外，余清清和余靈靈已經回了侯府。爹爹和陳煜出事後，她們再一次被困在府中，不能出來。

這一次與上一次不同，余歲歲自是不能強行讓她們來了，以免受到她的牽連。

「可是……」余清清有些擔心她。

「我真沒事。」余歲歲笑呵呵的。「人家請我來，就是讓我來看熱鬧的，我不看，豈不是對不起主人的一番心意？」

余清清兩人只得作罷。

宴會逐漸接近尾聲，余歲歲正享用著眼前的食物時，突然聽到了一聲驚呼。

「快看！那是什麼？」有人指著東邊的一個屋簷上。

余歲歲和所有人一樣，循聲抬頭望去，只見那屋簷一角，突然金光閃爍，散發著點點光輝。

眾人從未見過如此異象，不由得紛紛起身，想要走近些看個究竟。

余歲歲順著人群，也朝那個方向走去。

漸漸地，屋簷上的金光開始晃動了起來，好像還在吸收著天上的日光，變得越來越大、越來越具象。

突然，那金光猛地從屋簷上飛起，繞著半空轉了一圈，化成了一隻金色的玄鳥！

所有人都被這景象驚呆了，齊齊駐足，屏住呼吸，目不轉睛地盯著牠。

卻見那玄鳥飄飄忽忽，似乎在漫無目的地飛著、盤旋著。

忽然，不知何處傳來了一陣絲竹鼓樂之聲，那玄鳥彷彿通靈一樣，瞬間振翅高飛，向著樂聲的方向飛去。

眾人急忙追趕，誓要看個究竟。

玄鳥在天上飛，一群人在地上追。

很快地，玄鳥停在西北方一個亭臺的屋頂之上，單腳而立，仰起修長的脖頸，似乎在和著樂聲歌唱。

慢慢地，歌聲停了，那金光聚成的玄鳥，身上的光輝也似乎開始變淡了。

「啊——」在眾人的驚呼聲中，玄鳥的金光突然散開，向下灑落。

眾人的視線追隨著金光朝下看去，只見亭臺裡，一個撫琴的男子正抱琴而起，金光適時地鋪灑在他的周身。

男子悠然轉身，眾人終於看清了他的面容。

「平王！」有人驚呼出聲。

「玄鳥東生，王於西北，天下太平！」另一個人也高呼一聲。

「這……這不是當年真命天子的批文嗎？」有人悄聲議論。

「難道……當年先皇看中的實際上是平王？」

「可平王當年和西北也沒有任何關係啊……」

周遭的議論聲傳進耳朵，余歲歲斜倚在迴廊的梁柱旁，若有所思。

西北，又是西北……

從邊關到京城，從突發的瘟疫到欽天監批文？

西北，這個關鍵字一遍又一遍地出現，余歲歲不覺得這都是巧合。

看著遠處被金光罩體的平王，她大概明白了今日這場宴會的真正目的——造勢。

平王的野心，還真是藏得夠深的，整整二十多年，愣是隱忍不發。

回到府中，陳煜剛和身邊的幕僚交談過，見她回來，便拉著她坐在桌旁。

「你都知道了？」余歲歲看著朝自己行禮退下的幾個僚屬。

既然是韜光養晦，但也並不等於什麼都不做，陳煜的消息靈通，並不比她這個親身經歷的人差。

「是。」陳煜點頭。「平王府金光乍現時，我就收到消息了。沒想到，我這個平王叔倒真是給了我這麼大一個驚喜。」

余歲歲諷刺一笑。「屈居人下二十多年，直到今天才邁出這一步，他倒是能忍。可到底是真的包藏禍心，還是被人有意利用，還兩說呢。現如今，也不知皇后娘娘與明家如何看待此事？平王從他們的盟友，變成了他們的競爭對手，兩邊或許會起衝突。」

陳煜輕輕頷首。「今日之事，很快就會在京城傳開，再加上容謹兄剛剛平定了西北叛軍，平王叔的聲望恐怕要空前高漲了。」

「我現在倒是覺得，西北叛軍說不定就是個謊言。西北或許當真有人揭竿而起，可勢力如何？破壞力如何？又是如何平定的？我們誰也沒去西北，還不都是陳容謹一人說了算？我在想，或許我們不該只把視野局限在眼下，局限在京城，而是應該往前追查線索。」余歲歲分析著。「京城中突然冒出來二十多年前的欽天監批文，這一定不是空穴來風，且批文裡特意提及西北之地，絕對別有用意。」

「我也是如此想。」陳煜附和她。「所以，剛剛已經差人秘密去查了。」

「你查你的，我也查我的。」余歲歲道。「我有預感，這件事，絕對沒有我們想像中的那麼尋常。」

當初余璟在邊關重組的暗探網路，余歲歲和余璟都同時掌握著。一個合格的消息網，就不能是只存在於邊關之外，更應該存在於身邊。

其實當年父女倆剛在京城落腳的時候，余璟就憑藉著極高的職業素養和見識，有意地建立起屬於自己的消息網，方法也極為容易簡便。而隨著他步步青雲，這中間的環節也越來越複雜。

如今余璟離京，這些東西，自然就留在余歲歲手中。

她不知道陳煜是去查了什麼，但她要查的，只有一個人——薛壬朗！

幾天後，余歲歲就收到了結果。

讀完信箋內容的一瞬間，她立刻起身，前往書房。
彼時，陳煜剛剛放下手裡的一疊信紙，神情若有所思。
「陳煜，我有一個重大發現要告訴你。」余歲歲快步走進去。
陳煜從案桌後抬頭，雙目深邃。「正好，我也有件事要與妳說。」
余歲歲一愣。「你是不是查到什麼了？」
陳煜點點頭。「妳先說吧。」
「我讓人去查了薛壬朗。」余歲歲遞上手中的信箋。「當初，在赭陽關的地牢，他對我說起過，他是京城薛氏族人，二十多年前，皇帝將薛氏一族滿門抄斬，而他是唯一的活口。回京之後，事情太多，我便把此事忘之腦後，直到前些天因著平王之事，這才重新想起。沒想到這一查，果然有問題。」余歲歲指了指信箋上的內容。「二十多年前，薛家曾是先皇的重臣，薛家家主官同宰相，與如今馮閣老的地位不相上下。陛下登基後，起初是以朝中老臣之禮相待，可兩個月後，薛家就因一個意圖謀反的罪名被問罪處斬，上下三百餘口，無一倖免。從那時起，薛家成了朝中的禁忌，再無人敢當眾提起。」
「因此，薛壬朗說，陛下與他有血海深仇，或許站在他的立場上，這句話並沒有什麼錯。但一個偌大的世族，一夜之間覆滅，若說裡面沒有隱情，我是不信的。」余歲歲回想著與薛壬朗在邊關時的種種交談。「薛壬朗彼時尚在年幼，逃出生天後便隱伏在敕鑾伺機而動。當日他設計栽贓程執之死的圈套，我就覺得他似乎對陳容謹有意放過，恐怕，他和平王早就勾連在了一起。他處心積慮想謀奪程執的玄武衛重甲軍，根本也不是為了敕蠻的哥稚那，而是為了平王。西北是他們的大本營，只要他將重甲軍帶往西北，平王就會如虎添翼。到時平王榮登大寶，而他大仇得報，各取所需。」余歲歲的語氣越說越是篤定。「只可惜，他棋差一著，先一步死在赭陽關外。」

陳煜靜靜地聽著，腦中也飛速地運轉著。

余歲歲想了一會兒，又繼續開口。「不過，他即便死了，他們的計劃也不會有太大的變故。平王尚在，且還有禁軍統領白鴻飛。他們應該也是早就計劃好了今日的一切，先借明家的手打壓你，推出八皇子，再把平王推上來。而如今平王和陳容謹炮製了這一齣金光罩體、天命所歸的戲碼，接下來，就是和明家撕破臉，謀朝篡位了。」

「篡位還早些，朝中大臣不是那麼好糊弄的。更何況，他們還沒對我下手。」陳煜接話道。「妳剛剛說的，我都同意，事情恐怕與妳猜想的八九不離十，不過……妳忽略了一個細節。」陳煜頓了頓，才又道：「二十多年前，欽天監對皇祖父說出那一句批文的時候，薛家還平安無事，甚至薛壬朗都只是個不記事的孩子。也就是說，真正『王於西北』的，另有其人。」

余歲歲一驚，細想確實如此。

陳煜這才拉過她的手，讓她坐在自己身邊，隨手一攬。「我這裡，倒是查到一些可以作為妳推論補充的事情。」

余歲歲驚訝地看了看他，然後拿起桌上的信箋，目光一掃，臉色登時大變。
「二十多年前，和薛家一起下獄抄斬的，還有一個皇親貴胄?!」余歲歲驚呼出聲。
陳煜微微頷首。「是。且是一個不為人知，若非我此番探查便永遠不知曉的、比薛家還諱莫如深的人——隱王。隱王是我父皇的長兄，但實際上，他並非我皇祖父之親子。」陳煜沈聲說著。「皇祖父剛繼位時，子嗣艱難，人過中年，后妃無數，卻只得數位公主，不見皇子。眼看江山不穩，後繼無人，朝臣便進言，從宗室之中選一子過繼，將來承襲大統。隱王的生父，與皇祖父乃異母親兄弟，隱王彼時也不過七、八歲，正是聰慧機警之年，便被選中入宮教養，只等成年後，便會封為太子。」
余歲歲聽得心裡一沈。如此往事，當今已無人記得，再想想如今的陛下和平王，那之後發生了什麼事，不難想像。
果然，陳煜繼續說下去。
「可世事，偏就如此弄人。隱王進宮後不過兩年，皇祖母一舉誕下麟兒，就是我父皇。隨後，皇祖父宮中突然就人丁興旺起來，幾位王叔相繼出生，平王叔也是其一。」
「如此一來，隱王的處境定是尷尬至極。」余歲歲嘆道。
「是啊。」陳煜眸色微垂。「其後的幾年，隱王在宮中形同陌路之人，他的生身父母更是在不久之後雙雙病亡，而他的兄弟姊妹，也很快全部夭折。」
余歲歲眼神一凝，心中大震。「這……絕不可能是巧合。」

陳煜沈默了。
余歲歲突然就懂了。
雖然以她和陳煜的年紀，都沒能見過那位先皇的真容，可市井之中，其實並不乏關於先皇的流言，尤其是在最近這個敏感的節骨眼上。
先皇在時，軍力羸弱，邊關不寧，朝內黨派傾軋，政治混亂，百姓苦不堪言。若不是當今陛下登基後勵精圖治，何來大雲朝的今天？
余歲歲也曾聽很多老一些的人說起，先皇是極其多疑的人，甚至曾經只因一個內侍夜晚侍奉他蓋被子，都能被他誤以為是要殺他，然後判了那內侍五馬分屍。
這樣一個君主，做出冷落苛待隱王、暗害隱王血緣至親的事情，一點也不令人意外。
「再後來，隱王成年以後，便娶了一位來自敕蠻的部落宗女，作為兩國和婚，也以此舉，徹底斬斷了自己的皇權之路。」陳煜繼續道。「這之後，我便查不到任何有關隱王的消息，直到父皇登基那年，和薛家一起以謀反罪被處斬了。」
余歲歲聽得心有餘悸。
當今皇帝剛登基，不過兩個月就殺了自己的兄長和重臣？聯想先皇的作派，很難不讓人懷疑這是先皇的遺詔，是先皇命令當今皇帝這樣做的。
或許，先皇也知道自己殺戮太多，若再親手殺死自己的繼子，必將遺臭萬年，這才把這燙手山芋留給了當今聖上。

當然，當今陛下亦是不願留這麼一個人存在的。隱王，正如他的封號一般，就這樣做了皇室的犧牲品，永遠隱去了存在的痕跡。

余歲歲一邊嘆氣，腦中一邊猛然閃過一絲什麼。「等等！你剛剛說，隱王成年後，娶的王妃是敕蠻人？」薛壬朗就是中原人和敕蠻人的混血，而她查到的消息是，薛家上下三百餘口，無一倖免！

陳煜見她抓到了關鍵，輕輕一笑。

「是。而且聽說，隱王的嫡幼子，在那一場誅殺中下落不明。」

「下落不明……」余歲歲不由得重複著這四個字。「這麼說來，薛壬朗很有可能是隱王之子？」她看向陳煜。

「我確有此猜測。不然，他何以如此瞭解京城舊事，又能和平王、白鴻飛這樣的人勾連在一起？」

余歲歲順著他的思路想下去，也覺得薛壬朗是隱王嫡子的可能性很大。

「可是……不對啊！」她突然閃過一個念頭。「如果薛壬朗是隱王之子，那他也是陳氏皇族，有正統的血脈，平王能炮製玄鳥給自己造勢，他也可以啊！即便他有敕蠻血脈，可只要有重甲軍在手，成王敗寇，誰又敢質疑他？更何況，他的父王，甚至他們一整支宗親都被先皇害死，他怎麼可能會親自犯險去邊關部署謀劃，反倒讓平王這個流著先皇血緣的人在京城摘桃兒？」余歲歲十分不解。「我總覺得，如果薛壬朗才是如今一切計劃的真正主謀，他就不會讓自己死在赭陽關外。哪有幕後主使者大事未成，就先把自己搞死的道理？」

「或許，是他失算了？未曾料到余將軍的智謀和反應都超出他所料？」陳煜聽罷，也覺得說不通，便試圖找出一些緣由。

余歲歲仔細回想著當初在邊關時前前後後的所有情景，又把薛壬朗的表現翻來覆去地想了個遍。「當時他確實是失算了，沒有想到我爹會來得那麼快，所以謀奪重甲軍的計劃徹底失敗。可是，自古留得青山在，不怕沒柴燒，那天晚上，他如果想隻身逃走，一樣逃得掉的。等逃回京城後，躲在暗處，繼續謀劃，就像這段時間我們遭遇過的一切一樣。平王都能在沒有重甲軍的幫助下走到今天，他一樣也可以啊！」

被余歲歲這麼一說，陳煜本來篤定的猜測，也重新泛起了疑點，腦中更是混沌一片。

「還以為查到些舊事，多少能為我們如今的處境指些明路，結果竟還是一無所獲。」陳煜苦笑道。

「說起來，我爹和我娘最近都沒有再與我寫過信了。」余歲歲突然說道。「行宮與京城離得並不遠，以往，總是兩、三天就會來一封信的……」

「他們興許是有什麼事吧。」陳煜回了一句。

本來靠在他身上、拿著寫滿消息的信紙翻看的余歲歲，驀地動作一頓，突然直起了身子。

她側過頭，目光灼灼地盯住陳煜，一眼也不眨。

陳煜有些不自然地向後縮了縮身子。「怎、怎麼了？」

余歲歲若有所思，眼中染上探問。「你，是不是有事瞞著我？」

「怎、怎麼可能？」陳煜下意識反駁，可話一出口，語氣瞬間就露餡了。

余歲歲的神色立刻露出幾分得意，一臉「休想瞞過我」的模樣，笑道：「哼哼，說起來，我可算是看著你長大的，你想瞞我什麼，那可不太容易！」

陳煜哭笑不得地傾身摟住她，額頭抵住她的頭頂。「不許胡說，沒得說差了年紀。」

余歲歲嬌嗔地一把推開他。「少打岔！老實說，是不是你跟我爹有什麼事情，故意不告訴我的？」

陳煜清了清嗓子，索性也不掙扎了，問道：「妳怎麼看出來的？」

「只能說，是早有懷疑。」余歲歲道：「他和裴大人，還有那些忠於你的朝臣，敗得太快了。如果說，真的是我們實力懸殊，不堪一擊，悍然潰敗，那麼我爹在離京時，就是拚著老命、抗旨不遵，也會把我一起帶走的。而且最近你的狀態一直很焦急，雖然你沒有表現出來，但我一直看在眼裡。可你卻不是那種落於低谷、急於翻身的焦急，而是急切地想要預知未來、提前部署。不過真正讓我確認的，是你剛剛的一句話。」余歲歲勾起唇角。

陳煜驚訝地問道：「我剛剛有說什麼露了餡的話嗎？」

余歲歲輕輕搖頭。「是因為，當我提起爹娘與我斷了通信時，你回答我的是『他們興許是有什麼事吧』，可如果擱在平時，你一定會第一時間勸慰我不要憂慮、放寬心，然後告訴我，你一直有派人關注他們的動向，不會有事的。」
聽余歲歲說完，陳煜的眼神不由得幾番波動。
這到底該說她太過聰慧，還是該說她太瞭解自己了呢？
陳煜垂眸，大掌撫向余歲歲的手，隨即與她十指相扣，開口道出了實情。
「師父臨走前，讓我能瞞妳一時便是一時。知女莫若父，他早想到，瞞不了妳太久的。妳說的沒錯，這一回，我們是以退為進，所以在明家發難之初，就作出了『一敗塗地』的假象。當然了，也不完全是如此。如果那時與明家硬碰硬，兩敗俱傷之下，我們只會損失得更慘重。所以師父對我說，不如趁此機會，借明家的手，徹底將我手上與明家有關的勢力一舉割下。不破不立，去除腐肉，才能贏得新生。」
「妳說得對，我確實很著急。以退為進是一著險棋，可我們對對手的目的和部署幾乎一無所知，如果不能儘早探知他們的動向，先下手為強，那以退為進，就會演變成真正的潰敗。」陳煜嘆了一口氣。「更重要的是，父皇和母妃都在他們的掌控之中，我不敢等啊……」
余歲歲的另一隻手覆上兩人交握的雙手，心中再理解不過他的想法。
「爹讓你瞞我，是怕我擔心他的安危。如果我沒猜錯的話，他一定是趁著陳容謹去西北，也跟著偷偷去了吧？」
陳煜點點頭，算是默認了。

「可你不該瞞著我的。」余歲歲柔聲道：「我們是夫妻，一體同心。我並非養在樊籠裡的金絲雀，我理應為你分擔情緒，出謀劃策。」她幽幽問道：「難道，你是覺得我不如你聰明嗎？」

陳煜一個激靈，立即說：「當然不是！只是這太危險了。當初妳在邊關受傷，後又被綁做人質，幾次涉險，師父和我皆心有餘悸。以往我多有不便，可如今妳已是我的妻子，我怎麼可能看著妳再次踏入險境？不管明家和平王到底如何各懷心思，我將來都必定與他們有一決戰。我總不能眼睜睜地看著妳在我的眼皮底下，再出什麼意外吧？」

余歲歲懂他的意思，也知道父母走之前，定是與他千叮萬囑過的。

可既然踏進了這個漩渦，又怎麼可能獨善其身呢？

「陳煜，我理解你所想，可他們若不收手，防是防不住的。」余歲歲微笑著說道：「如果我害怕危險，又何苦在當時那樣的境地嫁給你呢？我們暫且不糾結薛壬朗的身分，也不糾結他和平王到底是如何勾結的。就單說他們兩人如此處心積慮地謀劃，為的就是把皇位從陛下和陛下的皇子手中，奪到他們自己的手裡。

「現如今，平王和明家靠著白鴻飛假傳聖意，挾陛下和八皇子把持朝政。可平王真若想再走一步，那可就不是假傳聖旨這麼簡單的操作了。」余歲歲說道。「當初，我們幾次遭御史彈劾，又進宮覲見陛下而不得，朝臣本就開始對陛下的病產生了懷疑，之後若不是西北出現叛軍，這件事不會那麼容易過去的。所以現在，平王的當務之急在於如何證明自己的正統性。他計劃他的，我們計劃我們的，不必急於弄清他們的謀劃，你只管做你的部署便是。相信我，因為你們的目的是對立的，因此你作的任何一個正確的決定，都是擊敗他們的方式。」

陳煜看著面前人堅定而篤信的神色，身心在這一刻都受到了莫大的鼓舞。

從前，他一直不知道自己的生命中到底缺了些什麼。

可在此刻，他似乎是懂了。

自幼的經歷讓他過於早熟起來，可實際上他卻並非如自己想像般堅不可摧。他真正需要的，是一個永遠與他並肩而立的人，信任他、鼓舞他。

從那年拜師在余璟門下，他才初次體會到這樣的感覺。而在歲歲的身上，他找到了可以汲取能量的靈魂支撐。

想著，陳煜擁住懷中香軟的身體，埋首於她的頸窩之中。

「歲歲，得妻如妳，夫復何求……」他悶聲，由衷喟嘆。

余歲歲心裡暗嘆，伸出手臂環住陳煜的脖頸。

可漸漸地，氣氛開始不對勁起來。

余歲歲猛地逮住某隻在自己身上作亂的手，低聲警告道：「大白天的，你做什麼？」

陳煜突然起身，將她抱起放於榻上，一臉理所當然地說：「師父說，我正可趁此時機修身養性，我自是應當聽從他的教誨。」

余歲歲無語。我信你個鬼！

事情果然和余歲歲推測的相似。

沒過幾日，外頭就傳來消息，廢太子、三皇子和五皇子都在各自入宮請見皇帝後發生了意外，有的重病亡故、有的瘋癲，一時人心惶惶。

七皇子府，余歲歲和陳煜四目相對，無語凝噎。

是誰對他們下的手，這個答案已是呼之欲出了。

「陳煜，不管怎麼說，今後，我們能不進宮，還是不要進宮了。」余歲歲凝眉憂思。

「之後找個理由，閉門謝客吧。」

陳煜點頭贊同。如今，最好的辦法就是如此了。

是夜，皇宮椒房殿。

皇后獨自一人坐在榻旁，手按住床榻的邊沿，緊緊捏著，指節微微泛白。

突然，殿外傳來窸窣的腳步聲。

皇后猛地坐直身體，轉頭朝門外看去。

只見一個宮人踏進殿門，身後，閃出一個披著斗篷的人。

「老臣，參見皇后娘娘。」來人取下斗篷，躬身行禮。

皇后捏了捏手指，朝帶路的宮人道：「你下去吧。」

等宮人走遠，皇后才站起身，緩緩走到來人的面前。

「若不是本宮要脅，恐怕你無論如何也不肯來見本宮的，是嗎？父親大人！」

衢國公眼皮微動，語氣依舊如常。「娘娘言重了。」

「言重了？」皇后冷笑一聲。「我在宮裡，為了你、為了明家殫精竭慮，可你又是怎麼對我的？你可曾有一瞬間考慮過我？」

「娘娘，」衢國公緩緩接話。「娘娘出身明氏，沒有衢國公府，便不會有娘娘今日的中宮之位。為明氏一族延續榮耀，本就是娘娘應該做的。」

「呵、呵呵……」皇后笑得有些瘋魔。「是啊，在你眼裡，我這個女兒唯一的用處，就是被你拿來換取榮華富貴，等我沒用了，你便棄若敝屣！以前我還笑賢妃拎不清，放著家族、親子不理，在宮中我行我素，毫不在意恩寵。可如今我才明白，我和她一樣，都是被家族出賣的棋子……不，我比她還傻，她尚且知道不讓林家得半點兒好處，自己不好過，就讓林家也不好過。可我呢？被你騙得團團轉，還以為自己多麼的偉大！」

衢國公淡淡地看了皇后一眼，興致缺缺。「娘娘煞費苦心叫我來，就是為了說這些嗎？身為一國之母，娘娘不該如此莽撞行事的。如今的情勢，我們是如履薄冰，容不得一點差錯——」

「夠了！」皇后怒道：「少與我再說那些大道理！我叫父親來說什麼，父親難道不知道嗎？當日是父親親口許諾我，陳煜不受控制，為了我的太后之位、為了明家的榮耀，必須要力保八皇子繼位，可你現在在做什麼？平王演了一齣金光附體、天命所歸的大戲，現如今還敢對皇子們下殺手！下一步，他是不是還要殺了我、殺了八皇子、殺了陛下！這些日子以來他做的事，若沒有父親的支持，他能這麼順利嗎？」

衢國公深吸一口氣，倒是不意外皇后如此發問，頓了頓，開口道：「看來，娘娘已經知道了。不錯，平王行事，我確實有意放縱，甚至在背後推波助瀾。但請娘娘安心，我說過的承諾，不會食言。娘娘細想，平王得位，於我明氏一族毫無益處。我這麼做，自有我的謀算。」

「不會食言？」皇后看著他，微嘲道：「世人皆以為，如今是本宮借八皇子把持朝政，可實際上，本宮早已被你和平王架空，萬事皆由不得我！你當我不知道嗎？平王已著手要加害陛下了，可你卻沒有任何的反應。你答應過我，不會傷害陛下的性命！」

「娘娘，平王沒有加害陛下的膽量！我這麼做，自有道理。」衢國公語氣冷硬，擺出了為人父的架勢。

「你有什麼道理，為何不敢說與本宮？」皇后厲聲質問。

衢國公瞇起眼看著她。「說與娘娘又能如何？娘娘只需做好如今的本職便是最大的幫助了。」說著，他又補充一句。「如果不是娘娘未能生育嫡親子嗣，我又何必如此大費周章？」

話音落下，皇后臉色驀地一白，整個人如墜冰窟之中。
不能生育，是她這輩子最大的痛苦和遺憾，如今這個傷疤卻被自己的親生父親駭然揭開，還揭得如此理所當然，如此痛徹心腑！
「未能孕育子嗣……」皇后囔囔道：「當年若非你寵妾滅妻，縱容庶妹欺辱母親，我又如何會在寒冬時節落入冰湖，救治不及，一輩子失去了做母親的權利？你能言善辯、逢場作戲，騙了母親和我一輩子！你枉為人夫，更不堪為人父！」
「放肆！」衢國公臉色一黑。「即便妳是後宮之主，我也是妳爹！如此大逆不道的話，妳也說得出口？」
「哈哈哈……」皇后放聲大笑。「君君臣臣，本宮乃大雲朝唯一的皇后，在我面前，你永遠只能俯首稱臣！衢國公，我不會再被你蠱惑，更不會讓你得意下去的！你，可以走了。」
衢國公掩去眼底對皇后的不滿與提防，一甩袖，大步離開。
皇后驀地跌坐在榻上，愣愣出神。
如果，她能生下自己的孩子，今天的一切，會不會不一樣？
細想來，她這輩子距離「父女相親」最近的那一刻，竟是當日在獵宮，面對余璟和余歲歲的時候。那時，她故意當眾提出要皇帝同時將明琦和余歲歲賜婚予陳煜，余璟在那一瞬間的反應，她至今都忘不了。余璟不過是余歲歲的養父而已，一個養父，都能為了女兒的婚事，不惜想頂撞君上，而她的生父……皇后的目光逐漸放空。
其實，皇帝待她真的很好，陳煜也是個值得信任的孩子……
若不是為了明家，不是因為那所謂的明氏榮辱，她本不該走到今天這一步的。
原來，她當真是糊塗了一輩子……

第三十六章

十月初，宮中傳來消息，皇后娘娘因皇上病重，憂思過度，一病不治，驟然崩逝。消息傳出，舉朝震驚。

平王與朝臣按制為皇后發喪，並舉薦七皇子陳煜為皇后料理後事。

十月中，皇后的棺槨封入皇帝在建的皇陵地宮合葬穴，舉國痛喪。

喪禮過後，七皇子陳煜因在喪禮上不甚打翻了皇后靈位前的燭臺，被參奏行事失當，再次罰奉。

七皇子一蹶不振，回府後閉門謝客，據說與七皇妃一起，在府中素衣清食、墾田種菜，為皇后守孝，彌補過錯。

余歲歲和陳煜確實是在府裡種東西，不過不是菜，是花。

花種是何蘭送來的，聽說是外地行商帶來的一種名為「越冬」的花，顧名思義，能在秋冬的時節裡生長、發芽、開花。

兩人本就有意躲避鋒芒，於是便在府裡開闢出了一小塊土地，閒得沒事就去翻翻土、澆澆水，日子倒是過得愜意起來，全然不管平王在朝中如何的上躥下跳。

皇后崩逝後，陳煜又閉門不出，大權盡落明家和平王手中。

皇后還在時，明家尚且能有一絲僥倖，如今皇后不在了，明家不可能坐視平王坐大坐強，最終讓明家什麼都得不到。

把這爛攤子留給兩方去爭，他們樂得自在。

余歲歲就不信，這兩方都個頂個的利慾薰心，能忍住不掐起來？

當「越冬花」從土裡冒出新芽的時候，余歲歲收到了來自盧陽侯府久違的來信。

太子倒臺時，盧陽侯慫得和鵪鶉一樣。可從余璟離京後，盧陽侯似乎再次找回了鬥志，極盡巴結之能事，傍上了平王的大腿，又開始春風得意起來。

之前余歲歲偶爾與他打照面時，盧陽侯都彷彿沒看見她一樣，避她如蛇蠍，又對她的現狀幸災樂禍。

親爹當到這個分上，余歲歲也是服了，自也懶得搭理侯府的任何事。

可這一回，是余靈靈的親筆信。

「姑娘，五姑娘說，繼夫人自入秋後，便纏綿病榻，總不見好轉，如今……怕是不太好了。聽說，夫人病得神志不清的時候，總唸叨著家中的幾個姑娘。她總是說，二姑娘是府裡最清醒的姑娘。姑娘，您可要回去見繼夫人一面嗎？」

余歲歲自然是要回去的。雖然秦氏與她並不親近，可畢竟曾看顧過她，她和五妹關係又不錯，於情於理，都該回去一趟。

很快地，機會就來了。

十一月初，是余老夫人的壽辰。

因著盧陽侯巴結上了平王，覺得自己又行了，自是要趁著壽宴的大好機會，好好出一出風頭。

尤其余宛宛如今是平王世子妃，就衝著這層身分，朝中那些見風使舵的官員，也一定會給他這個面子。

果然，壽宴當天，余歲歲的馬車停在侯府門口時，侯府門前的街道已經停滿了來賀壽的馬車。

站在門前迎客的，是盧陽侯從二老爺那裡過繼來的繼子余牧，也就是余清清的親弟弟。

這堂弟也極有意思，盧陽侯失勢的時候，他吵著鬧著要回二房，等盧陽侯得勢了，便又跟沒事人一樣腆著臉回來了。

可惜，盧陽侯如今就他這麼一根獨苗苗了，無論如何都得忍著他。

余歲歲的馬車從一停下，就已經招來了眾人的關注。

七皇子府的馬車，誰不認識？

人們一邊盯著馬車，一邊在心裡暗暗羨慕盧陽侯。

一個親女，一個養女，一個是七皇子妃，一個是平王世子妃，怎麼什麼好事都叫他給趕上了？

正想著，便見余歲歲掀簾下車，舉手投足盡顯尊貴大氣，身後跟著兩個同樣端莊的丫頭，手裡還拎著大大小小的禮盒。

門口的眾人立刻紛紛朝她行禮。

雖說七皇子如今地位不穩，可到底也是皇子，這些人不敢在禮數上有任何怠慢。

余牧一見到她，也趕忙走了過去。「見過七皇子妃。二姊姊總算來了，爹和祖母正盼著您呢！二姊姊快請，禮物便交給下人們拿到後面去吧！」說著，就招呼旁邊候著的僕人，上前來接晚桃和木棉手裡的東西。

卻沒想到，余歲歲手輕輕一抬，止住了眾人的動作。

「不必了，這不是什麼禮物，是我給母親帶來的藥材。」

「啊？」余牧猛然一愣，隨即反應倒是快。「原來是藥材啊！二姊姊為祖母賀壽，仍不忘記掛念母親，此番孝心，母親一定欣慰之至的！」

話說得漂亮，連周圍人都被他這一番話說得對余歲歲心生讚賞。

畢竟，繼夫人並非她的生母，而且秦氏出身廢太子母家秦貴妃的遠房旁支，兩人如此關係，余歲歲還能惦記著，可不就是孝心嗎？

「哼！」余歲歲冷哼一聲，壓根兒不買余牧的帳。現如今，她是光腳的不怕穿鞋的，難道還要顧及誰的面子不成？於是，她毫不客氣地開口說：「余公子誤會了，我可不是來給誰賀壽的！我是來探病的，就不摻和你們的喜事了！」

話音一落，余牧和周遭所有人的臉色都一下子變了。

還沒等他們在心裡暗罵余歲歲如今落到這番境地了還敢趾高氣揚時，便聽府門口又一輛馬車停下，引來人群的騷動。

來的，正是平王府的馬車。

所有人的目光立刻被吸引過去，翹首以盼地盯著車簾子。

直到車上跳下來一個小丫頭，然後轉身從車裡扶出個年輕女子，眾人眼裡的光才漸漸褪了去。

七皇子身分尷尬不便來，他們還以為能見到平王世子呢，真是白費力氣，沒勁！

眾人又是一陣行禮。

「見過世子妃。」

卻見余宛宛微微頷首後，朝余歲歲走去，恭恭敬敬地行了一禮。「臣婦拜見皇子妃。」

余歲歲虛托住她的手腕，將她扶了起來。

余牧見到余宛宛，趕緊拋開剛才被余歲歲搶白的尷尬和不忿，笑著迎上前，表情比剛剛對著余歲歲時還要恭謹、狗腿。

「見過世子妃！快快請進，爹和祖母一直記掛著大姊姊，時常唸叨著您呢！」

余歲歲翻了個白眼，余牧這話術，還真是一點都不改的。

余宛宛輕輕一笑，瞥了一眼余牧，用最柔軟的聲音，說出最冷硬的話。「多謝二弟，只不過，今日我也不是來賀壽的。」說著，轉頭看向身後的丫鬟。「車上給母親帶的藥材呢？需得拿好，別漏了。」隨即，她看向余歲歲。「二妹妹也是來探望母親的吧？不如我們一起走？」

余歲歲略含深意的目光從余宛宛臉上掃過，笑了笑。「當然好。」

兩人相攜進府，只留下余牧和門口眾人，面面相覷。

合著盧陽侯這兩個最出息的姑娘，沒有一個和他同心啊？不過想想也是，京城裡誰不知道盧陽侯做過的那些事呢？

余歲歲和余宛宛並肩進了府後，便朝著秦氏的院子裡走去。

自從余宛宛成親後，她們已許久未見。不知道是不是她的錯覺，余歲歲總覺得，余宛宛長大、成熟了許多。

「大姊姊今日怎麼沒和平王世子一起回來？」余歲歲探問道。

這兩人一向如膠似漆的，今天怎麼捨得分開？

余宛宛眸色一黯，眼神飛快掃過余歲歲。「他走他的，我走我的。」

余歲歲一挑眉。這是吵架了？不過男女主嘛，見怪不怪了。

「二妹妹近來可好？」余宛宛也問道。

余歲歲的眸色閃了閃。「還不錯。」

兩人本就不親密，再加上如今各自嫁人了，又處在對立面，確實也沒什麼好聊的。

走著走著，兩人便來到了秦氏的房中。

一進屋，濃烈的藥味撲面而來，嗆得余歲歲不禁捂住了口鼻。

余宛宛也很難受，撫了撫胸口，壓下腹腔的翻攪。

余清清和余靈靈正守在秦氏的榻邊，見到她們，悲傷中不免染上些喜悅。

「大姊姊、二姊姊，妳們終於來了！母親她，一直唸叨著妳們呢……」余靈靈眼圈紅紅的。

余歲歲拍拍她的肩膀，走到了秦氏的床邊。

自從太子倒臺、秦家受挫後，盧陽侯和余老夫人那等勢利小人在府裡會如何對待秦氏，幾乎都不用想像。

可看著如今床上那個病入膏肓、枯瘦如柴的女人，事情恐怕比想像的還要糟糕。

聽著屋外前廳傳來的吹吹打打樂聲，余歲歲滿心諷刺。

難道這就叫做好人不長命，禍害遺千年嗎？

「母親，我是歲歲，我和大姊姊來看您了。」余歲歲坐到床邊，不忍心地摸了摸秦氏的手。

本來昏昏沈沈的秦氏，不知怎麼的，突然抓住了她的手，無比用力。可惜她如今已經沒了什麼力氣，余歲歲幾乎感覺不到什麼疼痛。

「歲……歲……」秦氏喃喃道。

「母親。」余歲歲連忙應聲。

「歲歲……照看……靈靈，求妳……」秦氏拉著她，拚了命地伸起脖子，明明坐不起來，卻還定定地盯著余歲歲，滿臉殷切。

身後的余靈靈「哇」地一下哭出聲來，被余清清摟在懷中。

余歲歲心裡一酸，連連點頭。「母親放心吧，靈靈是我的妹妹，我當然會義不容辭地看護她，絕不會讓任何人，拿她當棋子的。」任何人，說的就是盧陽侯和余老夫人。

秦氏眼裡迸出驚喜和感激，這才猛地鬆懈下去，躺倒在床上，喘著粗氣，眼睛一閉一閉的。

余歲歲不忍再看，站起身來，走到了外室。

「靈靈，我帶來的都是七皇子府名貴的藥材，多數是以前宮裡賜下來的。你們找郎中瞧瞧，有能用得上的，儘管用，不夠了就問我要。」

余宛宛也跟著附和，然後拿出自己的藥材，同樣囑咐道。

余靈靈嘴一癟，好不容易止住的哭意又洶湧起來。

「大姊姊、二姊姊，妳們幫幫我娘吧！爹他……早已不管不問了……就連個厲害的郎中，都捨不得再請。」

余歲歲表情一變。

余清清嘆了口氣，在一旁緩緩補充。「我估摸著，大伯父該是忌諱大伯母的身分，因而故意為之的。聽我娘說，大伯父的同僚最近沒少為他說媒，恐怕是……」

余歲歲聽出了話外之音。恐怕這幫人就等著秦氏一沒氣，馬上就要讓盧陽侯再娶個能助力他的續弦回來，說不定還能給他生個兒子呢！

「欺人太甚！」余歲歲咬牙罵道。

「這還不算完呢！」余清清氣道：「我還聽說，人選怕是都定好了，就是平王找人牽線保的媒！」

余宛宛的臉色，驀地就是一變。

余清清也發覺自己說多了，趕緊閉嘴不言。

卻沒想到，余宛宛一巴掌拍在案桌上，罵了一句「無恥」，轉頭就往院外衝。

余歲歲大感意外地站起來追出去，若擱在以往，這會兒拍桌子想辦法的絕對是她自己，這回竟被余宛宛搶到了前面去。

余宛宛出了院子，就直衝向前廳的宴席之間。

余歲歲滿心困惑，也趕緊跟在她身後。

余清清和余靈靈也被嚇得跟了過來。

余宛宛走得極快，腳下跟長了八條腿一樣。

她一下子闖進宴會廳主桌，指著盧陽侯便斥責起來。

余歲歲進來時，正聽到她指著盧陽侯的鼻子說了一句「這世上哪裡再有你這般無恥的人」！

余歲歲的腳步一下子就頓住了。

真是見鬼了！這個人居然是余宛宛？她莫不是出現幻覺了吧？

四周立時議論聲起，盧陽侯還未說什麼呢，他旁邊的一個男子倏地站了起來。

余歲歲這才看到，原來是陳容謹。他不是沒來，而是如余宛宛所言，自己來的，且在和盧陽侯飲酒作樂。

「余氏！大庭廣眾之下，妳何以如此失禮？還不快退下！」陳容謹低喝一聲。

余氏？余歲歲瞪大了眼睛。這陳容謹出息了啊！他何時這般稱呼過余宛宛？還如此義正辭嚴的！

小說裡，這兩人走的一直是狗血式，甚至是瓊瑤式的畫風，不管是吵架還是虐身、虐心，都十分戲劇化，「余氏」……這詞對他倆來說，有點太接地氣了吧？

這夫妻倆是在鬧哪齣呢？

余宛宛卻是絲毫不怵，梗著脖子和陳容謹較上了勁。「你何來顏面呵斥於我？我相公的父親，在我母親纏綿病榻的時候，張羅著要給我的父親續娶！你們既然不要了臉面，我還要來幹什麼？」

余歲歲和身後的余清清、余靈靈對視一眼，心裡實在是解氣了幾分。

雖然余宛宛的表現太令人驚異，但這話，也正是她們想說的。

陳容謹的臉色立刻一黑。「放肆！當眾嚼舌根，這就是妳的教養？出嫁從夫，夫為妻綱，余氏，如今妳是為了妳的姊妹忤逆夫家嗎？」說著，還冷冷地掃了一眼余歲歲三人。

余歲歲的眉頭驀地蹙緊。

難道這才是陳容謹的真面目？以往那些，不過都是為了騙取余宛宛真心而耍的手段？如今人娶到了，就露出了真實嘴臉？

這時，余宛宛盯著陳容謹，一邊後退，一邊搖頭。「沒想到，你居然是這樣的人，我看錯你了！」

明明這才是小說裡余宛宛的正常人設，可此刻余歲歲卻覺得和周遭極為格格不入。

陳容謹氣急敗壞，抄起桌上的茶杯，一下子摔在地上，怒道：「我就是如此，妳看錯了也得認命！我給妳兩條路，要麼馬上跟我離開，要麼永遠別進我平王府的門！」說著，抬腿便走，路過余宛宛身邊的時候，連一個眼神都沒給她。

余宛宛一臉悲切地轉身，正想張口說什麼，突然身子一晃，腳下一軟，整個人向後倒去。

余歲歲眼尖，反應更快，一個箭步衝上去，托住她下墜的身體，不得已地單膝跪在地上，卻還是撐住了余宛宛。「大姊姊，妳怎麼了？」她叫道。

卻見余宛宛昏迷著，已人事不知。

被陳容謹發怒嚇傻了的余靈靈突然回過神來，大聲呼救。「快叫郎中啊！」

一邊旁觀的人也沒了看戲的心思，心都提了起來。

余歲歲猛地抬頭，看向門口，怒問道：「平王世子就是這麼對待自己的結髮妻子嗎？」

陳容謹站在門口，身體劇烈地起伏著，似乎正在隱忍著什麼，或許是怒火，又或許是別的，余歲歲半點兒都看不出來。

她只看到他咬緊牙齒，雙拳緊握，頗像要震怒動手的模樣，身體還前傾著，似乎想要接近余宛宛。

就在余歲歲防備著他時，他突然渾身卸力，語氣帶著些莫名的顫抖。

「忤逆失德，難為命婦。她的死活，與我何干！」說罷，陳容謹一甩袖，冷臉大步離去。

「大姊姊！」余歲歲顧不上氣他，只得再次搖晃起余宛宛的身體。

盧陽侯府本就有郎中在府，沒一會兒就匆匆趕了過來。

他蹲下身，為余宛宛診脈片刻，突然開口說：「是滑脈！世子妃有喜了！恭喜侯爺，世子妃已有三個月的身孕了！」

此話一出，滿堂譁然。

好傢伙！平王世子與世子妃在大庭廣眾之下吵架決裂，平王世子甚至放出了那樣的狠話，所有人都以為下一步就要休妻了，萬萬沒想到，世子妃居然懷孕了？

這難道就叫做峰迴路轉、柳暗花明嗎？

這可是平王府的嫡孫啊！就是看在孩子的面子上，平王世子也得給點好臉不是？

想不到，這個世子妃的命還真是好。當年就能以一介民女身分被掉包當侯府千金，如今這個節骨眼竟還能死地求生！

盧陽侯的臉色也是很微妙。要知道，他剛剛和陳容謹相談甚歡，兩人甚至都互稱起了「賢婿」、「岳父大人」；而等余宛宛當眾辱罵他，被陳容謹所厭時，盧陽侯都想好了待余宛宛被休後，一定要想辦法再塞個余氏女維持與平王的姻親。

如今，余宛宛被診出懷孕，平王府是無論如何也不會休妻的了。

余宛宛與他這個父親早已沒了親情，可她肚子裡又揣了平王府的金孫，這件事對盧陽侯來說，確實不知是該高興還是該難受。

余歲歲並不知道其他人的心裡所想，她腦海裡只剩下三個字——有喜了！

陳容謹和余宛宛成親也才三個多月，余宛宛居然就懷孕三個月了？

她和陳煜還比他們早不少呢，她……

等等！救命，她為什麼會不合時宜地想到這些？

余歲歲趕緊刨除雜念，抬頭喊人道：「都愣著做什麼？還不趕緊把世子妃扶到屋裡去！」

一旁愣神的丫鬟們這才紛紛動了起來。

把余宛宛送回未出嫁前絳紫苑的閨房後，沒過一會兒，她便幽幽轉醒。
在聽到自己懷孕的一瞬間，余宛宛瞪大雙眼，彷彿傻了似的，然後出口的第一句話就是——
「容謹呢？」
余清清想到剛才平王世子的絕情模樣，又是生氣，又是心疼。「他、他先走了。」
余宛宛先是愣了一下，隨後眼神掃過屋裡的人，余老夫人、二夫人、盧陽侯都在。她這才看向余歲歲，抓住她的手，眼眶很快蓄滿了眼淚。「歲歲，他怎麼能那麼對我！」
余歲歲嘆了口氣，也不知該如何安慰，只得拍了拍她的手背。
等壽宴結束，余歲歲回到府中，心裡的震驚都還沒緩過勁來。
「你說陳容謹怎麼會是那樣一個人呢？」她盯著陳煜，百思不得其解。「他絕對不應該是如此啊！」
陳煜放下手裡的書冊，挑眉看向她。「妳好像……很瞭解他？」
余歲歲一噎，求生慾瞬間上線。「當然不是！我只是覺得，他如此判若兩人，有些可怕罷了。」

陳煜淡淡一笑。「人在不同時候，當然會有不同的選擇和表現。看一個人，不能只看表面。」

余歲歲覺得這話說得雲裡霧裡的，也不肯費心去想，只是唉聲嘆氣。

陳煜見她如此，輕輕拉起她的手腕。「如果實在擔心，以後，妳可以常去平王府，多去看看世子妃。」

余歲歲正有此意，見他不反對，躊躇道：「可你和平王——」

陳煜打斷她，笑道：「我和平王叔如何，是我們的事。妳不只是我的妻子，也是世子妃的妹妹，更何況，妳不去看，在府裡一樣心中難安。」

余歲歲聳了聳肩。「你倒是瞭解我，知道我就是長了一顆好管閒事的心。雖說和她未必有多親密，可心裡多少還是不忍。」

之後的一段時間裡，余歲歲便常帶著余清清和余靈靈到平王府去。

一來，是看顧余宛宛的身體；二來，是開解她的情緒。

聽聞上次在侯府與陳容謹當眾決裂後，陳容謹便流連花街柳巷，甚至屢屢夜不歸宿。就連余宛宛肚子裡的孩子，都沒能換來他的回頭。

京城裡各種各樣的傳言滿天飛，但有一條幾乎是公認的，那就是——平王世子妃失寵了。

遙想那十里紅妝、鳳冠霞帔猶如昨日的事，結果不過短短幾個月就風雲變色。如今，這個當初讓平王世子不惜遠走邊關、違抗父命的世子妃，居然這麼快就失去了寵愛，不由得讓人感嘆平王世子的情薄，得到手了便不懂得珍惜。

這日，余歲歲又來到平王府陪著余宛宛說話，本該到了點要走的，平王妃卻到了。

「喲，七姪媳又來了？妳倒是來得勤。也是，如今余氏這狀況，總得有個體己的人照看著。」平王妃一臉的幸災樂禍。「可惜，余氏在京城是一個血緣至親也沒有，七姪媳不愧如別人說的仗義心善，連這麼個冒牌貨都還想著念著呢！」往日裡，陳容謹把余宛宛護得跟眼珠子似的，平王妃有氣沒處撒，如今逮到機會了，便可著勁的落井下石。她在床旁的桌前坐下，看著余宛宛，陰陽怪氣地說：「當初容謹執意娶妳，我與王爺無論如何也不同意。若妳那時迷途知返，也不至於落到今天這個地步。瞧瞧，如今後悔也晚了！」

余宛宛沒看她，只撫了撫已經隆起的小腹，垂眸不語。

余歲歲看著妝容豔麗的平王妃，她倒真應了那句歲月從不敗美人，可惜，是個蛇蠍美人。

「要說這容謹也真是的，再怎麼說，妳這肚子裡還揣著他的孩子呢，再不濟也得看在孩子的面上吧？」

平王妃捏著帕子，故作生氣。「可妳看看，昨晚又在花樓宿了一宿，到現在都沒回來。王爺那兒，都快要氣死了！」

余歲歲眼神一閃。氣死？怕不是樂死了吧？

小說裡提到過，男主陳容謹之所以自幼冷情冷性，渾身冰山霸總式氣質，最大的原因就是因為身世。

眼前這位平王妃並不是陳容謹的親娘，而是他生母的庶妹。

原先的平王妃在懷陳容謹的時候，現在的平王妃打著看顧姊姊的旗號，頻繁出入王府，和當時的平王勾搭上了。

最後，原平王妃發現端倪，早產生下陳容謹便一命嗚呼。現在的平王妃就堂而皇之地登堂入室，鳩占鵲巢。

這件事，早已隨著時間和平王權勢的威壓，在京城不為人知。

就連陳容謹本人，也是長大後才查出其中的真相。

不過他極為能忍，從來沒有暴露過對平王夫妻的不滿。恐怕到現在平王和平王妃都覺得，陳容謹所有忤逆他們的行為，都只是他的叛逆之心使然。

也難怪，書中的陳容謹壓根兒沒有給平王任何機會，自己便坐上了攝政王的寶座。

再想現在，在平王跳出幕後，正式展露野心後的一連串操作中，陳容謹都是以一個追隨父親的兒子的角色出現，默默和平王共同分享得到的利益。

可余歲歲卻覺得，陳容謹不過是在扮豬吃老虎罷了，等將來平王萬事俱備，他指不定就會突然跳出來截胡。

這麼想著，余歲歲眸色微深。

得想個辦法，早些激化陳容謹與平王的矛盾，讓他們鷸蚌相爭，這樣，自己、爸爸和陳煜，才能有反擊的機會。

平王妃還在喋喋不休。「我今日來，便是與妳知會一聲。妳有了身子，容謹的屋裡就得進人。往日妳拽著、攔著，容謹看妳新鮮讓妳三分，如今卻是行不通了。我這兒正好有兩個丫頭……」說著，召來身後兩個相貌嬌媚、身段妖嬈的丫鬟。「等今晚容謹回來，便為她們開臉吧！」平王妃吩咐道。

余宛宛的手不自覺地顫了顫，手指一點點扣緊。

余歲歲心頭千迴百轉，一個決定漸漸浮出腦海。

平王妃安排的人，陳容謹一定不會接近的，但他又不願撕破臉皮，那就只會暫時逃避。而他如今對余宛宛失了情意，卻未必會護住余宛宛。

他和平王夫婦的矛盾再如何，余宛宛與孩子是無辜的，若讓這兩個不知底細的人留下來，誰知道平王妃會不會故意使壞，害了余宛宛和孩子？

余歲歲想著，既然如此，就讓她來做這個推手吧。

「王妃的手，未免伸得也太長了吧？」余歲歲突然冷冷出聲。「往繼子的後院裡塞人，說出去，也不怕被人戳斷脊梁骨？」

平王妃的臉色猛地一變，死死地盯住余歲歲。陳容謹不是她親子的事，京城裡都沒幾個人知道，這個半路尋回來的侯府小姐，又是如何知道的？

余歲歲既然開了口，就沒打算收斂。「不過也是，這手段，王妃二十多年前便用過了，不過是熟能生巧罷了。偷天換日、鳩占鵲巢，樁樁件件都令人脊背發寒，多這一件，又如何怕被人言呢？」

平王妃的神色徹底崩塌了，胸腔劇烈起伏，怒目圓睜。「妳、妳……在這裡信口雌黃些什麼？」

余歲歲一挑眉。「怎麼？王妃敢做不敢認嗎？當年您不就是買通了先王妃身邊的通房，才害得她早產喪命嗎？如今又這番故技重施，看來王妃您這些年來，也無甚長進嘛！」

「妳、妳怎麼知道這些事的？說啊！妳是怎麼知道的？」驀然被揭破心底最深的秘密，平王妃整個人都崩潰了。

跟著她來的兩個丫鬟戰戰兢兢地後退，生怕聽到了這天大的秘密，被殺人滅口。

就連床上的余宛宛，都震驚地看著余歲歲。

只見余歲歲不急不緩地回道：「王妃這話是怎麼說的？我不過是個外人，又如何得知你們平王府上的秘事？不過是若要人不知，除非己莫為罷了。」

這句話，雖然說得毫無指向，可聽在平王妃耳朵裡，便跟明確地說「是陳容謹說的」沒有任何區別了。此刻她渾身顫抖，心跳極快。

如果陳容謹知道了，他為什麼不說？他蟄伏起來是為了什麼？

平王妃的腦子已經完全亂了，根本顧不上別的，站起身來就朝門外快步走去，只想趕緊離開這個地方。

沒想到剛到門口，她冷不防撞上了一個身影，抬眼一看，隨即滿臉驚恐。

「母妃？」陳容謹看著衝出來的平王妃，眉心一皺，面上卻一切如常。

此時的平王妃聽到這兩個字從陳容謹的嘴裡叫出來，比看到毒蛇朝自己吐信子都可怕萬分，立即一把推開他，像被鬼追一般，疾步逃走。

陳容謹莫名地跨進屋中，就看見一臉笑意的余歲歲。「妳？怎麼還沒走？」

余歲歲眨眨眼。「正要走，世子請便。」

說完，她朝余宛宛頷首以示告辭，然後擦過陳容謹的肩膀，緩步離開。

身後，她聽見陳容謹沈聲質問余宛宛「她是不是對母妃說了什麼」，余宛宛便細聲細語地回了他一句什麼。

余歲歲邁著步子，心中默唸道：三、二、一。

「站住！」一聲低喝準時地在身後響起，隨之而來的是一股不容小覷的勁風。

余歲歲頭一轉，身子翩然輕移，背後陳容謹襲來的手掌立時便撲了個空。

陳容謹的身體朝前撲去，余歲歲順勢去攻擊他的腰背。陳容謹反身防守，卻被余歲歲猛烈的攻擊，屢屢有些招架不住。

不過二十招，一抹劍光閃過，陳容謹渾身一僵，餘光略顯忌憚地瞟向了抵住脖頸處的短劍。

「背後偷襲，世子好武德啊！」余歲歲諷刺道。

陳容謹深吸一口氣。「這才是妳的實力。」

他在邊關見過余歲歲的功夫，遠不及今日這般出神入化。

余歲歲並不倨傲。「人是會進步的，只要勤加練習。單打獨鬥，你絕不是我的對手，不過若比戰場殺敵，我卻未必如你。」

陳容謹面上一震。不得不說，衝著余歲歲這份坦蕩的性格，他都不敢對她有任何的輕視。

不再糾結於此，他看著余歲歲的眼睛，露出懷疑。「妳是如何知道我的事的？」

余歲歲輕笑一記。「還是那句話，若要人不知，除非己莫為。世子殿下該不會以為，別人都是聾子、瞎子、傻子，不會去聽去看吧？」

陳容謹心頭一跳。「是陳煜告訴妳的？」

余歲歲翻了個白眼。「沒有他，我自己難道就做不成事嗎？」

這句話別人說他不信，可若是余歲歲說，陳容謹卻是信了九分。

看來，陳煜還不知道這件事，應該是余歲歲自己查出來，故意揭穿的。不過今後，恐怕沒有人不知道了。

此時陳容謹腦中也在飛速地思索著。

捅出這件事，對他來說，有利有弊，但總體卻是弊大於利的。利在於，平王此前費盡苦心建立起來的名聲必然會回落，而自己則可占據道德高點，無論今後想做什麼，都有理有據。畢竟如今，他有戰功在身，平王卻是沒什麼實質的功績。而弊則在於，他將與平王徹底撕破臉皮，站在跟平王對立的一面，彼此為敵，互相牽制。他們是父子，利益牽連極深，此時分裂，注定兩敗俱傷。

而這一點，卻是余歲歲能從此事中獲得的最大收益。

用他來分裂己方，給陳煜喘息的機會。這個女人，實在是太難纏了。

「妳什麼時候知道這件事的？」他又朝余歲歲問道。

余歲歲挑眉。「你知道這個有用嗎？」

看她如此反應，他就知道不是最近才查到的了。

陳容謹語氣一沈。「妳明明早就知道，為什麼現在才說？」

「這話說的！」余歲歲笑了一聲。「嘴長在我身上，我想什麼時候說，就什麼時候說咯！」

陳容謹凝眉沈思，似是在分析她這麼做的緣由。

見他想得費勁，余歲歲悠悠啟口。「既然你這麼想知道，我就勉為其難地告訴你吧！是你不仁在先。如果不是為了世子妃，這件事我留得越久，你的損失就越大。現在事情傳出去了，平王妃就是吃了熊心豹子膽，也不敢傷她分毫。你若還有心，就得謝我保你妻兒一命。

當然，還有最重要的，」余歲歲的聲音漸漸低下來，目光冷然。「不要以為，我們不知道平王在謀劃什麼、你又在謀劃什麼。金光罩體，玄鳥東生，你們想借前人的名聲，就得當心被名聲反噬。世子殿下，你是聰明人，應該知道，該作何選擇吧？」說完，余歲歲後撤半步，將短劍遠離陳容謹，留給他一個帶著深意的笑容，隨即轉身離開。

回到府中，余歲歲先讓晚桃給齊越送信，隨後便立即去找陳煜。

聽說陳煜在書房，兩人在家一向沒有什麼顧忌，因此余歲歲未敲門便直接推門走了進去。一踏進屋中，她立時就愣住了。

書房裡，陳煜端坐案前，神色盡顯王者之氣。而屋裡站著的，竟是以馮閣老為首的幾個閣臣與翰林學士，個個面色恭謹，衷心臣服。

「歲歲？」在見到她的一瞬間，陳煜的神情立即轉為柔和，起身快步走上前，扶住她的肩膀。「是不是有什麼事？」

余歲歲掃了一眼屋中眾人。「我……既然殿下在忙，我一會兒再來。」

馮閣老等人一看就是秘密前來的，裝扮都極為隱蔽。這種風口浪尖之下還冒險前來，必定有重要的事情商量。想著，她就要退出去。

沒想到陳煜一把抓住她的手，牽著她走回桌前同坐，朝眼前眾人道：「一起聽聽吧，也好幫我出謀劃策。」

馮閣老等人只是微怔片刻，隨即便沒有反對地默認下來。

雖說女子涉政不太合規矩，但……這位可是錦陵縣主啊！

別人不知，馮閣老還是瞭解的。錦陵縣主深得余璟真傳，有她協助，七皇子的勝算更大。

余歲歲見此，當然不會再推拒，頷首道：「好，那我就打擾諸位了。」

在陳煜的示意下，馮閣老這才繼續說了起來。

余歲歲一邊聽，腦子裡一邊在思索著。

其實，今日來的這些人，都如同馮閣老一樣，向來對奪嫡之事不甚熱衷。他們的宗旨只有一個——忠於皇帝，忠於朝廷，忠於士人氣節。

像這樣的賢臣，余歲歲和陳煜的態度都是一致的——不需要費心拉攏，只要他們一步步向前走，這些人自然而然會忠心於他。

可萬萬沒想到，平王和明家的一番奸謀，直接打破了朝廷奪嫡的格局。

如今，陛下所出皇子間的奪嫡早已不復存在，取而代之的是分分鐘可能涉及謀朝篡位、威脅正統宗法繼承制度的危機。

當初皇帝剛剛昏迷，指名讓平王等人輔佐八皇子，這些馮閣老等人都是可以接受的。

畢竟當時陳煜風頭太盛，麾下有很多投機取巧者依附，來不及篩選，確實被揭出了很多不法行徑，加上皇帝被陳煜氣病了也是事實。反正皇帝早晚會醒，朝中又有他們這些人頂著，自是沒關係。

可如今，不到半年時間，皇帝生死未卜，無人可被允許入內探望；皇后驟然崩逝，死因至今成謎；朝中很多明家、平王的對手被排擠出京。再這樣下去，就是大亂的前兆啊！

這就是為什麼馮閣老等人，會在此時冒險來見陳煜的原因。

他們是正統的維護者，更是當今陛下的舊臣。

於公，他們不能對平王的野心置之不理，眼看著禍起蕭牆；於私，平王上位，他們和他們的家族，以及他們所代表的利益團體，都必將遭到清洗。

所以，他們毫不猶豫地倒向陳煜，以制衡平王日益膨脹的勢力。

「殿下，老臣所言，並非危言聳聽。」馮大人一臉懇切。「想想廢太子、恪郡王……若殿下不做出反擊，下一個……」馮大人沒有說完。

陳煜如何不知？這樁樁件件，背後沒有平王的毒手，他絕不相信。

血緣至親、叔姪血脈，竟不惜殘殺到如此地步，實在令人髮指！

「殿下，我覺得馮大人說的有理。」余歲歲柔聲開口。「殿下思慮父皇與八皇弟，更感念先皇后養育之恩，故而一直不欲爭鋒。可一味退讓，只會讓他們以為我們懦弱怯陣。與其坐以待斃、被動防守，不如主動出擊，以攻為守。」

余歲歲的雙眼看著陳煜，與他交換著心照不宣的眼神。

他們當然沒有坐以待斃，暗地裡的部署可是一刻都沒有停歇。

可有些話，還是必須這麼說的。
「殿下，縣主此言正說中臣等肺腑！值此危難之際，還請殿下莫辭重責，要撥亂反正，正本清源啊！」馮大人說道。
「是啊，殿下一片孝心，臣等敬服。可如今陛下深陷歹人之手，殿下唯有擊敗平王奸黨，才能為陛下盡孝啊！」
其他人也連聲附和。
氣氛烘托到這個分上，也就差不多了。
陳煜的神色漸漸流露出堅定，沈聲道：「諸位大人拳拳之意，煜深感震撼。既然平王叔執迷不悟，不顧至親，那我也只能大義滅親，勸他回頭是岸了。」
馮大人等人立刻高興起來。「殿下英明！」
余歲歲眼看時機正好，便說起了自己來的目的。
「既然殿下作了決定，我這裡有一個剛剛得來的消息，因事關重大，便與殿下和諸位大人共詳之。近來因平王世子之故，我常出入平王府探望家姊，意外從她口中得知了一個關於平王世子的秘密。」余歲歲臉不紅、心不跳地把事情全部推給了余宛宛和陳容謹。「也許在場有人知道一些當年的舊事。平王世子，並非當今平王妃所出，而是平王妃的嫡姊早產，以命相搏換來的。平王與平王妃李代桃僵，禍害正妻，隱瞞事實，如此蛇蠍狠毒之人，怎能擔當朝廷重任！」

此話一出，除了屋中幾個老臣，其他人，連同陳煜，都不由得瞪大了眼睛。

這件事，他們當真不知曉啊！

「若非縣主提起，臣也都快忘了這幾十年前的舊事了。」一個花白鬚的翰林老學士說道：「如今想來，先平王妃之死著實蹊蹺異常。只是這些年來平王妃待世子視如己出，與平王夫妻和睦，倒竟無人再提起此事了。」

「看來，平王的狼子野心，在當年便已初見端倪。」另一個年輕些的中年人道：「超品王妃，載於皇家玉牒，竟被一個庶出偷梁換柱，平王更知情不究、為虎作倀，實乃世人不容！值此一事，便可參奏平王一本，讓他在天下人面前顯露真面目！」

文人辦事，自有自己的一套法理。余歲歲心中微笑。

平王煞費苦心地讓陳容謹平定所謂的西北之亂，給自己臉上貼金；又奇思妙想地把當年欽天監的批文翻出來造勢，給自己整了一齣天命所歸。

可現在，兒子沒了，金自然也沒了，等這幫文臣們的奏本一上，天命……也要沒咯！

余歲歲斂下眼眸，她對陳容謹說過的「反噬」，終於要開始了。

待馮閣老等人離開，陳煜才細問起余歲歲，關於陳容謹之事。

「妳是說，妳和他已經面對面對質過了？」陳煜面露擔憂。「容謹心思不淺，妳這樣，太危險了。」

余歲歲安撫他道：「你放心，我心裡有數的。」

陳容謹和平王不同。

平王心思陰狠，他可以表面上走合乎律法的道路，又是平叛、又是造勢的，但暗地裡的陰招不會斷，就像他謀害廢太子等人一樣。

可陳容謹再如何城府深、心計重，他也是有原則和底線的，他必須遵守道德、律法的約束。就像原著中他不能用名正言順的手段當上皇帝，那就做一輩子的攝政王。

從這一點來看，余歲歲根本不怕他對自己做什麼。

「其實，我也有另一個考量。」她看向陳煜。「我實際上給了陳容謹兩條路。一條，讓他繼續違心地跟在平王身邊，蟄伏待機，等著摘取平王的桃子；另一條，就是徹底決裂，正面對抗，變相地站在我們這邊。你覺得，他會選什麼？」

陳煜看著她，倏爾一笑，伸手點了點余歲歲的額頭。「妳這一招，是讓他沒得選擇。」

「容謹的野心，我大概也能看出一二。這個關頭，他若再選擇跟隨平王叔，就等於宣告自己的懦弱。以往那些屬於他的功績，就真的都要算到平王頭上了，以後他拿什麼分化派系裡的人心？如何能讓那些人甘願聽命？所以，他只能硬著頭皮決裂。但據我所知，他應該還沒有準備充分，就被妳把此事捅出來了。」

「你倒是瞭解他。」余歲歲撇撇嘴。「現如今，有他分走一部分火力，我們的事情運作起來也會順暢些吧？」

陳煜卻是神情微黯，目光有些悲鬱。「不知道為什麼，我總有一種想法。」他嘆了口氣。「當年，皇祖父心思多疑，誅殺了隱王一脈。而今，幾位皇兄死的死、瘋的瘋，竟好似……報應一般。」

「人各有命，他們本也該為曾經的所作所為付出代價。」余歲歲懂他所想，抱住他的手臂給予安慰。「如此看來，平王的背後，一定還有與隱王相關的人在出謀劃策。如今的一切，復仇的意味太濃了。」

「會是誰？」陳煜目光一凜。「薛壬朗已經死在邊關了，難道隱王還有血脈存世不成？」

余歲歲也不知道，但她總覺得，這個幕後之人，早晚會顯露出身分的。

這天之後，在余歲歲的有意縱放下，平王府隱藏了二十多年的秘辛，一夜之間傳遍了京城上下。

如此令人髮指的往事，都不用刻意渲染什麼，所有人都自動地將平王和平王妃腦補成了戀姦情熱的惡毒之人，平王世子則被看作了被迫認賊作母的可憐人。

樸素的大眾有樸素的心理。如果平王看上了正妻的庶妹而納為妾，這倒可以被稱之為「娥皇、女英」的佳話。可害死正妻、李代桃僵，那就不能忍了。

在大雲的律法裡，哪怕是過了明路的妾室都是不能隨意處置的，更何況是正妻！平頭老百姓殺妻也是要論罪的，先平王妃出身勛貴，平王再如何是皇親國戚，也沒有隨意殺妻的資格。

與此同時，以馮閣老幾人為首的朝臣立刻頻頻上奏，不停地將此事在朝堂上翻出來，要平王給出一個解釋。

先平王妃和現平王妃的家族其實對當年的事多少心知肚明，可因著得利的仍是自家人，也就睜一隻眼、閉一隻眼了。然而眼下人言可畏，他們迫於壓力，也不得不站出來指責，讓平王還自家一個公道。

按理說，如今朝政把持在平王手裡，他們的奏摺說是上給八皇子，其實就是上給平王。二十多年前的事，沒有證據，更抓不到現行，陳容謹是從他母親的舊人口中聽聞此事，平王完全可以反咬一口說是故意誣衊。

說白了，誰也沒有辦法拿平王怎麼樣，更不可能給平王論罪。

但這就是陳煜和余歲歲要的效果。

說一遍可以沒人信，那說兩遍、三遍、十遍、百遍呢？

平王可以仗著權勢不理會、不承認，但嘴長在別人臉上，他堵得住一個，堵得住悠悠萬民之口嗎？相反地，他如今但凡敢對任何一個上奏的大臣不利，就等於變相認下了這個罪名。

平王想要謀奪皇位，如今最缺的就是人心，這也是他唯一能「名正言順」利用，贏過陳煜、八皇子這些正統繼承人的東西。

朝臣之中，不依附他的人很多，牆頭草更多，衢國公府明家雖然當下還未與他作對，可今後卻是不好說。

他當初就是靠著言官的攻訐打壓陳煜，如今，他也要嚐嚐這番滋味！

第三十七章

過了大半月的一次早朝後，平王以皇帝和八皇子的名義，召集皇親國戚和朝中重臣聚集在金殿，說是有大事相告。

陳煜和余歲歲換上朝服進宮之後，殿中人大概也都到齊了。

皇后去世後，平王將八皇子母妃的品級提高，是為淑妃，與林賢妃平起平坐，由她主理後宮、照顧八皇子。淑妃本就是個小官之女，在宮裡仰仗著皇帝過活，這種時候，也只能任人擺佈，以求活命。

此時，淑妃便牽著八皇子戰戰兢兢地坐在龍椅上，與殿下一干各懷心思的人彷彿不是一個世界的。

就在這樣的情境中，平王的表演開始了。

「本王深知，清者自清，因此對這些攻訐不屑一顧。本王只想替皇兄代理朝政，等皇兄甦醒，便交還大政，之後寄情山水，逍遙自在……」

余歲歲翻了個白眼，看著旁邊的一些朝臣也神情各異的，想來也是不信平王的這一番鬼話。

想自證清白，也不是不可以，讓陳容謹站出來說話，起碼朝中的輿論是可以壓下去的。

可余歲歲放眼一掃，今日陳容謹壓根兒就沒出現，難道他不算皇親國戚嗎？

接著，平王又開始唉聲嘆氣了。「本王自幼便視皇兄為長兄，敬仰孺慕，莫敢不從。自皇兄登基後，本王本欲離京遠遊，卻被皇兄萬般挽留，這才留下，為兄長分憂。在本王心裡，皇兄便是大雲的明主，是最包容的兄長。今日之事，若非迫不得已，本王是萬萬也不能召集諸位來此的。可事關我陳氏基業、天下寧定，本王只能暫放私心，將此事昭告天下，以歇上天、祖宗雷霆之怒。」

話音落，殿中議論紛紛。

「鋪陳了這麼多，他到底想幹什麼？」余歲歲朝陳煜低聲問道。

陳煜低聲回道：「許是又要拿之前的天災、人禍來說事，指責是父皇得位不正，遭了天譴。」

「這是覺得近來失了人心，便又開始老調重彈，往回找補嗎？」余歲歲撇撇嘴。

「平王殿下有什麼話，就直說吧，不必拐彎抹角。」馮閣老率先發聲。

平王好像被逼無奈似的，嘆了一口氣。「來人，去召福王叔和孟老大人。」

余歲歲驀地一驚，不由得看向陳煜，只見他的臉色也瞬間一變。

在所有人的注目中，兩個年紀頗大，看著似八旬有餘的老人被攙扶著，一步步走進了大殿。

「福王叔與孟老大人年事已高，快請看座。」平王一臉的懇切。

看著兩個老人進來，周圍的議論聲紛紛飄入余歲歲的耳中——

「福王不是先皇駕崩後便自請去守皇陵了嗎？幾十年都不問朝事，怎麼平王竟把他給請回來了？」

「聽說福王是先皇的同胞兄弟，當年陛下登基時便未露面，難不成，陛下的皇位真是……」

「噓！你不要命了？」

「這個孟老大人是誰？我怎麼從沒聽說過？」

「我也不知道，朝中似也未有他的後人。看年齡，難不成是先皇的舊臣？」

余歲歲環顧周圍，這才發現朝臣中有幾個很生的面孔，無一例外都是七旬以上的老臣，應該是致仕多年，不為她所熟知的。

她和陳煜交換了一個沈重的眼神。

看樣子，平王已經拉攏來了舊皇親和舊世族的勢力。

當然，應該還有一部分舊世族的勢力是支持衢國公府的。

這些人，祖上都和大雲皇室有千絲萬縷的聯繫。

余歲歲想起在現代曾經看過的分析，在皇權沒有高度集中的朝代，天下並非只屬於皇室的一家一姓。那些世家大族，就類似現代公司的董事、合夥人，這才是歷代皇帝忌憚世族的最大原因。

再看眼下，可不就是類似這種情況嗎？

與平王和明家相比，陳煜一直以來的支持者反倒都更偏向朝廷新貴，沒有綿延幾十代的根基，更沒有和其他世族無法斬斷的利益勾連。

等福王和孟老大人坐下後，平王這才說道：「便請福王叔與孟老大人，將與本王說過的，再對大家說一遍吧。」

福王沈吟片刻，一臉的滄桑。「唉，世間之事，天道輪迴，種什麼因，便結什麼果，注定的報應啊……」

一聲長嘆，還有那老邁沙啞的聲音，好似讓滿殿的人都跟著他，回溯起那些已遠逝的往事。

「我日夜為先祖守陵，風雨無阻，不敢有怠，不過就是想要贖心裡的罪罷了。這些日子，先皇頻頻入夢，我更是疾病纏身，命不久矣。我方知，這該是我最後的機會了。當年，那沒有說出的話，到頭來，終究還是有要說的一天。」福王上了年紀，氣息不穩，慢慢地說著。「也許，諸位已經忘了，當年在先皇宮中，其實還有一位長皇子，人品貴重，驚才絕豔，深受聖寵。先皇晚年之時，曾屢次與我提起儲君人選，唯有長皇子堪為大任。可先皇驟然崩逝，傳位的遺詔不翼而飛，長皇子為長，當今陛下為嫡，二人皆有資格。值此關頭，長皇子不願朝中為此事紛爭不斷，到頭來禍及祖宗基業、黎庶萬民，於是，他主動舉薦當今，休止了一場紛爭。可我卻心知，皇兄真正看中的，從始至終，不過只有長皇子一人而已。」

福王說完，金殿裡鴉雀無聲，連根針掉在地上，都能被聽得一清二楚。

余歲歲一把抓住陳煜的手腕，神色僵硬地看向他。

福王所言，與他們查到的，竟完全相反！

到底是他們查錯了？還是福王在說謊？

福王繼續說著。「可惜，沒有遺詔，我什麼都不能說，只能自請離京守陵，遠離紛爭。可當今皇帝登基不到兩個月，就以謀逆罪名處死了長皇子，我那時方悔之晚矣！」

「福王叔，會不會是你誤會了什麼？」平王裝模作樣的出聲。「當年皇兄誅殺隱王，實為證據確鑿啊！」

「證據？」福王冷笑一聲。「有心栽贓，眾口鑠金，無憑無據都能栽贓陷害，想要證據，談何容易？」

平王哀嘆一聲。「王叔所言極是，姪兒也是如今才對此言體會頗深啊！」

余歲歲手握成拳，好傢伙，這是乘機給自己洗白來了？

「這個秘密，我藏了幾十年，如今行將就木，始終有心結難消。我怕我即便入了黃泉，也無顏見皇兄。如今皇帝昏迷，朝政紛亂，我不能再看著亂雲起，而無動於衷啊！」福王痛心疾首。

「王叔所言甚是。」平王一臉恭謹。

除了他，沒有一個人在此時開口說話。

這裡的很多年輕朝臣，連隱王都沒有聽說過，正心神惶惶，自是不會說什麼；老一些的，雖知道隱王謀逆之案，但當年都並非朝中大員，甚至都不在京城為官，如今案情有異，更是不會多嘴。

皇帝的直系親屬，除了平王，就只有八皇子和陳煜在場。有福王這個長輩在，陳煜還能說什麼？他什麼都不能說。

「孟老大人，事已至此，你便將你知道的秘密，也公之於眾吧。」平王又看向孟老大人。

眾人的目光齊齊投向一直沒說話的孟老大人。

「老臣……見過平王、七殿下、八殿下。」孟老大人雖未起身，但仍朝幾人見了禮。

「煜兒啊，你想必不認識孟老大人吧？」平王看向陳煜。「孟氏一族乃我陳氏開國功勛，孟老大人亦是當年你皇祖父最倚重的文臣，官同宰相，是一品閣臣，朝中大事，皆與他參詳。不過，自父皇去後，孟老大人便辭官致仕，這些年來孟氏子孫更是少有入仕，因而難為眾人所知啊！」

陳煜被當場點名，神情未變，但仍流露出些恭敬。「確是不知，多謝平王叔解惑。沒想到孟老大人年事已高，仍不辭辛勞奔波來京，實在難得。」

平王眼中露出些許得意。陳煜再氣盛，也不過是個毛頭小子，在老臣們面前，終究只有謙恭聽訓的分。

孟老大人只是朝陳煜微微頷首，便看向了福王。

「老臣此來，正如福王所言，亦乃心結難消，內心難安。當年，老臣若早日站出來，也不至於讓長皇子落到那般地步。」說著，孟老大人顫巍巍地由一旁侍奉的宮人扶著，站起來，想要朝福王跪下。

福王當然不肯，伸手去扶他，卻被孟老大人推開。

「福王，老臣……有愧啊！」孟老大人一聲哀哭。「當年，長皇子賢名在外，人心所向，卻無兵權在手，心有餘而力不足啊！」說到這裡，孟老大人有些哽咽，停頓了一下。

佘歲歲卻覺得這話頗為微妙。賢名在外，暗指平王，兵權在手，說的不就是陳煜嗎？這一招「借古喻今」，她可不信是無心之言。

孟老大人平復了一下心情後，繼續說著。「他深知一旦硬碰硬，不知又有多少血流成河，為了大局，他是心甘情願的放棄啊！可若老臣知道，之後會是那樣一個結果，便是死，也不能聽長皇子之命啊！」

福王眼神一動，猛地看向他。「孟老大人此言何意？」

孟老大人後背一佝僂，背影蕭索，聲音淒然。「長皇子讓老臣……毀掉了先皇的遺詔！」

不止佘歲歲，殿中所有人都是一樣的震驚萬分，卻是大氣都不敢出，生怕一時不慎，丟了性命。

余歲歲感覺到陳煜的手臂肌肉緊繃起來，忙借著袍袖的掩飾，悄悄地握住了他的手。

「你、你說什麼？」福王也傻了。「遺詔……被你毀了？」

孟老大人點頭，隨即又搖頭。「遺詔確實是被我帶走了，但最後一念之差，未曾毀去。」

福王瞪大雙眼。「那……遺詔在哪裡？」

孟老大人嘆了口氣。「前些日子，我聽聞當年欽天監的批文重見天日，便深知時機已到，於是攜遺詔入京，將此事稟告平王。如今，遺詔已交由宗正府查驗，真假已明。」

福王看向平王，以目光詢問。

其他人的目光也都看向平王，等著他揭秘。

平王享受著眾人的仰視，悠悠道：「孟老大人所言屬實，宗正府已查驗過遺詔，確乃先皇親筆，絕無作偽！來人，請遺詔上殿！」

一聲呼喝，門外突聞甲冑碰撞之聲，伴隨著跑動的腳步聲。

身披鎧甲、腰佩長刀的禁軍瞬間衝入大殿，隨即站成兩排，肅穆而立。

在所有人或驚或懼的眼神中，禁軍統領白鴻飛雙手高舉著玄色金龍的聖旨卷軸，自殿門外踏步而來。

所至之處，眾人紛紛下拜。

陳煜拉著余歲歲的手，緩緩跪地俯首，可神情卻越發沈重。

白鴻飛展開聖旨，大聲宣讀，將塵封了幾十年的遺詔公之於眾。

「馮大人，您來看看，此詔可有假？」等白鴻飛唸完，平王起身，率先點名馮閣老。

馮閣老的眼神從陳煜的方向一掠而過，沈默不語。

比起孟老大人和福王，他的年歲算是小的，一不熟悉先皇，二不熟悉隱王，他能看出個什麼東西來？

可眼下的情勢，對七皇子和他們都極為不利。有遺詔壓身，皇帝仍昏迷不醒，余璟又遠離京城，他們該如何反擊？

「不必了。」馮大人定了定神，開口道：「既然宗正府言此詔為真，臣願意相信宗正府對我大雲的忠心。」一句話，倒還算滴水不漏。「只是，臣不明白，平王大費周折，將臣等召來，又將多年往事講出，意欲何為？無論當年發生何事，隱王之事又為如何，臣只有一個疑問。」馮大人深吸一口氣。這個時候，就讓他來當這個出頭鳥吧！「敢問平王此意，是要將我大雲朝的皇位，交還於一個已逝之人嗎？」

不得不說，這其實是在場其他官員都想問的問題。

「放肆！」平王還沒說話，福王就先怒喝一聲。「當今皇帝任用的便是你這等臣屬嗎？難怪朝政污濁、民不聊生！」

孟老大人也在一旁嘆氣。「豎子無知，也怪不得他。當年舊事，早已隨時間掩蓋，如今又如何讓他們感同身受呢？」

那些余歲歲不認識的老臣們，有一個站出來說話了。「平王殿下深明大義，將真相昭告天下，臣等感佩之至。臣以為，為今之計，當為隱王謀逆之罪平反，安撫天怒，方為上策。但往事已矣，陛下得位以來，同樣殫精竭慮，主理朝政，並無大錯。平王的初衷，也是要安定四海。陛下如今病重，應盡心診治，以求早日甦醒。而期間朝政諸事，自當先按陛下聖諭執行，其他的，還是該等陛下甦醒後再言不遲。」

這一番話，看似中立妥貼，細想卻句句偏向平王。

此言一出，此事將輕拿輕放，不管福王和孟老大人所言是真是假，從此，這便只能是當年皇位交接和隱王之案的真相！這件事，可比平王涉嫌殺妻更受關注得多。

到那時，陳煜和八皇子所謂正統繼承人的身分便會徹底動搖，隱王又已死去，平王還有金光罩體的天命，何嘗不能爭一爭帝位？

說到底，今天這一場大戲，便是平王對他們的反擊。

這一擊之後，平王和陳煜將再無先後之分。哪怕現在皇帝突然駕崩，朝臣也不可能以陳煜為皇帝目前最大且最正常的兒子為由，擁護他登基了。

這一招，真是夠絕的，直接斷了他們的後路。

余歲歲掃過那一幫老臣，看來他們也打定主意效忠平王了。

果然，很多人都極為贊同這番話，紛紛表示附議。

平王見目的達到，心情肉眼可見的好了起來，笑道：「寧老大人所言甚善。隱王一案，便交由刑部和大理寺重審，一定要還世人一個真相。不過，還有一事，本王欲與眾位大人商議。」

如今，皇帝得位不正好像已被默認，平王說起話來，更是直接忽略了龍椅上的八皇子。

「近來，本王受到了很多不實的彈劾，按理說，本王不該針對馮大人和這些彈劾本王的大人們什麼，可為了朝政清明，本王只能站出來，即使揹了黑鍋，也不能放任濁流。」

陳煜和余歲歲心頭一緊，終於來了！

只見平王拿出一些馮大人和那幾位擁護陳煜的朝臣暗中結黨、排除異己的證據，一字一句，說得冠冕堂皇。

朝堂之中，最不缺的就是聰明人。早有明眼人看明白了如今的情勢——七皇子已經不行了，馮大人再是冤枉，也得認了。

這種時候，他們最好的選擇就是不發一言，既不能招惹平王，也能給自己留後路。

平王很滿意大家的審時度勢。「既然如此，本王便按律例，與中書省和吏部諸臣商議後，再行下達處置。」

「慢著！」一聲厲喝，從殿外傳來。

所有人趕忙回身，紛紛看去。

只見榮華長公主身著朝服，頭戴金冠，步履從容，滿面肅然，一步步走進來。她的身後，一個隨侍高舉一柄金色的長劍，亦步亦趨地跟著她。

榮華長公主在平王面前站定，旋即轉身，俯視眾臣。

衣袂輕旋，方顯金枝玉葉之風範。

「皇姊，妳這是做什麼？」平王臉色一變，心裡暗道不好。

長公主微微一笑，朗聲道：「先皇所賜，尚方寶劍在此，誅殺佞臣，護佑忠賢，劍鋒所至之處，四海皆從，違命者，殺無赦！」接著道：「馮卿等人之事，不過你一家之言，尚存異議。平王不會厚此薄彼，不敢查證吧？」

「妳！」平王氣結，卻拿她毫無辦法。

他狠狠地瞪著長公主身後的那柄尚方寶劍，內心如江河翻騰。

那是自大雲開國時便傳下來的，輕易不會賞賜出去，即便賞賜，在被賞賜之人百年之後，也會按慣例收回。平王從來都不知道，父皇竟把此劍賜給了長公主！

榮華長公主見他說不出話來反駁，便面向殿中眾臣，繼續說道：「本宮是先皇的親女，陛下的親生妹妹，更是御封的長公主。平王弟今日連福王叔都請了，卻單單漏過了本宮，意欲何為，耐人尋味啊！關於當年的舊事，本宮不欲多言，但也沒有只聽誰一面之詞的道理。既然要查隱王舊案，那就索性查個清清楚楚，水落石出！事關天家之事，本宮如此提議，眾位大人應當不會有異議吧？」

眾臣神情各異。

剛才一直是在聽平王一派的說辭，又因著事情來得太過震撼，很容易被那聲淚俱下的戲碼所蒙蔽。而現在長公主站出來反對了，大家心裡就又開始搖擺不定起來。前有先皇遺詔，後有尚方寶劍，兩方各執一詞，說不明白的事情，總會讓人認為存在某些蹊蹺。

該說不說，他們也很想知道真相。

眼見得大好的形勢要付諸東流，平王的神色不禁有些焦急。

這時，福王說話了。「榮華，妳這是何意？妳明知此事事關當今陛下的威名，真若是查明當年是他竊取皇位，妳讓世人如何看待朝廷？妳若真的在為妳皇兄著想，就該息事寧人，而不是故意鬧大！」

「福王叔這話說得挺有意思的。」長公主立刻出言反駁。「本宮沒來之前，你們不是已經將我皇兄定罪了嗎？挾兵權謀奪皇位，造冤案誅殺兄長，還拿了所謂我父皇的遺詔出來。」

「妳這話什麼意思？難道妳不信先皇的遺詔是真的？」福王氣道。

平王見狀，就要把遺詔拿給長公主查看。

長公主卻毫不在意地隨手揮開，冷笑一記。「假不假，查了就知道！如果事情確如剛剛所言，查與不查，於你們又有什麼分別呢？我與皇兄，自幼親厚，捫心自問，對他的瞭解沒有十分也有八、九分。」長公主一臉堅毅。「若我皇兄清醒，知他的王叔、皇弟還有一眾臣民皆疑心於他，也是要甘願查個明白的！至於世人如何看待？今日之事，本就已是一場笑話，再添一場，又有何懼？」長公主字字擲地有聲。「各位不要忘了，只要我皇兄在位一天，他就是如今大雲朝唯一的君王！所有人在他面前，只能稱臣！」

最後一句話，說得眾人心頭一顫。

或許是皇帝昏迷得太久了，也或許是最近平王跳得太高，他們怎麼竟忘了，君永遠是君，有些東西，是不能挑戰的。

「臣以為，長公主所言極是，既然要查，那就查個明白，給臣等，也給天下一個交代。」一個年輕些的官員站出來說道。

余歲歲記得此人，是陳煜協理朝堂時，提拔上來的新貴。

他一站出來，再加上長公主堅定的態度，那些本來以為己方已經落敗的陳煜的僚屬，紛紛如蒙救星般地站了出來，大聲附議。

馮大人見狀，立刻也抓住機會。「長公主一片公心，臣銘感五內！臣願意接受查察，但凡有一條罪名屬實，臣願自請辭官，絕不食言！」

那些和馮大人一起被平王點名的官員，也跟著站出來附和。

長公主目光淡淡地轉向平王。「朝廷奉養百官，各司其職，便是支撐一國之運轉，斷沒有出了什麼事，就影響全局的道理。關於當年繼位的真相、隱王的謀逆，還有馮大人等人的案子，就交給應該負責的人去分別探查吧。」說完，她又特意補充道：「喔當然，還有先平王妃和世子的案子。」

平王面色一僵。

「依本宮看，這些事背後皆有勾連，應當還需要有人統籌管理。」說著，長公主點了幾個名字。

等她點完，眾人一細品，才發覺她名單中的心計。

由福王、平王、七皇子陳煜、明大學士、平王世子陳容謹還有長公主的駙馬等等幾人共同來牽頭，擺明了就是要把各方勢力全部糅在一起。

如此一來，查真相的速度會變得很慢很慢，但卻避免了被人故意曲解真相的可能。

陳煜一派自然是全無異議。

此時，明大學士也走了出來。「臣願附議長公主。」這種時候，再和平王站在一條船上，就不聰明了。這麼好的互相利用、各派彼此打壓的機會，明大學士不抓住才是真的傻了。

一句話，一錘定音，明氏一黨立刻紛紛同意。

平王捏了捏拳頭，只得被迫答應下來。

一場朝會，平王從壓倒性的勝利到峰迴路轉，那叫一個驚心動魄。

百官走出金殿的時候，都覺得恍如隔世。

宮中偏殿，長公主看著坐在對面的陳煜和余歲歲，暗暗鬆了一口氣。

「今日多虧你機敏，給我報了信，還傳出了這麼多消息。不然，我真也讓平王給矇了過去。」她對陳煜說道。

余歲歲有些驚訝地看向陳煜。其實長公主剛來時，她就有所預感，沒想到，還真是他請來的。

「多謝姑母。」陳煜起身，朝長公主行了個大禮。「今日一切，全靠姑母力挽狂瀾，姪兒感激不盡。」

長公主輕輕搖頭笑道：「你做得很對，這件事，只有我出面，才好壓住福王叔和平王。你是小輩，很多話不能說，還有那份所謂的父皇遺詔壓著。沒見我一請出尚方寶劍，他們就沒話說了嗎？只是，我能為你做的，也只有這麼多了。」長公主嘆氣道。

陳煜一臉感激，言辭懇切。「姑母肯為了我冒如此險，已經足夠了。」

長公主自嘲一笑。「我的性子，福王叔也是清楚的。但凡我認定的事，用盡一切也要得到。當年我未嫁時，便是父皇也得讓我三分，只是這麼多年安逸久了，他們竟把我當病貓糊弄。」

余歲歲一雙星星眼，不由得犯花癡地看著長公主。這霸氣、這颯爽，她喜歡！

難怪能培養出祁川那樣的女兒，長公主當年也定是個風華絕豔的女子！

長公主被余歲歲的眼神看得有些發笑，輕咳一記，對她道：「我還沒問妳呢，妳把平王府的事捅出來，可對容謹的心思有什麼把握？」

余歲歲趕緊收回崇拜的心，正色道：「回姑母，若在今日之前，我方能有些把握，可如今，卻是不確定了。今日平王這一招不可謂不狠，如果殿下不請姑母前來，自此後平王做起事來，便更不會顧忌。可實際上我卻以為，平王自己並沒有謀劃今天這一場大戲的本事。」

長公主眼神一閃，示意她繼續說下去。

「好叫姑母知道，其實殿下和我在今天之前，就已查到過隱王之事，卻與福王所言完全不符。我們一直懷疑，平王的背後，有隱王後人的相助，如今看來，已是板上釘釘了。」余歲歲道。「此人謀劃周詳，為的就是給隱王平反，他與平王勾結，拉攏了福王、孟老大人等一干舊臣，聲勢浩大。平王世子到底年輕，更同樣野心勃勃，如果與平王講和的好處遠大於決裂，他會作何選擇，我不敢保證。」

長公主點了點頭。「其實，關於隱王的事情，我也知之甚少。這件事在當年的宮中，就很少有人提起。隱王比我和皇兄的年紀都大得多，我只知道，他早早就開府成婚，與父皇的關係不冷不熱。但事實上，父皇對我們這些孩子，都不怎麼親近。」她又看向陳煜。「煜兒呢？你有什麼想法？」

陳煜沈吟一下。「我今日請姑母當眾點名，就是要將所有人都拉到這趟渾水裡。渾水才好摸魚，我們看不清形勢，自然也不能讓別人看清。只要再拖一拖時間，會有辦法的。」

長公主微微頷首。「如果有需要，隨時找我。我和駙馬雖然去朝已久，可有些事，還是作得了主的。」

陳煜和余歲歲目光均是一震。長公主這句話，就是變相地答應站在他們這邊了。

別看長公主只是公主，她的身後，同樣站著不少宗親大臣，還有駙馬那邊的武將，對己方而言，絕對大有助益。

「謝姑母！」兩人趕忙齊齊行禮。

長公主擺擺手。「沒什麼好謝的，我也不過是永遠站在皇兄這一邊罷了。」想著，她又輕聲道：「皇兄雖氣你，也不過是一時之氣。在他心裡，早已作好選擇了。」

說完，長公主翩然而去，只留下陳煜站在原地，神情微黯。

「陳煜，你還好嗎？」余歲歲見陳煜表情不對，出言詢問。

陳煜搖搖頭。「我沒事。我只是……擔心父皇和母妃。其實，我該是個幸運兒的，對嗎？」他語氣有些波動。「父皇雖與我並不甚親厚，卻也從未疑心於我。他向來如此，從不會視自己的兒子為敵，即便是當初的幾位皇兄，也是一樣。」

余歲歲點頭認同。這一點，就比先皇好得太多了。皇帝很清醒，深知哪怕是君王也終有一死，他是真的盡心盡力地為了祖宗基業在挑選正確的繼承人。

「還有母妃，她雖也不親近我，可心裡還是處處想著我。還有師父，還有妳……」

長公主的一句話，一時讓陳煜感慨萬千。這段時間以來經歷的一切，都讓他的心上猶如壓著千鈞巨石。

皇帝和賢妃的安危、他和余歲歲的未來、余璟和裴涇等人的前程，還有無數追隨他的人的命運，都繫於他一身。

「我都明白的。」余歲歲捏捏他的手臂。「所以，接下來才是我們和平王、明家的惡戰。既然大家都蹚了渾水，就沒有誰能獨善其身的道理。我記得你說過，你在宮中部署過一些勢力，隱王的舊事，便是由此查出。一邊是深宮舊人，一邊是福王和孟大人，兩家說的雖不一樣，可有一點是相通的。」余歲歲分析道。「那就是，隱王在二十多年前沒能繼承皇位，而且以謀逆之罪被殺。如果他的後人仍然存世，最大的願望應該就是拿回皇位，為隱王正名。現在平王做的，正是為隱王平反這件事，至於皇位……他們也許還有後招。」余歲歲思索著。「本來，我還在糾結到底什麼才是當年的真相，可就在剛剛，聽到你對長公主所言，我突然就想通了。舊事如何，終究只是舊事。那些翻出舊事的人，歸根到底還是為了當下的利益服務。只要我們找準他們想要的，精準打擊，他們就是再請出多少宗親、舊臣，都是白搭！」

陳煜舒心一笑，心裡的最後一點愁緒，都被余歲歲充滿力量的話語給沖散。

「妳有什麼想法？」

余歲歲眼睛一瞇。「釜底抽薪！」

這天之後，京城裡的消息就像被捅了的馬蜂窩一樣，又亂又雜。

平王殺妻的事情還沒定論，皇帝得位不正的事就又被翻了出來，而還沒等人們弄明白，又冒出來了一個隱王，故事那叫一個六月飛雪、千古奇冤！正等大家聽得雲裡霧裡時，京中學子聚會論政的茶莊、酒樓裡就又開始讚揚起當今陛下的文韜武略。

人都是現實的，為一個死去的人隨波逐流喊喊冤可以，可若要說換了這個隱王當皇帝，一定會比現在這個當得好，那就沒什麼人信了。

京中消息亂飛的時候，陳煜則在府中安心種花、澆水。

余歲歲則是日日往學館跑，重新拾起了教學的任務，完全是兩耳不聞窗外事。

冬天悄然來臨，京城飄了一場大雪時，七皇子府裡的「越冬花」就開了。

余歲歲把花裝進花盆，抱進了學館，讓學生們為此花吟詩作賦。這些孩子們果然各有巧思，甚至說出了不少好句，余歲歲便將這些全部記錄進了《越冬文集》之中。

從武館改制為學館後，余歲歲記下的文集一冊又一冊，主題也涉及生活中的很多方面，從衣食住行，到花草蟲魚。

有時候她會想，如果這些能讓後世的人看到，一定能對大雲這朝代的風土人情和歷史文化，有一個深入的瞭解。

「姑娘！」晚桃一臉興奮地跑進來，打斷了余歲歲的思緒。「老爺和夫人的信來啦！」她揚著手裡的信封。

余歲歲猛地一下子站起來，險些打翻了桌上的墨盤，撲過去一下子拿過信封，三下五除二地拆開。

看著信上熟悉的字跡，還有事無鉅細的關切話語，余歲歲眼眶濕潤，手都在微微顫抖。

長久未通信，知歲歲定已了然為父之心，事態緊急，責無旁貸。待此事終了，必快馬回京向我歲歲賠罪。另，新年將至，為父有一驚喜奉上，請拭目以待……

余歲歲破涕為笑。「哼，又在信裡拽文了，不就是寫得一手好字嘛，定是想在媽媽跟前顯擺來著……」驚喜……她暗暗思索，爸爸說的到底是什麼驚喜呢？

父親的驚喜，果然沒有讓余歲歲失望。

小年剛過，西域因著與大雲剛剛定盟不久，便趁著新年之際前來朝拜。為表誠心，新繼任的羌孜王和月氏王親自率十國使團入京，覲見大雲皇帝。羌孜和月氏是十國裡實力最強盛的兩國，他們的態度，就代表著西域的態度。

平王如臨大敵一般地要求禮部和鴻臚寺盡心安排招待事宜，卻沒想到一開始，就碰了一鼻子的灰。

「我們的大王一片誠心來拜見你們的皇帝，你們就拿一個小孩子和一個不知名的人來，是不是瞧不起我們？雖然我們曾經戰敗，但同樣誠心嚮往你們中原的文化。你們中原人說，士可殺，不可辱。我們的真心不能被你們這樣踐踏！如果你們執意如此，那我們就只好現在回去！如果你們想吞併西域，那就來吧！」

平王看著一臉不滿的使臣，不由得有些氣悶。

他雖然不懂用兵，但基本的常識還是有的。當初陳煜和段哲帶領右衛軍，是趁著西域空虛，靠閃電戰奇襲十國，才逼得西域十國不得不俯首稱臣。

雖說論實力，現在的大雲絕對能戰勝西域十國，可西域十國也不是吃素的。真打起來，就會再次讓西北陷入戰爭的泥潭。

平王利用欽天監的批文，幾次三番地宣揚自己與西北的聯繫，要真是這次因為他再掀西北戰事，那不就是自己打自己的臉嗎？

更不用說，還有西域十國豐厚的上供，及那些行商賣到京城來的奇珍異寶了。這個若是斷了，豈不是連京城裡耽於享樂的貴族們都一併得罪了？

「這位大人且先安心，我們大雲乃禮儀之邦，海納百川，怎會慢待於諸位呢？俗話說，有朋自遠方來，不亦樂乎。我朝陛下身染疾恙，卻仍為諸位使者準備了豐盛的宴席，為諸位接風洗塵。盟約訂立不過一年，貴方與我朝百姓皆和睦相處，你們也深有同感。若因一時意氣重開戰事，不光是西域的信義讓人懷疑，更會殃及兩方百姓。這些，也是貴方不願意看到的吧？」鴻臚寺卿微笑著，一番話恩威並施。

那使臣頓了頓，神情和緩了一些。「這些我們都明白。只是……我們兩位大王親自前來，你們就讓一個根本不懂西域之事、而且從未參與兩方盟約的人來見我們，這不太合適吧？若我們兩位大王有意商談兩方盟約事宜，總不能就和他談吧？」使臣指著平王，一臉嫌棄。

鴻臚寺卿這才語塞，這確實不符合定制。外邦使節來朝拜，拜的就是皇帝，只有在皇帝面前，他們才是臣。平王到底只是個王爺，論起來跟兩個國王還是平級呢！

再說了，平王確實對西域之事一竅不通，更沒有作主的權力。總不能兩方談話的時候，平王還帶著一幫子大臣一邊商量一邊談吧？那像什麼樣子？豈不丟人哉？且若讓西域十國發現了朝中政局不穩，再生出異心來，那可就更糟糕了！

見鴻臚寺卿不說話，西域的使臣便道：「貴朝的七皇子可在京城之中？他不會也生病了吧？」

「那倒沒有。」鴻臚寺卿道。

使臣一笑。「那正好，如果是七皇子願意和我們見面的話，我們非常樂意。他驍勇善戰，是我們西域最敬佩的勇士。他還救過羌孜大王和月氏王妹妹的性命，兩位大王都想再次感謝他呢！」

鴻臚寺卿精神一振，立即看向那兩個國王。

好傢伙！他居然沒認出來，這新任的羌孜王，可不就是當初隨大軍一起進京上降書的羌孜王子嗎？再看那月氏王，也是很年輕。

萬萬沒想到，這才多久，兩國的國王竟也換了一批了。

「這……」鴻臚寺卿瞟了一眼滿臉鐵青的平王，沒敢自己作決定。

七皇子確實是最合適的人選，可這樣一來，平王的臉，可不就被打得噼啪響了嗎？

平王咬了咬牙，忿忿地開口。「既然如此，那就請七皇子前來吧！」

鴻臚寺卿眼睛一亮，毫不猶豫地聽命而去。

走出門的一瞬間，他不禁揚起個笑容來。雖然他在這場權力紛爭中力求自保，但不妨礙他心有偏向。現在，他或許可以考慮考慮，出手押寶了……

就這樣，憑著西域使團的到來，陳煜名正言順地重回朝野。

一整個新年裡，他都帶著處理西域諸事的朝臣，與西域兩個國王和使團互相商談，共同宴飲，到最後甚至稱兄道弟起來。

西域使團來京是大事，滿朝文武和滿京城都關注著此事，而平王在整件事中，像直接蒸發了一樣，查無此人。

也是這時，眾人才又一次想起，當初七皇子是如何在殿前立下生死狀，勇守京城；又是如何力排眾議，帶兵長驅直入，席捲西域十國，換來西域從未有過的臣服！

不光是陳煜，連同當初右衛軍中的將領，都被重新提起，重新回到眾人的視野之中。他們這些人，被平王和明家打壓太久，又因為是武將，根基不深，無處申訴。

這一場博奕，平王實則是輸了個徹底。

等他忍到西域使團走了以後才發現，陳煜和他的那些臣屬們又一次站在了朝堂上，而這一回，是想趕也趕不走了。

此次西域使團進京，在所有人的心中重新加深了一個烙印——今天的和平不是平王、明家這些在京城富貴鄉裡享樂的人靠嘴巴說來的，而是這些將士們拿生命和鮮血換來的！

沒有強大兵力的壓制和威懾，西域十國怎麼可能會認一個只會說嘴的無名之輩？那個真正讓西北邊境安寧下來的，不是什麼金光罩體的平王，更不是死了不知道多少年的隱王，而是陳煜、是余璟，更是千千萬萬的邊境軍民！

送走西域使團的第二天，京中學子聚集的酒樓裡又一次高談闊論。說起西域的國王如何呈遞稱臣國書、願意擴大榷場數量，加強通商聯姻等事時，聲音裡滿是驕傲。

余歲歲和陳煜坐在二樓的雅間裡，將一切盡收耳中。

「這一次，我就是要用輿論，讓所有人都好好看看，什麼才是真正的王於西北，天命所歸！」余歲歲笑道。

陳煜為她斟滿一杯清酒，舉杯相碰。「此次一擊即勝，多虧了師父與妳，內外配合。」

余歲歲莞爾一笑。「怎麼只說我們，不說你自己呢？我爹說，是你啟用了當初留在西域的力量，輔以他新建起來的暗探網，加速了西域羌孜和月氏的王權更替，力保與你有些交情的那兩個王子上位，又促成了他們來京呈遞國書，為你造勢。後來，又擔心他們見到朝廷如今的現狀會心生不軌，還特意囑咐我爹在西北提前見了他們一面，給了點下馬威。」

余歲歲雖然知道陳煜在部署什麼，但因為兩人有所側重，她的精力更多在先平王妃、隱王舊案和學館之上，力求在細節之處形成反擊，因此並不太瞭解陳煜的具體行動。

自陳容謹所謂「平定西北叛亂」後，余璟就一直留在西域，聽從陳煜的部署行事，清除隱王、薛壬朗在西北的舊部。

余歲歲也是現在才知道，如今西北，是真真正正地落在陳煜的掌控之中。

因此別看平王在京城上躥下跳的，實際上從薛壬朗死後，他就再也不可能掌控西北了。

「我本想等事情結束再告訴妳的。」陳煜笑道。「那樣，能讓妳再多敬佩我一點點。」

「我一直很敬佩你啊！」余歲歲的眼睛笑成了兩彎小小的月亮，眼眸亮晶晶地盯著他。「我爹都說，青出於藍而勝於藍，有你這個徒弟，他都能吹一輩子了！不過，你還有什麼手段沒有使出來？」

「也不是什麼手段。」陳煜沈吟道：「自從姑母逼著平王答應一起徹查那幾個案子後，可以說事情正如我們所料，進展緩慢。渾水已經攪起來了，這次西域事畢，只是一個開始，接下來在朝堂上，會繼續開展反擊。這一回，有武將們和姑母的加入，勝算會比以前更大，但我也不敢掉以輕心。平王雖不足為慮，可他背後的人太聰明了，到現在我們都沒摸清他想要什麼。」

「這件事，我也會盡力幫你去查的。」余歲歲道。「還有先平王妃的案子，已經有眉目了，等我把證據整理好，你再看什麼時候能用得上。」

正月十五，難得一個高興，余歲歲突發奇想，打算親自到廚房露一手，給陳煜做一道菜嚐嚐。

然而她的手藝實在太差，做了兩回都宣告失敗，尤其是和府裡那位從歸園食齋學成歸來的大廚一比，簡直是雲泥之別。

最後她一賭氣，乾脆就下了兩碗麵條，打上兩個荷包蛋，然後拿出了慕媛離京前留給她的那些秘製醬料。

等一頓飯吃得差不多了，她這才讓人把麵條端了上來。

「還有一碗麵嗎？」陳煜有些驚訝，不由得摸了摸肚皮。「我好像吃不下了。」

自從府裡換上這位大廚後，他每天都吃得很飽，若不是堅持習武，怕是要發胖了。

「不能浪費糧食，快吃掉。」余歲歲不動聲色，實則卻是在暗暗期待著。

陳煜拿筷子挑起兩根麵條，放進嘴裡後，面色一怔。「這個……應該不是王師傅的拿手菜吧？」

「……」余歲歲悄悄撇撇嘴，嘴硬道：「我怎麼覺得，味道還行欸！」

陳煜看向她，滿臉訝異，彷彿在問她，吃慣了歸園食齋的菜後，是如何說出這種違心之話的？

余歲歲還在試圖掙扎。「你不覺得，這個醬料還不錯嗎？」

陳煜這才欣然點頭。「這話倒不錯，多虧了這些醬料，這碗麵方不那麼糟糕。」

余歲歲一陣氣惱。「難道，你就不覺得還有別的長處嗎？」

陳煜舉著筷子，觀察了一會兒。「喔，荷包蛋不錯，挺圓的。」

「哼！」余歲歲氣得差點冒煙。「要是不好吃，那就不要吃了，我吃！」說著，把陳煜面前的碗攏到自己跟前。

陳煜伸手阻止道：「妳也別吃了，吃多了夜裡難受，妳又要睡不好了。今晚月色不錯，不如出去賞月？」

余歲歲還沒來得及拒絕，就被他拉了出去。

一到院中，便看見一輪圓月正掛在院子的上空，清澈乾淨。

屋簷下，府裡人掛著的彩燈亮著斑斕的光暈，將周圍的一切都照得格外漂亮。

下人們在不遠處的門邊靜靜地候著，此時的院子裡只有他們兩個人。

突然，陳煜從身後環住余歲歲的腰身，低頭附在她耳邊說道：「其實我知道，那麵是妳做的。」

「你……」余歲歲偏頭看他。「所以你是故意說難吃的，是不是？」

陳煜遲疑了一下。「那倒也……不完全是……」

余歲歲氣得要用手肘去捶他，卻被他摟得更緊。

「哎、哎……先看院子裡……」他笑說道。

余歲歲的目光移向院中，不知何時院子裡的地上擺滿了花燈，在一片雪地之中，兩個精緻的雪人顯現出來。

「這是……」她心裡升起一個預感，卻不敢確認。

「這是我給妳的驚喜。」陳煜輕聲道：「喜歡嗎？」

余歲歲的嘴角掩不住地上翹，原來在自己給他準備驚喜的時候，陳煜也在為自己做準備呢！

「哼，也就那樣吧！」她記仇道。

陳煜好笑不已。「那還有這個呢？」

他的話音落下，院子裡就跑進來幾個小廝和丫鬟，手裡拿著點燃的煙花放在地上。

隨著一聲聲煙花飛出的響動，被院子框起來的四四方方的天空上，開出了一朵又一朵好看的花。

余歲歲將身子全部倚靠向背後陳煜的身上，抬著頭，看著眼前的絢麗，開心地笑了起來。

「自成親後，我們從沒有像今天這樣暢快過，一直在壓抑、痛苦。前些日子，忙於西域使團，連妳的生辰都錯過了。」陳煜低聲輕嘆。「我欠妳的好像越來越多了。」

余歲歲輕輕轉頭，看著他的雙眼，定定地盯著，內心一片柔軟。「你有此心，我就很開心了。我們還有一輩子的時間，我都給你記著，慢慢還。」

陳煜勾起唇角，不禁低頭，湊近她的臉蛋。

余歲歲下意識地閉上眼睛，手不禁抓住陳煜放在她腰間的手臂，等待著那熟悉的觸感。

突然，一聲利劍刺破空氣的聲音猛地響起，她的身子瞬間被抱起離地，飛速地朝側邊一旋。

「抓刺客！」院子裡的丫鬟一聲尖叫。

余歲歲倏地睜眼，就見一道劍光正衝著陳煜的面門而來！

第三十八章

余歲歲大驚失色，飛起一腳，將腳邊的一盞花燈踢向持劍的黑衣人。黑衣人下意識躲閃，下一秒，陳煜和余歲歲便欺身上前。

就在陳煜制住那人持劍的手腕時，余歲歲右手狠狠一抓，將那黑衣人的面巾生生撕扯下來。

屋簷下，花燈隨風搖擺，發出的光亮映在他的臉上。

「陳容謹?!」余歲歲驚訝一聲，不可置信地轉頭去看陳煜。

可陳煜卻好像並沒有太多的驚訝。

「容謹兄還是來了。」他沈聲問道：「元宵佳節，不在府中陪伴家人，到我這裡，是來拜年的嗎？」

陳容謹眸色一閃。「殿下以為呢？」

陳煜微微一笑。「總不會是來要我命的吧？」

「為什麼不會？」陳容謹反問。

陳煜聳聳肩，指了指余歲歲。「有內子在，我向來高枕無憂。」

「……」陳容謹嘴角微抽。「我奉命來取你的性命，即便取不了，傷了你也算成功。」

陳煜卻從懷裡掏出一本小冊子，道：「那是你父王的意思。至於你，是來要這個的吧？」

余歲歲餘光一瞥，便知是她交給陳煜的，有關先平王妃死亡的真相。

陳容謹神色一凜。「你準備好了給我？」

陳煜將冊子遞向他。「東西給你，任你處置。我很好奇你的選擇。」

陳容謹等了好一會兒，才收起劍，接過冊子，深深地看了一眼陳煜，轉身飛快離去。

跑進來的府中護衛等不到陳煜發話，自然也不敢阻攔。

看著陳容謹消失，余歲歲心頭生疑，立即追問道：「你怎麼知道他今天會來？」

「他總要作出選擇。這份證據，就是我給他的最後一個機會。」陳煜說道。「不過，我若早知道他是剛才來，一定讓人先攔他一會兒。」

余歲歲愣了一下，才明白陳煜的意思，不由得沒好氣地捶了他一下。「你想得還挺美！話說，你覺得他會選你嗎？」

陳煜搖搖頭。「我雖認可容謹兄與平王叔不同，但人的野心和慾望是無限的。我沒有辦法保證他的態度，但無論是什麼選擇，我都希望他是發自內心地作出，這樣以後無論為敵為友，都不會留有隱患。」

余歲歲嘆息一聲。

從拿到這份證據後，她和陳煜就決定把選擇權交給陳容謹。陳容謹過去查到的東西沒有這一份確鑿且全面，就看他如何作出決斷了。

不過他們也不傻，人證、物證都還握在余歲歲手裡，也不怕陳容謹毀掉。

陳煜見她又在想公事，攬了她一下，打斷她的思緒。「剛剛打了一架，胃裡有些空了。走，回去把麵吃掉。」

余歲歲瞪他。「你不是嫌難吃嗎？」

「為飽腹之需，無須挑揀。」

「陳煜！你今天給我睡書房！」

「……」

沒過幾天，平王府傳出消息，世子陳容謹向平王請罪，說自己受奸人挑撥，錯怪了平王和平王妃，決心贖罪。平王到底心疼兒子，說父子沒有隔夜仇，兩人盡釋前嫌，父慈子孝。

既然最大的受害者都說此事是假的了，吃瓜的人也就不再深究了，平王的名聲也恢復了一些。

只是，他們心裡都在想，陳容謹所言的「奸人」，指的可不就是七皇子夫婦嗎？

想到七皇子妃和平王世子妃的關係，眾人不禁嘆息，看來世子妃這個寵，是不可能再恢復了。

得知這個消息的同一天，余歲歲和陳煜收到了一封來源不明的匿名信件，信上只說了一句話——

妙先生自天牢消失，不知所蹤。

「妙先生？此人是誰？」陳煜對這個妙先生沒印象。

可余歲歲腦中卻有一道電光驟然閃過！

那一日，她在東宮之外看到被白鴻飛抓走的妙先生，當時她還對齊越說，她覺得好像在哪裡見過這個人。

「這個妙先生，曾是東宮的謀士，太子被廢後，便被打入天牢羈押。」余歲歲說道。

「若不是今日提起，我也差點就忘了此人。他入天牢後，似乎一直並未被判罪，說他不見了，難道……」余歲歲突然一拍案桌，激動地道：「我知道了！我知道在哪裡見過他了！不，不是見過他，是見過一個跟他長得相似的人！只是我從沒將那個人和他聯繫起來。」

「是誰？」陳煜追問。

余歲歲深吸一口氣，吐出一個名字。「薛壬朗。」

「薛壬朗？」陳煜也驚住了。

一直以來，他們都在思考，平王背後那個可能的幕後之人究竟是誰？

薛壬朗已經死了，是陳煜親手殺的，也是余歲歲親眼目睹的，因此不可能是他。

難道說，當初誅殺隱王時，逃出生天的隱王之子，不止一個？

「隱王當年娶了一位來自敕鑾部落的公主，這件事在宗正府是可以查得到的，不會有假。薛壬朗的長相是漢人和敕蠻人的結合，且與隱王之案有關，所以我們當時才猜測他有可能是隱王之子。可這個妙先生……」陳煜蹙眉。「當年那樁案子，無論隱王是被冤枉的還是確有其事，牽扯謀逆大罪，刑部和大理寺一定會慎之又慎。出現一個漏網之魚就已經是疏忽大意了，難道真能一下子逃出去兩個？」陳煜只是這麼說，就覺得很匪夷所思。

余歲歲也覺得很扯。

她仔細回想著記憶裡妙先生的樣貌，只是一面之緣，確實有些模糊了，但有一點是可以肯定的，那就是妙先生和薛壬朗雖然長相相似，但薛壬朗敕蠻的血統更重，而妙先生則更像漢人。

這也不奇怪，不然怎麼會薛壬朗在西北活動，而妙先生就能待在京城呢。

「看來，這個妙先生才是真正謀劃這一切的幕後之人。」余歲歲道。「無論是平王、白鴻飛，還是西北的薛壬朗，都聽命於他。」

陳煜點頭，表示贊同。

「如果是這樣，之前的那場瘟疫，很多我們當時想不明白的東西，就都能想明白了。比如瘟疫就是從那些西北行商傳染而來的，至於西北行商的下落，應當是被他們滅口了。再比如，當時我們一直覺得奇怪，廢太子怎麼會走了那麼蠢的一步棋，毒殺試藥的郎中。如今看來，當時妙先生是東宮的謀士，一定是他借東宮的勢力做了這件事，反過來栽害在廢太子的頭上，達到扳倒東宮的目的。」余歲歲說道。「從童縣潘氏一案，到邊關戰事，再到京城瘟疫，隱王的後人為了給先人報所謂的仇，不擇手段，拿無數無辜之人的性命來滿足他們的私心。如果那些枉死的人也有後代，如果他們也都要報仇，隱王的這些後人，怕是被千刀萬剮，都不會被饒恕！」她憤怒道。「說白了，他們不過就是自以為是高高在上的皇族，視人命如草芥，只在乎他一家一姓的得失。他們之所以能到處攪亂生事，終歸仰仗的是他們顯赫的身分，所以他們有恃無恐，因為他們知道，那些被他們牽連的無辜人命絕無報仇的可能，在他們眼裡，那些人不過是螻蟻，死了便是死了！」余歲歲義憤填膺地罵道：「這樣的人，根本不值得同情！」

陳煜瞇起雙眼，心中堅定了一個信念。「這世間，斷沒有任誰橫行霸道的道理。他們處心積慮要為隱王平反，也必須等著當年的案情水落石出，由不得他們顛倒黑白。他們想要捲土重來，謀朝篡位，也要看天下人答不答應！」

自這天後，兩人決心一定要查出當年有關隱王的所有秘密。

之前，他們可以繞開隱王舊事，只先針對平王。但眼下陳煜重回朝堂，平王已有退敗之相，將隱王舊案的真相昭告天下，將平王與隱王殘部的勾結公之於眾，同樣非常重要。

從元宵夜陳容謹刺殺陳煜失敗，轉而與平王講和後，余歲歲以為自己不會再踏進平王府的大門了。

但她沒想到，余宛宛生產的日期，來得這樣快！

接到平王府的消息時，余歲歲都嚇了一跳。滿打滿算，余宛宛這胎才懷了八個月，這明顯就是早產。

等余歲歲帶著晚桃和木棉，還有府裡的郎中趕到王府時，才從已經到了的余清清和余靈靈口中得知，余宛宛是被平王妃刺激之下早產的。

產房外，余歲歲被屋裡余宛宛的喊聲鬧得心神不寧，滿心焦躁，不由自主地走來走去。

「二姊姊，妳要不坐下來歇歇？我瞧妳滿頭是汗。」余靈靈說道。

余歲歲心煩意亂。余宛宛一早產，她的侍女第一個通知的就是她們這群姊妹。娘家靠不住，婆家更靠不住，到頭來居然是她來給余宛宛撐腰，以兩人目前的關係，不可謂不諷刺。

可既然被求到面前了，余歲歲沒有甩手不管的道理。

說到底，兩人的恩怨早已翻篇，就像當初她願意進府來陪余宛宛保胎時一樣，不過是將心比心罷了。

「妳們世子呢？世子妃生產，他也都不出現？」余歲歲質問道。

侍女的臉一垮。「我們世子已好些日子沒回府了。」

余歲歲本就心煩，聽到這個回答越發無語，隨手一指木棉，發狠道：「去找阿越，讓他把陳容謹給我找回來！要是不行，綁回來、打暈了扛回來，都行！」

屋裡又是一聲痛叫，余清清和余靈靈嚇得臉都白了。

「二姊姊，生孩子……好可怕。」余靈靈滿面驚恐。

余歲歲拍了拍她，隨口安撫。「這個因人而異，大姊姊骨架小，身子柔弱，是會疼些。別怕，她疼不一定妳就疼。」

余靈靈無語。好像並沒有被安慰到。

陳容謹回來的速度倒是挺快的，木棉剛走不到一炷香，他就回到了王府。見他臉上的擔憂和焦急不似作假，余歲歲才覺得心裡的煩躁減了一些。

平王和平王妃都不知道躲到了哪裡，周圍只有他們這些人。

余宛宛的哭叫聲響徹整個院子，聽得人肝顫。

「世子妃到底如何了？怎麼這麼久了還在喊疼？妳們到底在幹什麼！」陳容謹逮住一個端著水盆出來換水的侍女。

侍女戰戰兢兢道：「世子妃沒力氣了，穩婆說要拿參片含著，才好恢復體力。」

陳容謹一腳踹向旁邊的一個小廝。「還不快去取參片來！」

余歲歲在一旁看得嘖嘖搖頭。

到底是真真切切愛過的人，這種時候陳容謹還是記掛著余宛宛的。

等小廝把參片拿來後，侍女就要往裡送，余歲歲一揚聲，叫住了她。「等等！」說著，把自己帶來的郎中推了出來。「麻煩先生幫忙看看，參片有沒有問題？」

陳容謹猛地看向余歲歲，目光深邃，看不出什麼情緒。

郎中拿起參片又是聞、又是掰下一點品嚐，過了一會兒才道：「沒有問題。」

余歲歲這才點頭，讓侍女送了進去。

「皇子妃這是什麼意思？」陳容謹沒什麼表情，口氣也不冷不熱的。「難不成是怕我害了宛宛和我的骨肉？」

不得不承認，打從小時候第一次見陳容謹，余歲歲就對他有偏見，所以對他一向沒什麼好臉色。「我對別人家的孩子可沒興趣，只不過是擔心上梁不正下梁歪，抑或是某些人故技重施罷了。」

陳容謹面色一沈，他又怎會聽不出余歲歲的陰陽怪氣？

上梁不正下梁歪罵的是他，故技重施說的自然就是平王和平王妃了。

余歲歲才不管陳容謹高不高興，他能昧著良心對那證據視而不見，與殘害生母的凶手和睦相處，還奢望她有什麼好態度？

「啊——」

一聲尖利的叫聲突然從屋裡傳來，陳容謹面色一白，轉身就朝屋裡跑去。

推開門時，余宛宛斷斷續續地叫著「容謹」的聲音從門縫裡飄出來，陳容謹再也顧不得許多，直接衝了進去。

屋裡，穩婆、侍女的驚嚇之聲不絕於耳，無一不是說血腥之地，不能進入的。

該來的還是來了！余歲歲心下暗道。原書中，余宛宛生產時的情形與現在差不多，陳容謹也是如此義無反顧地衝了進去，給予她力量。

一陣夜風悄然吹來，將產房門開合之間透出的一股血腥之氣吹向余歲歲的鼻端。

「嘔——」余歲歲胃裡突地一陣噁心，沒忍住地乾嘔了起來。

還未等她平復住腹部的翻湧，便聽得一聲響亮的啼哭劃破漆黑的夜空。

產房裡，穩婆欣喜的聲音極為響亮。「恭喜世子，世子妃生了個小公子！」

余歲歲那正給自己的胸口順氣的右手驀地一停，該不會她也……

「晚桃，把我準備的賀禮先給四姑娘保管。我突然想起府裡還有事，先走一步。」

「欸，二姊姊不留下來看看大姊姊嗎？」余清清不解地起身。

余歲歲嚥下胃裡的難受，面上絲毫不顯。「四妹妹替我賠個罪吧，先告辭了。」說著，她便快步走了出去。

與她同來的郎中也不敢耽擱，揹著藥箱跟著她離開。

直到進了自家府邸，余歲歲急促跳動的心才勉強平靜下來。

「請先生幫我把個脈吧。」她伸出手臂，撩起半截袖子。

郎中神情一肅，忙拿出手帕，覆在她的腕部。

郎中的手剛搭上脈，陳煜就快步走進屋中，口中還說著話。

「歲歲，是不是平王府出什麼事了？聽說妳一回府就形色匆——妳怎麼了？」他的目光落在余歲歲的手上，語氣驀地一滯。

余歲歲舉起食指放在唇上，輕輕搖了搖頭。

陳煜的兩腳突然像被釘在地上一般，只覺得呼吸都遲鈍起來，一雙眼緊緊盯著郎中的動作，生怕他說出什麼讓他懼怕的話來。

只見郎中閉眼凝神，又換了余歲歲的另一隻手來號脈，好久才緩緩收回手，慢悠悠道：「沒錯，是喜脈。約莫……已有三月了。」

好像一股氣猛地衝上頭頂，余歲歲的腦子一陣一陣地發懵，一時間竟不知是該喜還是該憂，心裡竟好似一點兒情緒都沒有一樣。

她緩緩轉頭，看著站在身前的陳煜，他一張臉也好像被雷劈了一樣，半天都沒什麼反應。

直到郎中默默告退，余歲歲才伸出手指，拽了拽陳煜的衣袖。「陳煜，我們……」

陳煜愣愣地低頭，看向她的小腹，嘴巴開開合合，良久才憋出一句話。「我還以為，是妳這段日子吃胖了……」

余歲歲無言。「……」

「所以，我、我是要，要當爹了……對嗎？」他睜著一雙大眼睛，眸子裡似褪去了所有的雜色，只剩清澈與純粹。

直到此時此刻，余歲歲才覺得心裡流出了些甜絲絲的暖流，她仰起脖子，對準陳煜的目光，輕輕地點了點頭。

「歲歲！」

身子被他一把摟緊，貼住他堅實的胸膛，余歲歲難以自抑地笑了起來，抬起胳膊，環住他的脖頸。

不知道過了多久，陳煜埋首在余歲歲的肩上一言不發，只有呼出的熱氣噴灑在她的頸後。

余歲歲有些疑惑。「你怎麼了？不高興嗎？」

陳煜搖搖頭，聲音發悶。「高興。我只是，沒有想到……」

突然地，余歲歲就懂了他的言下之意，手臂向下移動，撫摸著他輕輕發顫的後背。

這顫抖，來自他心下的狂喜，卻也帶著些深藏於心底的心結。

「你會是一個好父親的。我們都會好好地疼愛他的。」

「……嗯。」陳煜悶哼一聲。

兩人就在堂屋裡相擁了好一會兒，才戀戀不捨地分開。

「對了，差點兒忘了正事。」余歲歲道。「身孕之事，除了府中的少數人，其他人皆不能知曉。」她神色鄭重地說。

陳煜沈吟一下，微一頷首。「我明白。歲歲，如今形勢不穩，從今日起，妳便好生留在府中休養，不要再操心別的事了。」

「那怎麼行！」余歲歲當即反對。「我只是懷孕，又不是別的。我自己的身子，我有數的。」

見她一臉堅定，陳煜最為瞭解，她這副表情便是不會改主意了，只得嘆道：「也罷，日後我一退朝，便回來陪妳。」

「都說了不讓人知道，你突然行為反常，豈不惹人生疑？」余歲歲好笑道：「我有手、有腳、有腦子，我自己可以的。」

陳煜思索片刻後，退了一步。「那這樣吧，我們之前的那個謀劃還在準備中，等此事完結，我再調整時間，這樣就不會讓人覺得奇怪了。」

想到他們的部署，余歲歲也點了點頭。

一個月後，西北幾個州縣的長官聯名上奏，奏摺中說，經過一番徹查，他們找到了之前西北所謂「起義」叛軍的真相。

那夥打著正本清源旗號的叛軍，其實根本不是什麼普通的義軍，他們的背後，有敕蠻王室的影子，應當是敕蠻不甘心被大雲逼退至大漠深處，想要再次搞亂邊境，他們好趁虛而入。

可查到這裡，西北各州縣的官僚們又犯了嘀咕。

敕蠻到底是外族，和中原有很多格格不入的地方，他們怎麼可能會有那麼大的本事，隨便就能煽動那樣一支叛軍？若說沒有人策應，誰都不信。

於是，他們又順著線索追查一番，發現了這支叛軍早已秘密存在於西北境內，過去幾十年都被掌握在一個名叫薛壬朗的人手裡。

西北的很多官員都聽說過此人，因為當年余璟在赭陽關外誅殺敕蠻王子哥稚那，與哥稚那一起死去的赭陽關守將付奎和敕蠻軍師薛壬朗的名字，都被記載在檄文中，供各州縣長官傳閱。

之後的事情，就非常順理成章了。

薛壬朗是京城薛家後人，這是他自己供出來的。叛軍的頭目在受審時也提到過薛家和隱王的名號，因此奏摺裡寫得清楚明白——

以薛壬朗為首的隱王殘餘勢力，在引發邊境大戰卻最終失敗後，賊心不改，又以叛亂為禍百姓，其心可誅！

當奏摺在朝堂上被當眾讀出時，陳煜滿意地看到了平王臉上慌張的神色。

他不是處處要借隱王的名聲嗎？甚至還不遺餘力地給隱王描摹出一個「千古賢王」的形象，以此來給自己的所作所為打掩護、造聲勢。

現在就看看，他還能怎麼撇清自己的關係。

事實上，平王確實撇不清了。

朝堂中的聰明人太多了，一場本就半真半假的叛亂，怎麼讓平王世子一出手就平定了呢？誰知道這背後有沒有什麼交易？

再看這些日子平王為了隱王的事情來回奔波的殷勤模樣，還有什麼不明白的？

當這些言論慢慢地傳出去之後，平王才恍然發現，他以為借著隱王殘部握在手裡的西北，其實早已經不屬於他了！

他陡然心驚，立刻派人前去查探，看看到底是誰竊取了他的果實。

與平王的聲望一落千丈相反的是，陳煜的名聲又更上了一層樓。

西域使團的餘波還未消逝，這個時候，每提起西北一次，就是往陳煜的功勞簿上再添一筆。

平王府，密室。

平王推門進去時，一個身披白衣的男子正散髮裸足，愜意地倚在軟榻上，手指間捏著一枚黑子，隨手落至棋盤。

「外面都要翻天了，妙先生倒還真是一點兒都不著急！」平王微怒道。

妙先生抬起眼皮，瞟了他一眼。「又怎麼了？」

「姓馮的案子有結果了，結黨營私，純屬虛假，現如今，他們倒是得意了！」平王沒好氣道。

妙先生一點兒都不意外，眼裡生出幾分無聊。「我早提醒過你，不要節外生枝去挑釁馮閣老，他再不濟，也不是你輕易能招惹的。」

平王當即便要反駁。「不過是棋差一著罷了，哪有你說的那般說不得、動不得的。當日局勢盡在掌控之中，如果不是榮華突然出現，那就是板上釘釘，當場便能讓他們再無翻身之力。本王只是沒想到，父皇居然把尚方寶劍賜給了她！而陳煜那小子，居然也能把她請過來！當時朝堂上不是照樣沒有人敢反對？現如今倒說是本王栽贓陷害了！哼，不過都是些牆頭草罷了！」

妙先生掩去眼裡的諷刺。「那你為何不去想，七皇子怎麼就能請動榮華長公主？」

然而，此刻的平王顯然沒把他這句話放在心上。

「妙先生，本王還是想不通，你到底為什麼要協助本王？」平王盯著妙先生，滿目審視。

妙先生聳聳肩。「我說過，以我的身分和昔年的往事，已不足以謀奪那個位置。而你，不過是一步之遙，又能為隱王之案平反，是我最好的選擇。」

這個說辭，平王已經從妙先生嘴裡聽到了無數次，可他仍然是將信將疑。

不過，他到底還是沒有說什麼，又道：「西北之事，本王已經查清楚了，是陳煜在暗中壞我的好事，甚至，還有余璟的影子。他本該在行宮，現在居然擅自離開，等本王找到證據，一定讓御史參他一本，教他吃不了兜著走！」

妙先生嘆了口氣。「怎麼吃不了兜著走？再把他貶遠一點，他還是天高皇帝遠，想去哪兒就去哪兒。平王，你現在要做的不是糾纏這些小事，打蛇要打七寸，要捏住余璟和陳煜的軟肋！」

平王想了想，深知妙先生在計謀上確實比自己強些，便忍了忍內心的氣悶，問道：「那就請先生給本王出個主意吧。」

妙先生點點頭。「這是自然。平王先回吧，等我有了主意，還是會按慣例給你送信的。」

平王這才放了心，又隨意聊了兩句，便起身告辭。

看著他離開，妙先生嘴角露出一絲諷刺的冷笑。

西北之事曝光後，陳煜總算了結了手邊最大的事。果然如他說的一般，從官署早早回府，陪著余歲歲。

反而是余歲歲，並不太需要他陪伴。雖說如今要隱藏懷孕的事情，不能出去，但她在府裡一點也沒閒著。

這一日，陳煜剛下值到家，兩人還沒來得及說句話，下人便匆匆忙忙來報，說宮裡有內侍前來，有要事相告。

兩人趕緊前去正堂，來的是個臉生的小內侍，許是第一次辦這種差，說起話來都緊張得磕磕絆絆的。

「七殿下、皇子妃，賢妃娘娘突……突發急症，淑妃娘娘說，宮事太忙，陛下那裡也要人手，所以、所以只能請皇子妃進宮，幫著照顧一下。」
「母妃病了？」陳煜第一個反應是擔憂，隨即轉為疑心。「什麼病？」
小內侍吞吞吐吐地說：「奴、奴婢也不知道，奴婢就是個傳話的。」
陳煜看向余歲歲，眼神裡滿是猶疑。
這顯然是一個陷阱，是要把余歲歲扣在宮裡，他絕不可能讓她去的。
正要開口拒絕，卻聽見余歲歲搶在他前面說道——
「好，那麻煩公公稍等片刻，等我收拾些細軟，這就隨你進宮。」
說完，朝陳煜使了個眼色，兩人回到了內院。
「妳不能去！」一回屋，陳煜立刻反對。「這就是個陷阱，我不能讓妳就這麼跳進去！」
「可我不去，母妃怎麼辦？」余歲歲反問。「母后崩逝得不明不白，如果真跟平王有關，他們還有什麼不敢做的？你敢讓母妃冒這個險嗎？」
陳煜語結。這齣毒計，分明就是逼他在母妃和歲歲之間作選擇。
余歲歲好像讀懂了他的意思，輕輕一笑。「從我爹和裴大人被趕出京，我們蟄伏了這麼久，以退為進，就差最後這一步了，難道你不想盡快結束這一切嗎？我不進宮，才會是兩難的抉擇，我進宮，反而是一條通路。進宮百利而無一害，我有武功，他們動不了我。而我進宮後，不光能照看母妃，還能嘗試著接近父皇，甚至能到深宮之中追查隱王的舊事，一舉三得。」

「可妳……」陳煜的眼睛，落在余歲歲的小腹上，欲言又止。

「你放心，我會保護好自己，也會保護好他的。」余歲歲的語氣不容置疑。想了想，她又補上一句。「記得告訴我爹娘，別擔心我。」

平王這一招，拿捏的又何止陳煜一人？

余歲歲不禁望了望天邊的夕陽。

爸爸和媽媽，也該快回來了吧？

余歲歲在屋裡換了件寬大的衣裳，又準備了些換洗的衣物後，便踏上了進宮的馬車。

那小太監許是平王故意找來的，一問三不知，幾句話問下來，余歲歲也歇了打探消息的念頭了。

很快地，她便來到了賢妃的宮中。

自從和陳煜成親後，余歲歲見賢妃的次數屈指可數。她剛到門前，就看見賢妃的貼身宮女正站在殿門口翹首以盼，見到她的一瞬間，兩隻眼睛都亮了起來。

「皇子妃……」宮女迎上前，剛想說什麼，又四處看了看，收起了情緒，冷淡地說道：「娘娘還在休息，請跟奴婢來吧。」

余歲歲點點頭，跟著她走進殿內。

直到進了室內，周遭沒了旁人，宮女這才鬆了口氣，朝余歲歲道：「今早內侍來傳話的時候，娘娘就擔心極了，直說絕不能讓皇子妃進宮來。當時奴婢就說，殿下和皇子妃是最孝順了，果然您真的來了。」

余歲歲點了點頭。「是啊，殿下和我一直記掛著母妃呢，就是不知她身體如何？剛剛內侍到府裡傳話時，殿下都急壞了。」

宮女嘆了口氣。「說好，也不算好；說不好，倒也不至於。說白了，終歸是心病。」

余歲歲了然。對於賢妃這樣的宮妃來說，能依靠的不外乎三個人——皇上、皇后和兒子。可如今皇上生死未卜，皇后突然崩逝，陳煜更是明槍暗箭，她怎麼可能不憂心呢？

「母妃何時起身？我去看看她。」余歲歲問道。

宮女正要答話，便聽殿內傳來一個輕柔的聲音——

「是歲歲來了嗎？進來吧。」

余歲歲趕忙走向殿內。

只見床榻上，身著裡衣的賢妃正被一個宮女扶起來，靠坐在床頭，後背搭著件披肩。這麼久不見，賢妃清瘦了不少，臉色也略顯蒼白，卻不減那份秀麗。

「母妃，是我吵醒您了嗎？」余歲歲走上前，替她掩了掩被角。

賢妃搖搖頭。「我壓根兒就沒睡。現在睡，晚上就睡不著了，更難受。」說著，她拉起余歲歲的手，輕輕摩挲著。「我還以為，只要對煜兒和妳冷著些，就不會成為你們的拖累，沒想到，還是把妳連累了進來。」

「母妃怎麼能這麼說呢？」余歲歲知她心裡不舒服，連忙勸慰道：「不管怎麼說，您永遠是殿下的親生母親，打斷骨頭還連著筋呢！再說，您又怎麼會是拖累？其實，平王也算幫了我和殿下一個大忙了。我們本來就一直擔心母妃，如今這不是正好嗎？有我在這裡，殿下也就安心了。」

「可是——」賢妃還想說什麼，卻被余歲歲打斷。

「母妃，有一件事，我和殿下正想著要告訴您呢！」

賢妃一愣。「是什麼？」

余歲歲看了看殿內的宮女。

賢妃立刻明白，揮手將她們屏退，方才小聲道：「怎麼了？神神秘秘的。」

余歲歲微笑著，執起賢妃的手，隔著衣服，覆在自己的小腹之上，然後笑盈盈地看著她不語。

賢妃先是不解，隨即便是一愣，然後猛地瞪大雙眼，坐直身子，盯住她道：「妳、妳這是……」

余歲歲點了點頭。

賢妃又是震驚，又是狂喜，聲音發顫地道：「多久了？」

「四個多月了。」余歲歲道。

賢妃另一隻手撫著胸口，輕聲道：「阿彌陀佛，我說這些日子總能聽到喜鵲在叫，原是我要做祖母了！」

余歲歲哭笑不得。賢妃的年紀也就才不到四十，就要做奶奶了，古人這輩分，屬實有些嚇人。

「我就說嘛，剛才看妳進來，總覺得身形有些奇怪，沒想到這肚子都這麼大了。」賢妃道：「也幸虧妳體態纖瘦，只大肚子，不然還不好瞞過去呢！」

「是啊，我也沒想到。前三個月的時候，還不怎麼顯懷，我和殿下都以為是我吃胖了。沒想到這一個月，便長得如此之快。」余歲歲說道。

「那今後的吃食，可是要極為注意，千萬不能馬虎。」賢妃叮囑道。

此時的賢妃，早已沒了剛才的疲態，臉色潤紅，精氣神也回來了，滿心都想著要怎麼好好照顧余歲歲和她肚子裡的孩子。

余歲歲之所以說這個，也是為了能讓賢妃振作起來。

有了念想，身體才能恢復得更好。

「多謝母妃掛心。不過還好，他挺乖的，我的吃食基本上沒有太大的變化。」余歲歲道。

「那就好。」賢妃鬆了一口氣。「這一點，倒挺像我懷煜兒的時候，他在娘胎裡，就是個乖孩子。」

找到了共同的語言，兩人便聊起了懷孕的一些事情。

余歲歲所有關於懷孕的知識，都是在現代的課堂上學的，再加上之前郎中的叮囑，但到底沒有賢妃這個真正懷過孩子的人瞭解得細緻具體。

「其實，我並不是個好的母親。」賢妃突然感嘆一句。「懷煜兒的時候，我心裡對林家還懷著恨，恨他們把我送到宮裡，蹉跎一生。那時煜兒對我來說，更像是個任務，好像懷上他，我的使命就完成了。我有了煜兒後，就有了充分的理由不在陛下跟前侍奉，能躲多遠就躲多遠。煜兒一生下來，又有乳母和嬤嬤們看顧，我就更不想多操一份心。再後來，妳也知道了。」賢妃苦笑道。「我一心禮佛，說白了不過是在逃避，逃避這個我一輩子都沒能真正接受的深宮。就連皇后娘娘開始撫養煜兒，我身邊的人都提醒我不能讓皇后把煜兒的心給籠絡去，我也一點兒都不著急。

「我從來沒有準備好要這樣做一個母親。在我的設想裡，我應該要嫁一個門當戶對的夫君，與他舉案齊眉、相濡以沫，結髮為夫妻，恩愛兩不疑。然後順其自然地生下我們的孩子，全心全意地疼寵、呵護他們。其實，陛下是個極好的人，無論是待皇后，還是待我們這些妃嬪，都不曾有什麼厚此薄彼，因此宮裡也一向和諧。可越是如此，我就越覺得他並非我的良人。」

余歲歲頷首，理解賢妃的心理。

賢妃想要的，是個能和她熱烈相愛的男子，因為她也滿懷著一腔愛意，想要去付出。

而陛下，該是個在男女之事上極為理性的人。他明白自己的使命，更明白後宮的意義，因此他待誰都一樣，雨露均霑，責任平分。

當然，陛下並非冷漠無情，相反地，在這件事上還是有情有義的。他不用所謂的愛情來偽裝自己，也不用愛情去綁架嬪妃。這種模式，就非常有利於後宮的和諧。

不過，好在陳煜中和了皇帝與賢妃的性情；而自己雖不至於像賢妃熱烈，但也真心的去回應他。

世間的情愛，總是講求個雙向付出。皇帝與后妃，不過是另一種雙向付出罷了。

「從林家倒臺後，我才恍然明白過來一個道理。」賢妃繼續說著。「煜兒並沒有做錯什麼，若說錯，也是我的錯，不該讓他有我這麼一個母親。只可惜，一切都太晚了。」

「不晚的。」余歲歲勸道：「母妃還有很多時間能和殿下相處，到時還有這個孩子。母妃待殿下的心，殿下都會明白的。」

賢妃笑了笑，牽著她的手。「其實，我那幾年倒也沒有白白拜佛、唸經，我漸漸懂了一個道理，那就是，在這世間有太多求不得、放不下的事情。想要不那麼痛苦地活著，就得學會感激。我很感激皇后娘娘，無論她出於什麼目的，但她確實替我照看了煜兒這麼多年，並且給了他很多我給不了的。雖然她最後選擇了拋棄煜兒，但起碼在最初的那些年裡，她也曾對煜兒真心以待。同樣地，我也很感激陛下。當然，我如今最感謝的，是妳和妳的父親。你們帶給煜兒的，是獨一無二的東西，他能有今天，多虧了你們。」

「母妃……」余歲歲被她說得心下不禁動容，彷彿有一股暖流在身體裡到處遊走。

賢妃今日算是打開了心扉，一點兒都沒有停住的意思。「我有時候特別羨慕煜兒，他比我、比皇后和陛下都有福氣，能遇到妳這樣的好姑娘，轟轟烈烈地愛一場。」

余歲歲哭笑不得。她覺得，賢妃若是在現代，沒準兒是個文藝女青年，還是特有情調、特純粹的那種。

「對了，說起這個，妳還記得我給妳的那塊玉嗎？」賢妃突然提起來。

余歲歲點頭。「當然記得。我都還沒機會親自向母妃道謝呢，多虧了您的那塊奇玉，才讓我娘親化險為夷。」

賢妃隨意地一揮手。「這不算什麼，不過就是些小玩意兒罷了。那玉，還是我剛進宮時，林家給我帶進來的，就是為了讓我爭寵。但我壓根兒就懶得用，再說了，這種把戲對陛下也不好使。」

余歲歲掩嘴輕笑。

「這種可以透光的玉石，其實雖稀有，但也不至於太罕見。就像我當時聽說平王府上演了金色玄鳥之事時，第一個反應便覺得他在作假。」賢妃一臉不屑。

余歲歲卻來了興致。「可平王這一招，是在呼應多年前欽天監給先皇的批文，想要因此而造勢他自己天命所歸。」

「呵呵。」賢妃不禁笑了兩聲。「妳呀，這種事也相信？」

「啊？」余歲歲一愣，怎麼感覺臺詞被搶了？

「妳想想，欽天監是做什麼的？」賢妃反問一句。「觀天象、算時節、定曆法。他們是正經的術算之才，又不是裝神弄鬼、招搖撞騙的妖人。區區一個什麼『金色玄鳥』，也就能糊弄些不知真相的百姓罷了，妳看朝中這些大員，但凡有些見識的，有幾個會信他？」

余歲歲張了張嘴巴，突然覺得自己確實還是想得太少了。

仔細想來，除了那天在平王府乍見異象的人們一時感到震驚之外，之後確實沒什麼人搭理平王的這個事情，想必是慢慢想通了，反倒是民間傳得比較多。

「欽天監即便是為先皇呈送有關儲君的批文，那也該是天象、星象有變才算明確的指向。此等不入流的東西，壓根兒就不會記載下來，更不會呈送給皇帝。把這種東西給皇帝看，欽天監的烏紗帽也不用要了。」賢妃嘲諷道。「沒準兒當初隱王這事便是有假，如今又讓平王照著戲本子再演一遍。說到底，是他們只有假造一個金色玄鳥的手段，卻沒有真正改變天象的本事。」

余歲歲腦中突地茅塞頓開。「所以，也許當年此事只是隱王在民間炮製的傳言，只是因為時過境遷，平王將此事強行安在欽天監的頭上。由於他權勢正盛，欽天監不會特意出來撇清；而對於其他人來講，因為時間久遠，很多事情都記不清楚了，有些老人會覺得當年真的聽過此言，進而相信平王這句真假參半的話，那麼平王他們的目的也就達到了。

「那這麼說來，其一，隱王如果這麼做，就代表先皇從未有過立他為嗣的表示；其二，只要拿到欽天監的記錄，就能證明從來沒有什麼天命所歸，平王的謊言也就不攻自破了！」

余歲歲激動地一拍大腿。「虧我和殿下還在猶疑隱王舊事的真相，現在看來，這才是一場徹徹底底的顛倒黑白、李代桃僵！虧得那福王和孟老大人說得聲淚俱下、感人至深的，把大家都給唬了。也許殿下第一次查到的那些，才是事情最原始的真相！」

和賢妃談過話後，余歲歲頗有些茅塞頓開。

賢妃雖不懂什麼權謀，但有時就是當局者迷，旁觀者清。若不是賢妃的話，想來他們還會不由自主地被平王的謊言帶偏。

這下余歲歲更覺得，進宮來是個極對的選擇。

入宮的第一晚，余歲歲睡得極為安穩。

陳煜在宮裡是有安排一些人手的，余歲歲很快就找到機會，將她這裡的消息送了出去。

如今朝中所有人都知道，平王把七皇子妃弄進了宮裡當人質，想要牽制於他，足以證明，雙方顯然已經到了決戰的時候。

過了幾日，余歲歲收到了陳煜傳進來的消息，他想要確認皇帝的具體情況。

余歲歲向賢妃秘密提起此事，賢妃卻說，後宮之中，是誰也見不到皇帝的。

當初皇后還在時，便只有皇后和白統領能接近皇帝。如今皇后不在了，白統領將皇帝寢殿把守得如鐵桶一般。

八皇子的母妃淑妃娘娘被他們拉出來主理六宮的時候，也曾試圖去探望過皇帝，照樣無功而返。

余歲歲想了想，最終決定，自己去一趟。

是夜，天空烏雲密佈，周遭漆黑一片。

借助著皇宮路旁的宮燈，余歲歲躲過了值夜的宮人，按著賢妃指引的路線，慢慢接近了皇帝的寢殿。

所謂寢殿，並不是個單獨的宮室，大概類似一個半封閉的院子。周邊由白鴻飛手下的禁軍重重把守，內裡仍舊是侍奉皇帝的那些宮人，只是不能隨意出入而已。

余歲歲最大的阻礙，實則是這道周邊的宮牆。

隱藏在暗處的余歲歲，頗有些無奈地看了看殿門，這一趟是白來的了。

別說她如今大著肚子，就是沒懷孕，她也沒有那等飛簷走壁的本事。

這招行不通，唯一的辦法應該就是喬裝改扮混進去了。

只是這件事風險太大，一旦被抓住，主動權就攥在白鴻飛手裡，到時他們一百張嘴也說不清。萬一被扣上一個暗害皇帝的罪名，他們就會變得極為被動了。

這也是陳煜一直沒有如此安排的原因。

可余歲歲如今這麼一看，卻覺得除了這樣，根本沒有更好的辦法。

或許，可以試著找人混進去一探究竟？如今她就在宮中，更方便指揮和隨機應變。

想了想，余歲歲覺得要好好規劃一番，便借著夜色，繞著宮牆慢慢地觀察起來。

就在她走到宮殿後牆處的時候，突然看到牆根下好像有一團黑影正在蠕動，還發出極微弱的窸窣之聲。

余歲歲嚇了一跳，不禁停下腳步，瞇起眼睛小心查看著。

難不成是什麼野貓、野狗？可看這體積，還不算小呢！

正在此時，那團黑影便在她目不轉睛的注視之下，一點一點地變大、變高、變長……

等黑影終於露出真面目的時候，余歲歲猛地一愣！

這不就是個矮小的、只剛剛到她腰部的人嗎？

只見那人影朝她的方向走了幾步，直到走近了，余歲歲才看清楚，這人影不是別人，正是宮裡最小的八皇子！

就在她認出八皇子的瞬間，八皇子的眼睛也和她的目光正正好對上了。

他顯然也沒有料到這裡居然還能藏著個人，圓溜溜的大眼睛猛地睜大，肉嘟嘟的小臉立刻染上震驚，踉蹌地倒退兩步，撒腿就想跑。

然而，他的短胳膊短腿，在余歲歲跟前簡直就不值一提。

余歲歲隨意地一伸手，就揪住了他的衣領，往後一拽，另一隻手順勢就捂在了他的嘴上。

瞬間被體型壓制的八皇子剛想劇烈掙扎，就聽見一個輕柔但戲謔的女聲在頭頂響起——

「小鬼，大半夜的，在這裡偷偷摸摸幹什麼呢？」

因著這聲音，八皇子才大著膽子抬起頭來看了對方一眼，隨即從喉嚨裡嗚嗚地發出了一個詞。「皇嫂？」

余歲歲見他安定下來，便收回了捂著他嘴的手，朝他做了個「噓」的手勢。「小聲點，我們到別處說。」

直到拉著八皇子到了一個還算隱蔽安全的僻靜處，余歲歲這才放開他，找了個地方坐下，和他平視，笑道：「你怎麼認得我是你皇嫂的？」

八皇子抿抿嘴。「那天在殿上，我們見過。」

他說的，就是平王把福王和孟老大人叫進宮的那天。

「那你記性還挺好的，那麼多人，你居然還能記住我長什麼樣？」余歲歲道。

八皇子一臉認真地說：「皇嫂是長得最好看的那個，我一眼就記住了。」

「噗！」余歲歲被他逗笑了，抬起手，忍不住捏了一把他可愛的小臉，感受著孩童柔嫩的肌膚，覺得自己的心都要被可愛化了。也許是懷了孕的緣故，不知道為什麼，余歲歲面對八皇子時，心中越發慈愛，甚至頗有些母性大發。「小小年紀就這麼會說話啊！」余歲歲逗他道：「那你告訴我，你在這裡偷偷摸摸的幹什麼？」

八皇子眼睛一閃，人雖然小，可卻並不好糊弄，壓根兒不上當，反問道：「那皇嫂又在這裡做什麼？」
余歲歲一歪頭。「我來抓偷溜出來不睡覺的小孩子啊！」
八皇子愣住。「……」
「哎呀，好了，不逗你了。」余歲歲笑了笑。「你是不是來看父皇的？我也是。你七皇兄很擔心他，這才派我來看看。」
八皇子嘟嘟嘴。「皇嫂，我知道妳是被平王叔強行召進宮的，不用騙我，我什麼都知道！」
余歲歲撓撓頭，這小孩不好騙啊！
「哎呀，反正差不多啦！你七皇兄也確實擔心著父皇，整天心神不寧的。」她繼續說道：「好啦，現在我說實話了，你也說實話吧！你來幹什麼？」
八皇子到底只是個八歲的孩子，聽余歲歲提起這個，面上便顯露出了委屈。「我想見父皇了，我不想每天起那麼早去上朝，我想把父皇叫起來，讓他自己去。母妃每天都擔驚受怕的，我想讓父皇保護她！還有……自從父皇生病了不能上朝後，就再沒有人陪我玩了。以前陪我玩的宮人們如今見到我，除了跪還是跪，太沒意思了。」
余歲歲聽在心裡，不免嘆氣。
八皇子是皇帝最小的兒子，他出生的時候，正是皇帝的壯年之時，前有幾個很大的兄長，壓根兒不需要他爭什麼，皇帝和淑妃便一門心思地寵著他、縱著他，宮裡的那些宮人們也樂意陪著他玩。
可如今，一切都不一樣了。八皇子成了皇帝的皇子中，最接近那個位置的人，即便他只是個孩子。
誰敢和他玩？抑或許，平王他們也不允許這幫內侍終日和八皇子待在一起。
八皇子自出生以來，都沒遇到過什麼麻煩，事事順遂，如今委屈地想鬧脾氣，再正常不過了。
「沒關係，等過段時間，你就能見到父皇了。」余歲歲安慰道。
八皇子睜大眼睛，亮晶晶地看向她。「不用等呀，我已經見過父皇了。」
余歲歲一愣。「你說什麼？你見到父皇了？」
八皇子點點頭。「對呀，我就是從剛剛那個洞裡鑽進去的。這些天，我每天晚上都來陪父皇說話，不過他都不怎麼理我。」
余歲歲一回想，他說的那個洞，應該就是宮牆下方的透風口。
難怪了，那麼小的口子，恐怕也只有八皇子這樣的孩子才能鑽進去，所以禁軍壓根兒就忽視了這個地方。
一道電光霎時閃過余歲歲的心頭。
「那父皇呢？他情況怎麼樣？身體好不好？」
八皇子坐在她的身邊，落寞地托著腮。「父皇一直在睡覺，都不醒來。好幾次我看他都快醒了，卻又睡過去了。不過我覺得，他一定能聽到我說的話。」

余歲歲大喜過望。

別人進不去，可八皇子可以真真正正地接觸到皇帝啊！這可真是踏破鐵鞋無覓處，得來全不費工夫啊！

想了想，余歲歲計上心頭。「你也知道，我被平王叔抓進了宮裡，跟你一樣，都沒有人陪我玩了。不如這樣吧，八皇弟既然叫我一聲皇嫂，以後我陪你玩。我有好多新鮮的小玩意兒呢，保准你都沒見過！」

八皇子的身子下意識後仰，半信半疑地看著她。

余歲歲見他不信，隨手從身上掏出一根細繩，隨意打了個結便套在手上，翻起了花繩。

幾個花樣翻完後，八皇子的一雙小鹿眼早已寫滿了崇拜，好像只要余歲歲說句話，都能把他直接帶走一樣。

第三十九章

就這樣，從那一晚上開始，余歲歲便經常陪著八皇子出來玩，順便從他那裡，得知一些皇帝的最新情況。

起初，他們只會在晚上出來，避人耳目。漸漸地又大膽起來，白天也經常在一起接觸。余歲歲知道，平王的人一直在暗中盯著他們，所以他們在白天時從不主動去接近皇帝的寢殿，反而是在偌大的深宮之中到處跑著玩。

在旁人看來，這只不過是幼稚的孩童遊戲，可實際上，余歲歲便是趁著這些機會，走遍了宮裡幾乎每一個角落。

她沒有忘記自己進宮來的另一個使命——弄清隱王舊事！

這一段時間以來，余歲歲在宮裡已經遇到了很多神神叨叨的人，從他們的嘴裡也聽到了一些關於先皇、隱王的舊事，可惜都是些她已經知道的事情。

不過，倒也側面佐證了陳煜當初查到的那些消息。

這天，早已和余歲歲熟稔至極的八皇子，拉著她來到了一個廢棄的宮殿。

幾百年的王朝深宮，藏著很多這樣的地方，同樣也掩埋著無數的秘密。

「皇嫂，我告訴妳，妳不要告訴別人喔！」八皇子神神秘秘地道：「這裡有個很好的婆婆，小時候我每次來，她都給我講故事。她最喜歡吃桂花酥了，妳看。」八皇子掏出他藏在懷裡的紙包，一臉邀功似的表情。「皇嫂現在是我最好的朋友啦，我讓婆婆也給妳講故事！」

「好。」余歲歲摸摸他的頭，不由得感嘆他真是個善良的孩子。如果不是平王和明家的私心，他本不該被捲入這些事情來。

兩人走進宮裡，八皇子果然對這裡很熟悉，很快便在一個角落裡，找到了那個穿著舊衣衫、髮絲凌亂、神情茫然的婆婆。

「婆婆，我來看您啦！」八皇子上前，與那婆婆寒暄幾句。過了一會兒，他指著余歲歲道：「婆婆，您之前跟我講過的隱王的故事，也給我皇嫂講講嘛！」

余歲歲心裡一動。原來八皇子早就察覺到了她有意在打探隱王的消息，果然皇室裡沒有蠢蛋。

那婆婆混濁的雙眼緩緩移向余歲歲。「隱王？之前便有人來打聽過他。」

八皇子疑惑地看向余歲歲。

此時此刻，余歲歲並不想隱瞞他什麼，便坦蕩地開口道：「也許，是你七皇兄。」

八皇子倏地展顏一笑，臉上流露出被信任、被看重的喜色，自然地走回余歲歲身邊，親昵地貼向她。

余歲歲心一軟，摟過他的肩膀，看向婆婆。「我們想知道，婆婆是否記得，隱王有幾個孩子？」

那婆婆面露回憶之色，眼神逐漸放空，答非所問道：「當年，殿下就住在這裡呢！他那時也管奴婢的姑姑，叫婆婆。」

「什麼？」余歲歲一愣。「您是說，隱王當年就住在這個宮中？」

婆婆點了點頭。「奴婢聽姑姑說，這裡僻靜，離前殿又遠，不招人煩。」

余歲歲嘆了口氣。其實想來，隱王當年也不過是個孩子，因為當今陛下的出生，他便一朝從萬千寵愛跌落污泥，成了先皇的眼中釘、肉中刺。

「那時候，奴婢一直以為，殿下只能在這裡耗上一輩子了。」婆婆繼續道。「沒想到，那一年，北邊的敕蠻來了兩個公主，長得……比中原的姑娘還要好看，那眼睛又大又圓，一笑，還有兩個梨渦。奴婢只遠遠瞧過一眼，兩個人站在一起，一模一樣，就像春天裡御花園的桃花……」

余歲歲想起陳煜查到的那些。婆婆說的，應該就是那位來和親的部落公主了。

不過……怎麼會是兩個？聽著似乎還是孿生姊妹？

「後來，殿下上金殿前跪了一夜，第二天，陛下就把那個大些的嫁給了殿下。之後，殿下就搬出了這裡，再也沒有回來過……」婆婆越說，聲音越小。

余歲歲知道，她說的陛下，便是指先皇。只是這婆婆在深宮裡待得太久了，又很少與人交流，因此精神有些不清楚。

「看來，當年隱王其實是被軟禁在了這裡，之所以求娶敕蠻的公主，就是要找機會離開深宮，好出去做些什麼。」她猜測著。

僅從薛壬朗在西北的經營來看，隱王一脈在西北的勢力絕不是一朝一夕間建立起來的。沒準，隱王在求娶敕蠻公主的那一刻，就想好了如何出去、如何利用公主，在西北暗中部署，只等一切部署妥當，便要謀奪大位。

其實，對於隱王來說，他定然是認為皇帝之位本來就是他的，其他任何人得到，都是從他手裡搶去的。這種想法，也不能說是不對。說到底，只是造化弄人。

不過，連結那個「玄鳥東生」的傳言，想必當時隱王一定也做了無數準備，想要一舉成功的。

然而，當今陛下在那時，不光有先皇的看重，還有潘家兵權的支持，再加上衢國公府、秦貴妃的母族……

那時候，擺在陛下面前的是一條坦途，可對於隱王來說，面前卻是荊棘遍佈的歧路。

最後，成王敗寇，隱王身死，血脈逃遁，蟄伏二十餘載，直到今日，捲土重來。

「婆婆剛剛說，隱王妃還有一個孿生的妹妹是不是？」余歲歲問道。

婆婆搖搖頭。「後來再沒見過了。」

「那隱王的孩子呢？他到底有幾個嫡子？」余歲歲又問。

婆婆歪著腦袋想了好一會兒。「王妃體弱福薄，多年才得了一個孩子……對，就是一個，只有一個！」

「您確定嗎？」余歲歲再次追問。

薛壬朗和妙先生的面貌相似，便說是親生兄弟也不為過。如果王妃只生了一個，那他們兩個，誰才是真正的隱王之子？

婆婆遲疑了一會兒。「怎麼不確定？奴婢還見過小殿下呢！小殿下長得真像王妃娘娘啊，那眉眼、那梨渦……」說著，婆婆卻又搖了搖頭。「好像沒有梨渦……有時像有，有時又沒有……」

見真的問不出什麼來，余歲歲只得安撫好婆婆，然後帶著八皇子離開。

現在，有些事情大概能夠下定論了。

福王和孟老大人，只是平王找來撒下彌天大謊的，真正的隱王，正如陳煜查到的那樣，因先皇無嗣被過繼，又因陛下出生被拋棄，從未得過先皇的青眼，一門心思想奪位復仇。

至於薛壬朗和妙先生，兩人中應該只有一個才是隱王的兒子，至於另外一個，也許和那個消失了的孿生妹妹有關。

但兩人究竟各自有什麼身世？如何混淆了身分？又是如何一人在京城、一人在西北，便都不得而知了。

沒過幾天，余歲歲便將她所查到的消息，想辦法遞送給了陳煜。當然，也包括八皇子能夠通過透風口暗自進入皇帝寢殿的事情。

陳煜的信件隔段時間便會被送來一次，因為篇幅有限，一般只會言簡意賅地寫正事、要事，可余歲歲還是能從那簡短的字裡行間，感受到他隱晦的思念與情意。

只可惜，為了不留下痕跡，每一次的信件，她都只能閱後即焚。

余歲歲人在深宮，消息卻並不閉塞。

如今的朝堂之中，隨著陳煜的絕地反擊，本來已有分崩離析之勢的明家和平王，又「同床異夢」地抱團在一起。但雙方的目的本質到底是不同的，因此破綻頗多。

反而是陳煜這邊，從那般慘敗的境地重新勃發，竟反過來激發了他們的團結與行動力。再算上很多如馮閣老那般本來中立的人的倒戈加入，一時風頭正勁，勢如破竹。

越到這個時候，她越明白——狗急了，就該要跳牆了。

盧陽侯府的消息傳到宮裡時，余歲歲著實沒有想到。

來報信的是盧陽侯的人，繼夫人秦氏病逝了，按規矩，余歲歲必須回府奔喪。

「歲歲，妳這身子太重了，之前還能用衣服遮掩，眼下，怕是無論如何也掩不過去了。」賢妃擔憂道。她看著余歲歲高高隆起的肚子，想著當年自己懷孕到這個月分時，也沒有這麼大的肚子啊！

「母妃不必擔心，瞞不住便瞞不住，這種事，本來也就只能瞞一時。」余歲歲不怎麼在意。

「也是。」賢妃又憂心道：「這次難得能出宮去，煜兒一定會想辦法帶妳離開，妳不用管我，只管跟他走便是。我欠他的已經太多了，不能為了我，再讓妳和孩子陷入危境。」

余歲歲張了張口，本想說什麼，卻還是忍住，沒有說出口。

賢妃又怎麼會知道，這個時候，已經由不得他們選擇了。

一切都到了最後關頭，尤其是八皇子能夠接觸到皇帝這一點，讓余歲歲如何能就這樣毫無作為的出宮去？

第二日一早，余歲歲便坐上了侯府來接她的馬車。

賢妃的宮女將她扶上馬車，就被禁軍攔住，命令她馬上回去。

余歲歲朝她安撫一笑，自己轉身，撩起了車簾。

就在她俯身坐進馬車的下一秒，整個人便被緊緊地圈在一個溫暖厚實的懷抱之中。車簾順勢落下，只餘一點顫動。

「歲歲……」陳煜摟住她的上身，卻小心地避開她的肚子，姿勢怪異又扭曲，可卻怎麼都不肯放手。

余歲歲也由著他，放鬆自己靠在他的懷中。

此時此刻，她方才感覺心中的情思如噴薄奔騰的江河，翻湧呼號著，流向身前人心中獨屬於她的大海。

好一會兒，陳煜才緩緩放開她，撫著她的肩膀，雙眸仔細地端詳著她的臉。

「讓妳受苦了，都瘦……」他心疼不已。「呃……妳是不是……吃胖了？」

「噗哧！」余歲歲一下子就笑了出來。他們倆，果然都對浪漫和煽情過敏。

「確實胖了。」她笑著點點頭。「一個原因是，身子重了，多少有些浮腫；另一個是，母妃一心照顧我，讓宮裡加了不少的菜，我胃口太好，吃多了。」

陳煜愣愣地低頭，看著余歲歲的肚子，覺得這也大得太過分了。

「我、我問過郎中，懷著身子，太大了也不好，生產時會不好生的。」陳煜小心翼翼地摸上她的肚子。「妳是不是……之後少吃點呢？」

余歲歲點點頭。「嗯，都聽你的。」說著，將手覆在陳煜的手上，兩隻手相互交疊，馬車裡一時交織著甜膩的氣氛。

這段時間，余歲歲一直對肚子裡的這團肉沒有太大的一個認知，可直到此刻與陳煜共同分享，方才察覺到為人父母的喜悅。

原來，所謂孩子是父母愛的結晶，是這個意思。

「歲歲，他動了！他動了！」陳煜突然驚喜地低呼，不敢置信地看向余歲歲。

余歲歲也感受到了腹中的胎動，激動地點著頭。

沒過一會兒，侯府就要到了。

陳煜看了看窗外，眼裡流露出一絲愧疚和不捨。

余歲歲聽著外面越來越近的喧譁人聲，輕輕推了推陳煜的身子。「快走吧，再不走，就來不及了。」

陳煜骨節分明的手抓著車簾的一角，揪出一團褶皺，一雙眼黏在余歲歲的臉上，一言不發。

「我都明白的。」余歲歲眼眶一酸，小聲催促道：「走吧。不用覺得愧疚，這也是我決心要做的。別忘了，你後半輩子的時間，可都是我的了。」

陳煜咬了咬牙，沒有多說，一把掀開車簾跳到車外，迅速消失在人群之中。

「七皇子妃到！」

余歲歲緩緩走下馬車，侯府前無數的目光，瞬間被她隆起的肚子所吸引。

「七皇子妃有喜了？什麼時候的事？」周遭響起議論之聲。

「瞧這樣子，該是極大的月分了，怕是進宮前就有了。」

「這消息也瞞得太好了……」

「懷著身子怎麼還來這兒？這不是……」

「噓！就你多嘴！」

余歲歲剛進府沒多久，一身素衣的余清清就帶著幾個丫鬟、婆子疾步趕了過來。

「二姊姊！」余清清老遠就盯著余歲歲的肚子，一臉驚訝。「二姊姊有了身子，怎麼都沒有告訴我們？五妹妹剛才聽說了，特意要我來攔著妳，靈堂是不能去了，妳的心意她知道的。」說著，余清清順勢貼近余歲歲，勾住她的手臂，雙眼警惕地望向四周，壓低聲音道：「大姊姊來了，在等妳。」

余歲歲的眸光猛然一閃。

余歲歲跟著余清清，來到了絳紫苑。

這裡，還如她未出嫁時一樣，幾乎一切都沒有變過。

將余歲歲引到門前後，余清清輕輕微笑了一下，便轉身離開。

余歲歲緩緩推開門，踏了進去。

「二妹妹。」屋裡，身著素衫裙的余宛宛倏然回頭，臉上的笑意端莊而得體。

余歲歲沒來由的愣了一下，心下有些驚訝。

不為別的，而是因著余宛宛的周身氣質。

在余歲歲的印象裡，余宛宛總還是那個動不動就默默流淚的柔弱女子，即使在之前進平王府去陪她的那段時間，余宛宛都沒有這般明顯的變化。

而現在，余宛宛給她一種奇怪的感覺，就好像是……長大了？

「知道大姊姊要見我，我就來了。」余歲歲微笑啟口，沒有半分驚訝。

余宛宛走過來，扶她坐下，朝屋裡招了招手。「我特意帶來的女醫聖手，妳身子重，讓她好好給妳瞧瞧。」

余歲歲一挑眉，目光落向從內室走出來的兩個人。走在前面的，是個一臉慈祥的女人，頭髮花白，顯然上了年紀，應該就是余宛宛說的那女神醫。

跟在神醫後面的，是個高䠷的女子，低著頭，一副藥僮的打扮。

余歲歲的視線落在那女子身上，驀地便震了一下，心臟怦怦地跳了起來。

那女子越走越近，直到站在余歲歲的身前，才一點點地抬起頭來。

「娘……」余歲歲輕呼一聲，下一刻，身子前傾，緊緊摟住了面前人的腰身。

慕媛的眼淚唰地就滾落下來，手不斷地撫摸著懷裡慟哭著的余歲歲的後腦，就像小時候一模一樣。

饒是早已預想到了這番場景，余宛宛和女郎中仍不免為之動容，偏過頭去，悄悄拭去眼角的淚花。

不知過了多久，好似終於哭夠了，余歲歲才抬起頭，眨著紅得像小兔子似的眼睛，吸著鼻子問道：「娘，妳怎麼在這兒啊？爹爹呢？」

慕媛輕輕揉了揉她的臉蛋，微笑道：「妳爹好著呢，好得不得了。聽說妳有了孩子，特意讓我先來，給妳一個驚喜。」

余歲歲嘴一扁，又想哭了。

原來不管她如何的能獨當一面、如何的成家立業，到頭來在父母面前，她還是那個愛哭、愛撒嬌的小女孩。

「陳煜是大壞蛋，瞞我瞞得死死的！」她假意抱怨道。

慕媛長出一口氣。「打從知道妳的消息後，我這心就一直提著。也怪不得他，他心裡也不好受。說起來，他倒瞭解妳，雖說妳是個有主意的孩子，一切行為皆出自本心，但這個時候，只有我和妳爹才能給妳他給不了的驚喜。好了，先讓于娘子幫妳看看，妳這肚子，看得我心驚膽顫的。」

余歲歲乖巧地伸出手，讓一旁的于娘子號脈。

「其實還好啦，在宮裡，賢妃娘娘待我極好，還有八皇弟陪著我遊玩散心，我能吃能睡的，好得不得了。你們別聽陳煜瞎說，他總覺得我跟著他過苦日子呢！」余歲歲朝慕媛說道。

慕媛見她臉色紅潤，心情也很舒暢，便知她說的是實話，心裡也寬慰了不少。

她看向于娘子，面露關切地問：「于娘子可知，她這肚子怎麼這麼大呀？算月分，也還不至於呀！莫不是吃多了？可瞧著身上也沒有怎麼胖啊！這到時候，生產會不會疼得厲害？會不會生起來不太容易啊？」

看著慕媛一問便問個不停，余歲歲瞬間回到小時候，媽媽帶她看醫生時，恨不得打破砂鍋問到底的場景，眼底不由得染上笑意。

于娘子緩緩從余歲歲的手腕上收回手，看向慕媛。「夫人真是愛女心切。不過，就我為皇子妃切脈來看，夫人是多慮了。」

「真的？」慕媛大大鬆了口氣。「可這肚子怎麼……」

于娘子倏爾一笑。「還沒恭喜皇子妃，您懷的，可是雙胎啊！」

余歲歲猛地愣住，腦中霎時空白一片，好半天都沒反應過來。

雙胞胎？她？她低頭盯著自己的肚子——這麼神奇？她有這麼厲害嗎？

「之所以肚子大，只是因為雙胎的緣故。皇子妃食量增大，也是因為此故。但如今來看，這尚是正常的大小。」于娘子繼續說道。「適才我切脈時便發現，皇子妃脈象強勁，身體很康健。剛剛皇子妃進院時，我在窗前瞧著，您行走時並未受限太大，且四肢有力，應是極好的現象。雙胎生產，確實難度極高，但皇子妃是我這麼多年來見過身體最好的女子，想來應不會有大礙。平日裡不必刻意多食，亦可適當多走動些。待皇子妃生產之際，若還信得過我，我願從旁協助，力保您母子平安。」

慕媛毫不猶豫地接話道：「太好了！于娘子肯幫忙，那真是再好不過了！」

等慕媛去送于娘子，順便還要詢問些孕期的注意事項時，余歲歲這才看向余宛宛。

近來在宮中，一直沒怎麼聽說陳容謹和她的事情，竟不知他們如何了。

聽余歲歲問起，余宛宛只是隨意一笑。「世間之事，不可能事事由人作主。若是以往，我怕是早已以淚洗面，鬱鬱終日了。那日生產之際，我在混混沌沌中，好似魂魄離散，耳邊什麼都聽不見，卻只有二妹妹當年對我說過的話，二妹妹說，不要總盯著自己失去的，而應該多看看自己得到的。我的心境，二妹妹……一定能懂吧？」余宛宛意有所指，似話裡有話。

余歲歲的眼神微一閃爍，心中了然。「今時今日，這聲大姊姊，才算是我沒叫虧啊！」

余宛宛哭笑不得。「妳啊，自小這嘴就不饒人。」

「我這個嘴上功夫，比起三妹妹來，還是差點火候的。」余歲歲玩笑道。

「那倒也是。」余宛宛贊同道。「如今三妹妹去了學館，倒也算是『物盡其用』咯！」

余歲歲眼睛一眨。「那大姊姊呢？當年的京中才女，可不能在王府裡平白蹉跎了。」

「妳這是……要聘我為學館的先生嗎？」余宛宛笑著反問。

「是啊！」余歲歲道：「為人師表，教書育人，桃李滿天下，這可是造福子孫後代的大功德。大姊姊才學滿腹，薪酬一定優厚！」

余宛宛點點頭。「好啊，那我就先應下了。等此番諸事結束，二妹妹可不能賴帳啊！」

兩人相視一笑，心中都升起一些感慨。

如今，她們雖仍非那般親近的姊妹，可對坐談笑，已是司空尋常。

余宛宛從袖口拿出一支小巧的瓷瓶，放在桌上，聲音輕柔。「這個，是殿下讓我交給妳的。」她用手將瓶子往余歲歲那裡推了推，眼神看著她，卻沒有多言。

余歲歲拿起瓶子，清涼的瓷溫給她渾身都帶來一絲涼意，她目光落在瓷瓶口以紅布包著的木塞上，口中重複道：「殿下？」

余宛宛點頭。「是，殿下。」
余歲歲手一翻，將瓷瓶攏入袖中。「我知道了。」
余宛宛神情一鬆，整個人終於肉眼可見的放鬆下來。
正在這時，門外有人敲門。「世子妃，王府來人，時間差不多了，您該回了。」
余宛宛目光一頓，站起身來。「二妹妹，我們不日再見。」
余歲歲也站起身來，送了她兩步。「好，會再見的。」
目送著余宛宛離去的背影，余歲歲攥了攥袖中的瓷瓶，神色微沈。
平王怕是一直在盯著余宛宛，想來他也不會放鬆自己這邊的。
果然，沒等一會兒，便有人來請余歲歲了。
「皇子妃，宮中的馬車還在等著，天色已晚，宮門就要關了，您得啟程了。」
余歲歲點點頭，讓丫鬟給前院的余家姊妹帶了口信，自己便隨著馬車離開。

馬車咿咿呀呀地走著，走過了宮門，又換了軟轎。
軟轎搖搖晃晃地抬著，晃得余歲歲昏昏欲睡，才終於停了下來。
「皇子妃，請下轎吧。」
余歲歲倏地睜開眼，不知何時，轎外隨侍的宮人，竟然換了一個，聲音都不對了！
她撩開轎簾，探頭出去，眸色一動。「這裡……是東宮？」

「皇子妃請吧。」那人不答話，只躬身請她。

余歲歲走出軟轎，攏了攏外衫，嘴角勾起一個笑容。「也罷，來都來了，就看看是誰這麼處心積慮地想見我吧。」

自從太子被廢，東宮便少有人來，又是深夜，整個宮室更是毫無人煙。

被那宮人帶進一間屋子，直到走了進去，才發現竟是一間寢殿。

牆角點著幾盞燈，整個屋中都很昏暗，一側的窗戶開著，吹進來的風將窗幔輕輕捲起，又緩緩放下。

宮人「貼心」地拿了軟墊，墊在桌旁的凳子上，看著余歲歲坐下，這才告退。

余歲歲支起下巴，靜靜地等待著。

不知道過了多久，她的眼皮都開始昏沈了，依舊沒有任何動靜。

「如果今天不想聊的話，麻煩把我送回去，我睏了。」余歲歲朗聲說了一句，語氣淡定得不得了，彷彿是來串門子一般。

話音落，內殿傳來一陣輕巧的腳步聲，一個高大的身影繞過梁柱，緩緩走了出來。

余歲歲抬眼，目露了然。「明大公子，原來是你。」

明昀彥眸色深沈，定定地盯著她。「小師妹還是如此的大膽，我真好奇，妳難道都沒有害怕的時候嗎？」

「過獎了。」余歲歲笑道：「我膽子可小了，稍微受到驚嚇，就會做出過激的反應。不過我覺得，你還是不要體驗比較好。」

明昀彥一挑眉。「那現在呢？無人的深宮，妳我孤男寡女，共處一室，妳就不怕……」

余歲歲笑著低頭，摸了摸肚子。「怎麼是孤男寡女？這兒不是還有兩個嗎？」

明昀彥的目光順著她的動作，垂落在她的肚子上，眼神就是一厭。

「說吧，你費盡心思地見我，做什麼？」余歲歲偏開頭，懶得多看他一眼。

明昀彥一聳肩。「我們這麼久沒見，陪妳聊聊天呀！」

「好呀，請。」余歲歲好像很有興致。

明昀彥拉開一旁的凳子坐下。「小師妹知道，京城之中，現存多少兵力嗎？不算南衙的禁軍，北府十二衛在城內的部署將近五萬有餘，其中，左右衛、左右玄策衛、左右玄武衛都是野戰軍，軍隊大半駐紮於京外，聽調行事，無旨不得擅入；金吾衛拱衛城中治安，人數眾多，但戰鬥力弱。拋開我說的這些，剩下的幾個衛軍，人數和戰鬥力都較為平衡，最重要的是，他們近在咫尺。

「小師妹，妳說，如果他們同時出動，是不是能在半個時辰內控制整個京城，任何人都必須聽命於他們？就連禁軍都不敢擅動？」

余歲歲靜靜地聽著，漸漸明白了明昀彥的意思。

「你說得對，手握駐紮京城的衛軍，確實能在短時間內掌控京城的一切。所以，明大公子是要告訴我，衢國公府已經掌控了這幾個衛軍嗎？」

明昀彥點點頭。「真聰明，一點就透。」

余歲歲繼續道：「掌控衛軍，是為了對付平王和白鴻飛的禁軍，以最快速度拿下京城，推八皇子上位，明氏挾天子以令諸侯。待京城成了孤城，便是各州府的軍隊回京勤王，生米也早已煮成熟飯了。那時，天下就是你們明家說了算。」

「猜得很準確。」明昀彥道。

「那你為什麼要告訴我呢？」余歲歲又問道。

「當然是給妳一個機會啊！」明昀彥說。「只要妳答應幫我勸說陳煜歸順，我可以保你們不死。」

「為什麼？陳煜是你們的心腹大患，讓他活著，你們會安心嗎？」

「心腹大患？不見得吧！」明昀彥不以為然。「我不過是看在幼年的交情上放他一馬。更何況，我又如何忍心看妳淪落到孤兒寡母的境地呢？」

「是嗎？」余歲歲懷疑的目光看向明昀彥。「可我怎麼覺得，你壓根兒不是為了陳煜，而是為了我爹吧？其實，在你們眼裡，從沒有真正看得起過陳煜。你們認定他有今天，都是因為明氏的支持，與他自己毫無干係。」

明昀彥眼神幾不可察地凝滯片刻。

「我爹在左右衛、玄策、玄武、金吾衛中的威望極高，你們即使暫時控制了京城，只要他振臂一呼，你們照樣守不住成果。你找我，甚至將你們的計劃和盤托出，實際不過是半利誘、半威脅。」余歲歲毫不留情地戳破了他的謊言。「利誘，自然是封官加爵、列土封疆；威脅，便是拿我來要脅我爹和陳煜。我人雖然是平王逼進宮裡來的，卻同時成為了平王和你們兩方共同的人質。但是就算我們向你妥協了，總有一天你們還是會除掉我們的。明大公子，如果是你，你會答應嗎？」余歲歲將問題拋回給明昀彥。

「識時務者為俊傑。妳一個人的身上綁著三條命，難道余璟有別的選擇嗎？」明昀彥語帶威脅。「其實我一直覺得很奇怪，陳煜怎會如此懦弱，將妳送進宮來？我早告訴過妳，他不是妳的良配，可惜，妳非要一意孤行。」

余歲歲盯著他。「因為如果我不來，平王就會逼陳煜出手反抗，明家順勢而上，用衛軍控制京城，理由都是現成的，順便將平王一黨也一網打盡，這不就是你們想要的嗎？」

明昀彥沈默了，這確實是他們的打算。可這個計劃妙就妙在，陳煜無論怎麼選，都不會贏。就像現在，余歲歲成了他們的人質一樣。

「明大公子，我能問你個問題嗎？」余歲歲突然開口。

「什麼？」

「明大公子知道明琦去哪裡了嗎？」

明昀彥面容一僵。「她離家時，便說過與明氏再無瓜葛。此等背叛家族的人，我何必去尋她？」

「那明玥姑娘呢？」余歲歲接著追問。「她那般匆忙地嫁到江南去，過得還好嗎？」

明昀彥動了動下巴。「自然是好的。妳問這個幹什麼？」

余歲歲不為所動，繼續又問：「聽說自從明琦離家、明玥遠嫁後，明夫人就病了，臥床不起。明大公子上一次去看明夫人，是什麼時候呀？」

這一回，明昀彥的神情顯而易見地出現了龜裂，放在桌上的手都不禁微握成拳。

「母親好得很，府中侍女眾多，不勞妳費心。」

「最後一個問題。」余歲歲淡淡一笑。「明公子午夜夢迴的時候，可曾想起過您的親姑母，已故的皇后娘娘嗎？」

「唰」地一下，明昀彥從凳子上站起身來，表情駭人。「妳到底想問什麼？妳又知道些什麼？」

余歲歲以眼神安撫，示意他別那麼激動。「沒別的意思，就是想告訴明大公子，現在知道，我為什麼對你沒有半點好感了嗎？」

明昀彥雙眼一瞇，不知緣由。

「在你明氏一族男子的眼中，女人都是棋子和籌碼。你的大妹妹，因為不願意遵從家族的聯姻，被你們徹底拋棄；你的二妹妹，被你們利用去勾引陳煜不成，為全名譽隨意許嫁，不再問其死活；你的母親，被你的祖父、父親，包括你自己，共同推出去當了逼走愛女的劊子手，憂女心切之下，終日自責，鬱鬱寡歡，卻無一人為她心疼；你的兩個姑母，皆為明氏籌謀半生，卻絲毫未得你明氏庇蔭，稍有不慎，便是丟命的下場，比之被棄的貓狗還不如。

「你們用婚姻、用綱常倫理，壓制著每一個明氏族裡的女子為你們衝鋒陷陣。而在你們眼中，不管是用女子對付別人，還是對付旁的女子，都只會謀劃些上不得檯面的、下三路的計策。」余歲歲挑眉，看向他。「明公子，我也可以坦白地告訴你，如果沒有退路，我不可能在這裡，更不會聽到你說這些。事到如今，咱們就各憑本事，看看到底是你們棋高一著，還是我們笑到最後。」

明昫彥的眼神微閃，似乎在辨別余歲歲這話是真的，還是只是在使詐。

突然，他身子一個疾衝，閃至余歲歲面前，迅雷不及掩耳地扼住她的咽喉。「可妳的生死，此刻就在我的掌中！只要我一用力，妳立刻一屍三命！任妳有退路也好，無退路也罷，妳若死了，什麼都是白搭！妳覺得，妳今夜若是死在這裡，余璟會不會原諒陳煜？會不會還毫無芥蒂地相助於他？」明昫彥反問。「以妳為質，不過是權衡利弊下的選擇之一。可若沒有妳，我們與平王一樣能跟余璟拚出個生死輸贏，大不了就是多付出些代價。」

明昫彥話音剛落，卻見余歲歲揚起一個燦爛的笑容。他正不知所謂時，卻聽見「噗」的一聲，左胸下肋骨處突地傳來鑽心的疼痛，讓他的手瞬間沒了半分力氣。

他震驚地低頭，看著胸口那把精美的匕首，握在余歲歲纖細的手掌之中。

下一秒，余歲歲隨意地一個頂膝，重重擊中明昫彥的雙腿之間，而後手一推，將他推倒在地。

「你真應該學乖一點。」余歲歲居高臨下地睥睨著他。「明公子，我向來只會給無能的人第二次機會。」

明昀彥咬緊牙關，捂著胸下的傷口。

再往上一寸，就是他的心臟。剛剛那麼近的距離，余歲歲如果想讓他死，又怎麼可能失手？

「咚」的一聲，殿門被從外撞開，一個身影閃了進來，奔向地上的明昀彥。

明昀彥瞪大眼睛看向來人，不由得喜上眉梢。「世子？快殺了她！」

余歲歲的目光幽幽落向前方，原來是陳容謹。

陳容謹只隨意地掃過她一眼，便朝明昀彥道：「余璟不見了！我們的眼線跟丟了他，不可能改變計劃了。」

明昀彥一驚，傷口又是一陣劇痛。

「不要忘了我們的約定，我沒有時間陪你們冒險。」陳容謹架起明昀彥，就要把他帶走。

明昀彥只能沈默。

世人還不知道，陳容謹屈服於平王只是表象，實際上他已暗中與衢國公府達成了共識——他助明氏扳倒平王，明氏許他攝政王之位，並為他枉死的母妃報仇。

明昀彥知道，陳容謹現在說的是對的。余璟本來一直在他們的監控之下，即使他在西北搞出那麼多事，他們都睜一隻眼、閉一隻眼，只是為了借他的手收拾平王。

可如今他突然不見了，事情就嚴重了。越是這個時候，反而越不能殺余歲歲了。

思及此，明昀彥放棄了堅持，任由陳容謹將自己扶了出去。

臨到門口，陳容謹回頭，朝余歲歲語帶警告道：「七皇子妃，福禍相倚，妳可要好自為之。」

余歲歲沒有說話，目送著兩個人遠去。

三天後，一直在寢殿昏迷中的皇帝，病情突然惡化。

殿中侍奉的內侍驚恐地找到白鴻飛，已被平王控制的太醫署幾大太醫匆匆進宮，輪番診治，卻都束手無策。

或許是太醫署的動靜太大，朝中有心人早便盯緊了他們的動向，如此一來，皇帝病危的消息，瞬間如插了翅膀一般，飛向京城各處。

這夜子時，禁軍統領白鴻飛匆匆來到一處偏殿，推開門，裡面的男子緩緩轉過身來。

「平王，長公主與七皇子率領幾個大臣聚集在宮門之前，要求見陛下。長公主還帶著尚方寶劍，說若不開宮門，便以謀逆之罪，誅殺任何擋路之人。」

平王臉上浮出一絲戾氣。「那就讓他們進來！上趕著讓我們甕中捉鱉，我們豈有不滿足他們的道理？」

「可……」白鴻飛有些遲疑。「若真讓他們見到皇帝，事情可就不好辦了。」

「怕什麼？整個皇城都在我手中，他們的小命都捏在我的手上。」平王嘲諷不已。「太醫署已經下了診斷，皇帝身上毒藥的痕跡已經消了，陽氣散盡後，安靜地死去便是他唯一的下場。就算陳煜有通天的本事，也找不出證據，我們何懼之有？這個機會，不正是我們期待已久的嗎？這毒藥的妙處，就在於能不留痕跡地送皇帝上西天！

「本來如果一切順利，皇帝死時，便是隱王平反、我天命所歸的時刻。雖然被陳煜壞了好事，但我們還有餘地。妙先生說過，將陳煜放進來，事情了結之後，便足以定他謀逆大罪。你想想，皇兄病危之事我們為了社稷安危瞞得這麼好，陳煜若不是凶手，怎麼會消息如此靈通？」平王將妙先生的計謀說給白鴻飛聽。「更何況，他與西域也有聯繫，通敵的嫌疑更就不好辯駁了。這可是把雙面刃，當初他用這一招擺了我一道，今日我便要他知道什麼叫反噬！」

「可還有余璟……」白鴻飛依舊猶豫著。

「他又如何？他就是插了翅膀，也只能望塵莫及。更何況，妙先生可是把他的七寸握得死死的。」

白鴻飛想了想，也覺得有道理。他可以不相信平王，但他必然相信妙先生。

於是，他轉身離去，前去宮門，將一眾人放了進來。

就在滿朝文武聚集在金殿之前的時候，沒有人注意到，宮門已被緊緊關閉，無數禁軍嚴陣以待，守衛森嚴。

平王帶著淑妃和八皇子，站在高臺上開始表演。

「陳煜，深更半夜，擅闖宮門，你這是意欲造反嗎？」一開口，就是一頂大帽子。「皇姊，皇兄病重一事本就由他而起，妳不能被這不孝之子矇騙啊！」平王指著陳煜說道。

長公主嘲諷一笑。「平王，你見過有人帶著滿朝文武來造反嗎？」

平王一噎。

白鴻飛來報時，說陳煜帶著幾個大臣和長公主叫開宮門，卻沒想到他居然帶來了全朝百官，連自己這一黨的人都來了！平王狠狠地瞪了白鴻飛一眼。

白鴻飛也是有苦說不出。他哪裡知道不過傳個話的功夫，竟聚集了這麼多人？

臺下的平王一黨，也覺得情況有些糟糕了。

他們明明收到消息，說平王已經動手，要他們按計劃進宮，擁立平王繼位。可等到了宮門前，才發覺不對勁，再想走，卻是來不及了。

平王放眼一掃，不光是他和陳煜的人，就連衢國公府明氏一派的人也都大致到齊了，這倒是讓他放下了一些心。

一方面，他和明氏還沒有撕破臉，明氏一心擁立八皇子，起碼這齣戲還是要繼續演下去的；另一方面，明氏在，他正好可以把他們和陳煜一網打盡，一舉兩得。

雖然妙先生的謀劃出了點差錯，但不慌，事態還在把控之中。

「陳煜，你以為你誆騙了文武百官到此，就能逼宮，達到你不可告人的目的了嗎？你不過一個區區皇子，竟然敢糾合朝中臣屬，是以為皇兄病重，便毫無顧忌了嗎？」平王立刻轉換了話術。

只聽陳煜不緊不慢地道：「平王叔，自從我進宮以來，還未來得及說上半個字呢，您這般急於給我定罪，是否太明顯了？」

「任憑你牙尖嘴利，也無法狡辯你夜闖宮門之罪！」平王毫不猶豫地反駁。

「我何時夜闖宮門了？」陳煜微笑反問。「我與馮閣老幾人有要事請見平王叔，特意站在門前等待通稟，何來闖宮之說？」

臺下的平王一黨，此時都愣了，不敢多說什麼。

平王一氣。「眾目睽睽之下，好一個顛倒黑白！你在宮門前如何叫囂，真當你權勢滔天，無人敢直言嗎？」

「呵！」回應的人，是長公主。「平王，你是不是急糊塗了？在宮門前吵著要見皇兄的人，是本宮！怎麼？本宮乃陛下胞妹，帶先皇所賜尚方寶劍入宮覲見，竟被宵小阻攔，尚方寶劍既同皇權，攔路者蔑視皇權，難道不該殺？」

平王皺了皺眉，不得已改了口。「既然闖宮之事只是一場誤會，那便擱置不提。陳煜，本王還要問你，皇兄因你而命懸一線，本王念在血脈相連，對你網開一面，你卻屢教不改。如今皇兄病危之事傳遍京城，你卻偏偏在這個時候謊稱有要事進宮，心懷叵測，該當何罪？」

陳煜好像早就知道他要說這個，從容不迫地開口。「平王叔，你又誤會了。難道平王叔忘了，之前在金殿上，我們答應過要將隱王舊案、馮閣老結黨案和先平王妃案徹查清楚，給朝廷和百姓一個交代。馮大人之案早先便已查清，先王妃一案世子也不再細究，而隱王舊案的真相如今已水落石出，我這才前來與王叔商議，只是沒想到，趕巧了而已。」

平王驀地一僵，渾身不由自主地緊張起來。查清了？陳煜都知道了些什麼？

「哼，真相？恐怕只是你陳煜編造出來的真相吧？」平王一時心慌意亂。

「是真是假，自有公斷。」陳煜微微一笑，隨即轉向旁邊的明大學士。「明大人，你想不想聽聽這個故事呢？」

突然被點名的明大學士心裡一頓，眼珠一轉，便知這是個扳倒平王的好時機。他前些日子已經得到了線報，陳煜的人幾次三番前去欽天監，加上余璟在西北活動，應該也掌握了一些物證。

可如今余璟不見了，也是一個很大的隱患。若扳倒了平王，陳煜可沒有平王這麼好對付……

幾番猶豫，明大學士似想到什麼，終於下定了決心。

「七皇子既然有興致，那不如就講出來，讓大家聽聽吧！」

一句話，昭示著明氏徹底站到了平王的對立面。

陳煜一揮手，身後的一個官員便捧上來一疊冊子。

「此乃欽天監、宗正府、弘文館、門下省、大理寺、北府、兵部等多個官署的塵封舊檔。其一，舊檔中無欽天監昭示儲君之位的批文。先皇在位期間，天象、星宿、觀測皆有連續記載，批文不可察，應為偽造！其二，所謂先皇傳位隱王之遺詔，宗正府存檔不可察，弘文館副本不可察，門下省審核記錄不可察，應為偽造！其三……」

一時之間，人群之中，議論紛紛——

「欽天監一向記載詳盡，我早就說過，所謂玄鳥之事，絕對有異。」

「可竟然誰都沒想著去查一查舊檔，便聽之任之了，實在離譜。」

「除了七皇子，誰又敢出頭去查這個呢？」

「那遺詔之事，恐怕真是假的了。先皇雖驟然駕崩，可當初福王說過，立遺詔在前，並非緊急為之。既然如此，便不可能不按律例抄寫副本存入弘文館，更不可能不送至宗正府與門下省核查。三處皆無檔案，顯然不合常理。」

「是啊，即便緊急立儲，按理也該召集中書令、宗親與重臣，怎麼可能讓一個孟老大人拿到遺詔？都有時間召見他，為何不一起召見其他大臣？」

「可上次宗正府還說遺詔是真……」

「哼，這裡面的內情，你還想不通嗎？」

陳煜靜靜地望著臉色鐵青的平王。人心如此，順勢而為。

平王得勢時，再多的疑問都會嚥進肚子裡，那份沈默給了平王自以為成功瞞天過海的自信。

等自己拿出證據後，該來的總是會來，足夠平王體會一次，什麼叫「眾叛親離」，什麼叫「因果反噬」。

「夠了！」平王暴喝一聲。「陳煜，這一切也不過都是你的一面之詞，不過是你攻訐本王的藉口罷了！」

「平王叔，你也許是真的誤會了。」陳煜仍是一副雲淡風輕的樣子。「當年之事如何，平王叔你也並不瞭解真相。我與眾位大人之所以詳查，正是想讓平王叔和朝中各位大人能得知始末原由。此事本就與平王叔無關，又何來攻訐平王叔一說？」陳煜頓了頓，又補充道：「其實，當日連我都不由自主地相信了那些話。人非聖賢，豈能事事洞察？我別無他意，平王叔又何必總敵視於我呢？」

聽到這番話，在場眾人心中都如明鏡一般。

陳煜句句在理，隱王之事本就與平王無關，平王之所以如此著急，說白了是想借著隱王的事奪權罷了。正因為這份私心，他才這般懼怕陳煜查到真相。

明大學士見此，立刻出聲道：「七殿下所言不錯，當日滿朝文武皆被矇騙，如今真相大白，也算是天理昭彰，平王大可不必再揪住此事不放。七殿下，既然你進宮只是為了稟告此事，那現在，殿下還有別的事需要處理嗎？」明大學士給陳煜下了個言語上的圈套。

不等陳煜回答，長公主搶先一步道：「先慢著！剛剛平王既然承認陛下病危，那麼看來京城中的消息屬實。皇帝安危乃關係社稷天下的大事，可一直以來皇宮皆由禁軍統領白鴻飛控制，朝中所有人都不能覲見皇兄，此事不但有違律例，更存在蹊蹺。今日，本宮必須見到皇兄本人，否則，白鴻飛便是犯了挾持陛下、意圖謀反之罪！」

長公主話說完，其他大臣也紛紛贊同。

眼見形勢急轉直下，平王內心不由得焦躁起來。

隱王之事的盤算算是徹底黃了，明氏也突然倒戈，這時候讓他們見皇帝，誰知道會發生什麼他把控不了的情況？

「皇姊此言差矣。」平王勉強冷靜了一下。「白鴻飛統領禁軍，拱衛皇城，護衛皇兄安全本就是職責所在，何來謀反之意？」

「這可說不準！」長公主道：「白鴻飛之弟在西北勾結敕蠻，險些釀成我軍慘敗，更直接導致了前玄武衛大將軍程執被殺。當初消息從邊關傳至京城時，皇兄在朝堂上說過要徹查此事，不能冤枉白統領，也不會放過任何一個奸賊，這件事在場很多人都是知道的。」

旁邊不少人當然連連點頭，當時大軍還未班師回朝，皇帝親口說出此言，說得上是對白鴻飛天恩浩蕩了。

「可之後，京城突發瘟疫，後大理寺卿裴涇又遭貶謫，此事便不了了之。之前皇兄突然病重，白鴻飛明為拱衛皇城，實則行包圍封閉之實，說不是巧合，誰會相信？」長公主又道。

平王愣了愣，剛才不是說要見皇帝嗎？怎麼突然又說起此事來了？

正思索間，一個官員從人群中走了出來，是大理寺少卿。

裴涇被貶後，新任的大理寺卿是明家的人，可事出緊急，當時情況又複雜，一眾班底就沒來得及更換。

此時，新任的大理寺卿並未到來，反而是裴涇的舊臣站了出來，別說平王，就連明大學士的臉色都有些不太好看了。

「既然長公主提到此事，臣便乘機將此事稟告八殿下、平王、馮閣老與明大人知悉。」大理寺少卿一上來，就點名了朝事明面上的四個主事人，更讓人抓不到錯處。「徹查白鴻漸通敵之案雖因各種原因一拖再拖，但好在最近有了最新的進展。臣與大理寺一眾同僚，從白鴻漸多年來與敕蠻暗中的通信中，查到了白統領的名字。而從西北州府調回來的、查抄的敕蠻暗探與我朝奸細的數千通信中，也找到了有關白統領的蛛絲馬跡。」

「經查，禁軍統領白鴻飛幾次利用職權，將朝廷秘密情報透露給白鴻漸，由他向敕蠻傳遞。當日西域十國聯軍連下我西北三縣十鎮，便是這兄弟二人勾結盜得我軍佈防情況，這才致使山河失陷，黎民遭難！」大理寺少卿手裡拿著一遝信箋。「證據皆在此處，件件可查，白鴻飛才是朝中最大的叛徒！」

馮閣老和平王一人拿起一疊證據查看，雖然平王很想把這信紙撕成碎片，但理智告訴他，他不能這麼做。

現在平王多少也反應過來了，長公主要見皇帝這件事，根本就是說說而已。真正的目的不在於見不見皇帝，在於一個個砍掉他賴以依仗的一切。明白這一點後，平王心裡一沈。

事已至此，他原先預想的名正言順已經不可能實現了。既然這樣，不如鋌而走險！自古成王敗寇，等他事成，誰敢說他什麼？

平王朝一旁的白鴻飛暗暗使了一個眼色。

白鴻飛一愣，遲疑了良久後，終於點了點頭。只見他突然一個暴起，一腳將平王踹得朝旁趔趄幾步，而後順勢轉身，一刀砍向了淑妃！

第四十章

淑妃發出恐懼的尖叫，卻在一瞬間下意識地撲向八皇子，將他護在自己的懷中，緊閉著眼等待著刀鋒的落下。

卻沒想到，白鴻飛只是虛晃一招，根本沒打算殺死淑妃，反而狠狠地將八皇子從淑妃懷裡拽了出來，一腳將淑妃踹倒在地，不顧八皇子劇烈的掙扎，把刀架在了他的脖子上。

「都別過來！」白鴻飛高聲大喊。「想我白氏一族，對大雲忠心耿耿，卻被迫捲入爭權奪利之中，匹夫無罪，懷璧其罪！當年設計我胞弟奪取玄策衛，如今又設計我掌控禁軍，我白鴻飛豈容你們污我白氏清名！」

所有人都震驚了，沒想到白鴻飛居然會突然做出這種事，一時都驚懼地看著他。

「今日若不還我白氏一個清白，就不要怪我坐實這造反的罪名！拉一個皇子墊背，我也值了！」話音落，早已埋伏在四周的禁軍突然現身，刀劍弓弩，齊刷刷地指向殿前的人群。

在場的大部分人都是文臣，哪裡見過這陣仗，嚇得不由得擠在一處，生怕丟了小命。

明大學士一眼就看穿了平王的算盤。白鴻飛一直都是平王的人，突然如此，能騙得過大多數不明真相的朝臣，又豈會騙過自己？

白鴻飛一邊挾持著八皇子，嘴裡卻口口聲聲地在聲討陳煜和余璟，這是又要對付陳煜，又要威脅他們明家，他怎麼可能讓他如願？

「白統領，且聽我一言！」明大學士突然出聲。「令弟與你之事，皆起源於邊關之戰，你心懷冤屈，大可請七殿下和余璟為你解釋，何苦為難八皇子一個什麼都不知道的孩子？」

這番話，把禍水引向陳煜，還要激發眾人對八皇子的同情，反過來降低白鴻飛的「正義性」。

馮閣老反應更快。「明大學士此話可不能亂說！大理寺的證據最早可追溯至十多年前的信件，那時七殿下也還是個孩子——」馮閣老的話沒說完，卻緊跟著被陳煜打斷。

「白鴻飛，你心裡其實很清楚，此事是真是假？你同樣清楚，你和白鴻漸雖然均有通敵，但罪行並不十分嚴重，按律例只需問罪本人，絕不會牽連家族。可只要你今日傷了八皇弟分毫，便是謀逆造反的天誅之罪！誅滅九族不說，你白家將永不能再立宗祠，祖墳更不得立碑！你覺得值得嗎？你若覺得是大理寺冤枉了你，那不如這樣，你放了八皇弟，我做你的人質，然後將證據再重新查一遍，請朝中百官做見證。若冤枉你一樁一件，要殺要剮，我任你處置！」說著，陳煜朝前走了兩步，試圖逼近白鴻飛。

「你別過來！」白鴻飛拉著八皇子連連後退，可態度卻沒有剛才那般凶神惡煞了。

平王立時就覺得不好！

他這一招，是為了明面上與白鴻飛撇清關係，等控制住了陳煜和明家，再想辦法把「平定造反」的功勞記在自己頭上，用一個白鴻飛，換自己奪權。

等成功之後，過些年找個由頭給白鴻飛平反，輕而易舉。甚至白鴻飛死了，他乾脆連平反都不需要了，反正人都死了，又能奈他何？

可陳煜這一番話，卻正戳中了白鴻飛的弱點。

白鴻飛忠心的是妙先生，之所以聽命於平王也不過是為了妙先生而已。白鴻飛可以為了妙先生而自己赴死，但卻不能為了平王臨時改變計劃而搭上整個白氏一族！

眼見白鴻飛有了猶豫，平王趕忙朝他使眼色。

現在只有他們勝，一切才有轉圜的餘地！

白鴻飛接收到平王的暗示，心裡幾番猶豫，還是選擇了聽命。

因為他是不會真的傷到八皇子的，這只是一齣戲罷了，所以白氏一族當然不會有事，陳煜是威脅不到他的。

只要有妙先生在，只要平王贏了，今夜的一切都會改寫。

想著，他冷笑一聲。「七殿下別著急，如果你覺得八皇子這個籌碼不足以讓你承認故意栽贓我的話，我還有另外一個籌碼，不妨也讓你見一見。我倒要看看，你還能嘴硬到何時？來人，帶上來！」

眾人順著白鴻飛的目光，看向一旁。

只見從黑暗裡走出一隊禁軍士兵，當中押著一個人，那人身形瘦高，腹部卻異常凸起。

眾人定睛一瞧，正是被扣押在宮中的七皇子妃。

所有人的目光，一時全都落在陳煜身上。

兄弟、髮妻還有孩子……他會作什麼選擇？

余歲歲一步步地走向白鴻飛所站的位置，看著殿前黑壓壓的人頭，心裡想的卻是——還沒見過這麼大的場面呢！

黑夜之中，宮燈的照明範圍有限，她看不真切陳煜的臉色，卻知道在自己看著他時，他一定也在看著自己。

越來越近了，直到她清楚地看到白鴻飛的臉，還有他懷裡的八皇子。

余歲歲朝八皇子笑了笑，向他眨了眨眼。

八皇子見到她的一瞬間，眼裡溢出擔憂，卻在看見這個表情後，難得的被安撫下來。

白鴻飛看著脖子上架著刀的余歲歲，心裡本有些稍安，卻在看到拿刀的士兵時，面色陡然一驚！

陳容謹？怎麼會是陳容謹？白鴻飛立刻轉頭，質問地盯住平王。

平王距離最近，也將陳容謹瞧了個確切。

雖然陳容謹朝他低了頭，可平王一直沒真正相信過陳容謹，挾持余歲歲這件事他更不會交給陳容謹去辦！可如今當著大庭廣眾，又讓他如何和白鴻飛解釋清楚？

余歲歲將兩人的神色盡收眼底。

半個時辰之前，一隊禁軍闖入賢妃宮中，看住了賢妃和宮女，隨後將自己帶走。那時余歲歲就知道，平王要動手奪權了，是要把她當作人質拿來威脅陳煜的。

誰知走到半路，陳容謹不知從哪裡突然冒出來，殺了押送自己的禁軍，轉由他親自挾持。

余歲歲又知道了，看來明氏也做好了準備，要在今天晚上動手的。

可這些話，她並不會說給白鴻飛聽。

於是，在白鴻飛眼裡，陳容謹的出現，代表了平王對他的不信任。那本來不再猶豫的內心，不免再一次動搖起來。

明大學士也認出了陳容謹，心裡跟著鬆了一口氣。

剛才大理寺少卿呈上證據時，他就想到了消失在他們監視中的余璟。如果不是余璟，西北的證據不可能到達大理寺手中，也就是說，余璟就在京城！

平王如今已經不足為懼，余歲歲又在己方手中，現在就等著借平王利用余歲歲把余璟逼出來後，他們再動手，漁翁得利。

「七殿下，七皇子妃的肚子裡，懷的可是雙生子，你就真的捨得她一屍三命？」白鴻飛看向陳煜。

「白鴻飛，無論你拿誰來做人質，我都還是那句話，想一想，你究竟值不值得？」陳煜依舊不為所動。

「煜兒，你這是何苦！」平王突然說道：「你打小就固執己見、一意孤行，為此你甚至把皇兄氣病，才致今日之禍。事到如今，你怎麼還不汲取教訓？白鴻飛早已在這裡佈下埋伏，你這般說，就不怕他拚個魚死網破？你可以大義滅親，不在乎你妻子和小八的死活，可在場的大臣們，難不成也要與你一起陪葬嗎？」平王一邊指責陳煜，一邊暗示催促白鴻飛動手。

白鴻飛果然抬起手，周圍的禁軍立刻將弓箭齊齊對準場中的所有人。

「七殿下，請三思啊！」明大學士出聲勸道。

平王是不會真的動手的，敢殺滿朝文武，誰也沒這個膽子。相反地，余歲歲還在他們手上，形勢皆有利於己方，所以明大學士一點兒也不著急。

「七皇兄，不用管我，我不怕！」八皇子突然一聲叫喊。

誰也沒想到八皇子會說出這麼一句話來，在此情此景之下，竟顯得無比悲壯英勇。

馮閣老也跟著說道：「殿下不必猶豫，誅殺賣國奸賊，乃我大雲臣民的責任。臣等食君祿、守忠義，斷沒有貪生怕死的道理！」

長公主也說道：「煜兒，無須受他威脅。能為誅殺逆賊而死，有什麼可怕的？」

余歲歲張了張嘴，可惜實在說不出那般悲壯的話，想了想，還是放棄了。反正不說，也是一樣的。

文臣中，本就有一些人極為信奉捨生取義之說的，再加上八皇子、馮閣老和長公主的話，即便是怕死的，也不會出來說話了。

陳煜沒有說話，而是邁開步子，一步步走上臺階，更加逼近白鴻飛。

他一樣心知肚明，白鴻飛不會動手，更不敢動手。平王想要的是皇位，而不是得罪朝中眾臣背後的家族。

「白鴻飛，別再困獸猶鬥了。為了你們白氏一族，聽我一句勸，放開八皇弟，束手就擒。」他步步緊逼。

白鴻飛步步後退，為了防備陳煜，他手中的刀也不由得偏離了八皇子的脖子。

說時遲，那時快，陳煜突然飛起一腳，正中白鴻飛的手腕，將他的刀踢脫手，自己向上一躍，抓住刀柄。

與此同時，平王猛然從斜方殺出，一把拉過八皇子，煞有介事地護在懷中。

陳煜拿到刀的一瞬間，白鴻飛猛地朝余歲歲撲去。陳煜手臂一揮，刀飛出去，直插白鴻飛的後心。

「轟」的一聲，白鴻飛驟然倒地。

四周的禁軍立時被激怒，呼拉一下圍上前。

眾臣們頓時擠得更緊，從外圈朝中心越發縮去。

「禁軍住手！」平王抱著八皇子，大聲喝道。「襲擊朝廷命官形同謀反，白統領已經死了，你們要為自己想想！」他一臉的動之以情。「白統領並沒有傷害到八皇子，縱有劫持在先，也情有可原。只要你們冷靜下來，本王必會想辦法查清白統領一事，給你們一個說法。」

跟來埋伏的，本就都是白鴻飛的心腹，他們更知道事情的真相，為的是完成妙先生的計劃，推舉平王上位。於是聽了這話，便後退了幾步，手裡卻並未放下武器。

「陳煜，白統領並未定罪，你貿然取其性命，到底是為了誅殺奸賊？還是為了殺人滅口？」平王反過來質問陳煜。「剛才文武百官的命在你手裡攥著，你都不為所動，見白鴻飛威脅到你妻兒安危，便毫不猶豫下手殺人，如此感情用事，怎能當得大事？」

「平王說的真好聽，那你倒是讓平王世子放開七皇子妃啊！」長公主大聲諷刺。

本來還因為平王的話而有些嘀咕的人，猛然聽到長公主點了平王世子的名，這才發現押著余歲歲的竟是陳容謹，心中立刻又思索起來。

「煜兒不為所動，是因為知曉一切不過是你的逢場作戲！殺百官，你還沒有那個膽量！」長公主戳破平王的謊言。「實際上，禁軍和白鴻飛皆是聽命於你！」

「信口胡言！」平王惱道：「我不過是安撫禁軍，一心保眾位平安。白統領一事尚存疑點，徹查清楚有何不對？」

平王一黨的臣子等了一個晚上，終於等到了這個機會，連忙站出來說道：「今日多虧平王，保護了八皇子和臣等性命，長公主萬不可偏聽偏信啊！」

「是啊，白統領的事情究竟是什麼樣子，只有查了才知道，哪有聽信一家之言的道理？」

幾句話說下來，倒也贏得了部分人的贊同。

平王見優勢重回自己手中，便清了清嗓子。「世子之所以在此，並非要挾持七皇子妃，而是要保護她，不然又為何會換上禁軍的服色？他是有意遮掩身分。」

張口就是胡說，好像大家都忘了余歲歲本就是他逼進宮裡來的一樣。

「容謹，此事既已瞭解，你便先護送七皇子妃回到後宮之中吧！」平王吩咐道。

說是回「後宮」，而並非回七皇子府，這是還打算繼續扣押著七皇子妃當人質呢！眾人想得明白，可他們也沒辦法拿平王怎麼樣。

等陳容謹一走，情勢就會重新回到今夜之前那三派相爭的亂局。或許等不了多久，等皇上真的駕崩了，才會演變為一場惡戰。

此刻，幾乎所有人都是這麼想的。

平王說完後，陳煜沒有說話，長公主也沒有說話，陳煜一黨就像是默認了這個結果一樣。

可明大學士卻是真的著急了！

余璟還沒有出現，或許是認為此時的情況還不緊急。

可皇帝駕崩也不過就這一、兩天的事了！只要出了這道宮門，禁軍在平王手裡，他們再想重新部署，可就難上加難了。

今天晚上這樣的機會，不會再有第二次了。

夜長夢多，箭在弦上，已是不得不發了。

明大學士一咬牙，朝陳容謹做了一個手勢。

「平王，世子恐怕不會聽你的了。」明大學士高聲說道：「早在你下手害死先平王妃時，就該想到這一天了！剛剛，七殿下問我想不想聽一個故事，現在，我也有一個故事，想讓大家仔細聽聽。」

話音落，身後的宮門突然打開，無數身穿鎧甲的士兵手持長槍、刀劍，魚貫衝入，將本來包圍著眾臣的禁軍團團圍住！

「羽林衛眾將，奉八皇子命進宮救駕，凡禁軍參與謀反者，殺無赦！放下武器者，可以免死！」

平王目眥欲裂，終於明白，陳容謹其實暗自投靠了明氏，而朝中羽林衛等在京城的衛軍，也已在明家手裡了！

禁軍面面相覷，不得已轉身迎向敵人，舉刀防禦。

明大學士這個故事很簡單，無外乎就是揭秘了平王謀殺先平王妃的證據，順便說說陳容謹是如何的忍辱負重，只為給生母報仇，才隱忍至今。

等明大學士說完，天已濛濛發亮。

陳容謹看向平王。「父王，事到如今，你已無路可走了。你和隱王舊部勾結，欲重演當年隱王謀反之事，覬覦帝位。隱王舊部勾結外敵，出賣邊關，你卻絲毫不以為意。剛才，你又和白鴻飛演了這麼一齣好戲，就是為了奪取皇位罷了。我隱忍多年，不過是為當眾揭破你的陰謀！這樁樁件件，都是我親眼所見、親耳所聞。父王，這是我最後一次這樣叫你。你本該可以一家和睦、兒孫繞膝，陛下更是縱容你吃喝玩樂、逍遙自在。這一切，全都是你咎由自取！」

劇情反轉得猝不及防，剛剛還得意不已的平王，轉眼就被拉下深淵。

眾臣驚訝之餘，只剩心有餘悸。看著平王和禁軍大勢已去，被押到一旁。

明大學士也沒想到事情會這麼順利，眼見羽林衛控制了整個金殿內外，他心下不由得激動興奮起來。

這時，殿裡一個內侍飛奔而來，煞白的臉慌張不已，跪地叫道：「不好了！陛下、陛下駕崩了！」

所有人頓時驚住。

明大學士的眼裡劃過一道精光，大喝一聲。「你說什麼？」

小內侍顫巍巍地指著殿內，說不出話來。

這時，太醫署的一眾太醫也飛奔而出，慌張地宣告著皇帝生命的消逝——

「陛下殯天了！」

眾臣悲痛震驚之餘，連忙跟著跪地叩首。

「平王謀害陛下，罪不容誅！」叩拜後，明大學士大吼一聲。「來人，將平王及其黨羽押入天牢，等待問罪！」
話音落，一隊羽林衛陡然闖入群臣之中，精準地將平王一派的幾個重要官員逮捕，連同平王一起，押送出去。
平王被布條塞住了嘴，喉嚨中的嗚咽之聲越來越遠。
明大學士掃過剩下的人，朗聲道：「先皇驟然崩逝，未立儲君，更未留有遺詔。身為先皇欽封的輔政大臣，我以為應按先皇之意，推舉八皇子登基繼位，保朝事穩定，並儘早為先皇料理喪事。不知諸位大人，有沒有什麼意見？」
剛剛平王一黨官員被抓走的驚嚇還留有餘威，多數沒有站隊的臣子，選擇了噤聲。
「明大人此言差矣！自古立嫡立長，陛下無儲君、無遺詔，依定制也該由最年長的皇子繼位才是。八皇子年幼，不通朝事，何以擔當重任？」馮閣老出言反駁，獲得很多認同。
即便不談什麼立場，還是有更多的人認同七皇子，畢竟他的能力有目共睹。
明明有更好的選擇，為什麼非要去選一個孩子呢？
明大學士早已料到，便說道：「馮大人支持七皇子，本官心裡都明白。可大人不要忘了，先皇已經厭棄了七皇子，在病重前便言要讓八皇子協理朝政。更何況，七皇子還有許多事沒有說清楚。結黨營私、頂撞忤逆君父在前，與西域外夷暗中勾結、不清不楚在後，如此人品不端之人，又豈能登臨大寶？七殿下，你做過的事，你自己心裡最清楚！」明大學士立刻朝陳煜發難。「當年邊關，所謂通敵之案，都是你與余璟的一家之言。而你一意孤行，率軍奔襲西域，傷亡慘重，日前卻還與西域蠻夷往從甚密，難道其中沒有內情？甚至就在剛剛，你還在禁宮之中為了私人情慾動利刃殺人，絲毫沒有半分敬畏之心。當年先皇后在時，便說你表面仁善，內裡陰狠，你以為，你真能騙得過所有人嗎？」

余歲歲聽得想笑。

明大學士也是夠拚的，為了強行黑陳煜，這些話都說出來了。

西域一戰，右衛軍傷亡已經算是很小了。打仗難免要丟命，卻不知明大學士的「慘重」二字是如何說出口的？

其他的說辭就更可笑了，余歲歲甚至都懶得駁斥。

事實上，她確實笑出來了。

不過下一秒，陳容謹架在她脖子上的刀就貼近了一點，耳邊傳來他的威脅——

「安靜點！」

這邊的動靜，好似終於讓明大學士想起了還有余歲歲這號人物，看了她一眼，語含威脅。「七殿下，你可有話說？」

陳煜一派從容。「我無話可說。」

話音落，殿門外突然響起幾聲巨響，隨後是一聲怒吼——

「包圍羽林衛！誅殺叛黨！」

殿門再一次被轟然打開，這一次衝進來的是野戰盔甲的士兵，手持槍、箭、矛、盾，個個裝備精良、訓練有素，光是眼中的殺氣便懾得羽林衛連連後退。

明大學士心裡一突突，定睛朝那帶兵衝進來的為首者看去。

那人身材精瘦強勁，眼中殺氣盡出，手裡的銀槍閃著寒光，只一眼，就看得他膽顫心驚。

「余、余璟?!」他語氣凝滯。「你真的在京城！」

余璟冷哼一聲。「殿前叛黨，還不認罪伏法？」

「你好大的口氣！此處何來叛黨？」明大學士高聲反駁。「平王謀害先皇，已被押入天牢。反倒是你，擅離行宮，無詔帶兵闖入禁宮，還攜帶甲冑利刃，這才是意圖造反！」

余璟冷笑一記，從懷裡掏出一卷玄色飛龍聖旨。「我乃奉聖諭，帶右衛軍進京救駕，天經地義！」

「哪來的聖諭？先皇病重數月，昏迷不醒，剛剛已然崩逝！你假傳聖旨，該當何罪？」明氏一黨紛紛指責道。

「是朕，給他的聖旨！」

猶如平地裡的一聲驚雷，中氣十足的聲音驟然傳來，震得明大學士一個顫抖。

他不敢置信地轉過身去，目光呆滯地看著金殿裡，那大步走出來的人——

那本應該已命喪黃泉的、當朝皇帝陛下！

他的身後，還跟著賢妃、皇帝貼身的老內侍、陸太醫。

還有一個人，明大學士記得最清楚，是余璟的義子、余歲歲的義弟，也是他那個不成器的女兒芳心暗許的右衛軍小將，齊越！

只見皇帝龍行虎步，臉色雖有些蒼白，腳步卻依然有力，那眼中如刀刃般的殺意，比之千刀萬剮都不為過。

一步一步地，皇帝站定在明大學士面前，順便俯視著階下的眾臣。

「兒臣參見父皇，父皇萬歲萬歲萬萬歲！」陳煜一撩衣襬，率先跪拜叩首。

眾臣如夢方醒，紛紛跪地，山呼萬歲。

皇帝盯著面前的明大學士，語氣冰冷。「朕沒被你們明氏的毒藥毒死，明卿，很失望吧？」

眾臣驀地抽了一口涼氣，明家居然毒害了皇帝？

「陛、陛下……」明大學士嘴唇都在顫抖，皇帝是如何知道這件事的？

好像看出了他的疑惑，皇帝沈聲道：「皇后崩逝的前一晚，曾到朕的殿中來過。當時朕雖動彈不得，但卻能將她的話聽得清清楚楚。」說完，皇帝從胸口拿出一張極長的絹紙。

「這是皇后留在朕枕下的訴狀，裡面條條陳陳，控訴了你們明氏一族謀害朕、陷害七皇子和朝中眾臣的罪行！就連皇后，也因為探知了你們的秘密，被你們殺死滅口！事到如今，你還有何話講？」

此時此刻，他還有什麼不明白？是皇后臨死前擺了他們明家一道，真正地讓他們明白了，被視若棋子的人算計，到底是什麼滋味。

而現在，一切都晚了。

突然地，明大學士迅速退向陳容謹所在的位置，面露狠戾。「那又如何？京中幾個衛率皆在明氏手中，還有她——」明大學士指著余歲歲。「余璟，這可是你視之如命的女兒，她的肚子裡還有你的兩個外孫！只要你效忠於我，列土封疆不在話下，若不然，我便讓她立刻死無葬身之地！」說著，猝不及防地抽出一旁軍士的佩刀，高舉過頭頂，向余歲歲砍去。

就在殿前眾臣害怕輕呼的一剎那，只見余歲歲身側的陳容謹飛起一腳，正中明大學士的心窩！

明大學士飛出去一米遠，倒在地上，吐血不止。

「陳……容謹，你……」他伸著手指，不能接受現實。

「明大人，現在可以告訴你了，我從來沒有背叛過陛下！」陳容謹冷聲說道，滿臉諷刺。

陳煜快走幾步，毫不避諱地當眾攬住余歲歲在懷，緊緊地握住她的雙手。

皇帝眼睛一瞇，沈聲下旨。「余璟聽旨！立刻帶右衛查抄平王府、衢國公府、白府、鄧府等一干涉案官員府邸，不可遺漏一人！待裴涇回京，立刻受審！」

「是！」

隨著余璟堅定的應答，天邊一輪朝陽躍出地平線。

天，亮了。

一天後，天牢。

陳煜小心翼翼地扶著余歲歲的身子，替她攏著肩上的披風。

「到了。」兩人停在一座監牢前。

牢中，陳煜將余歲歲扶在獄卒早已打點好的軟椅上坐下，自己站在一旁，看著眼前的人。

「妙先生，還記得我嗎？」余歲歲輕輕開口。

草蓆上披頭散髮的男子緩緩抬頭，淡淡道：「錦陵縣主，好久不見了。」

「妙先生是個聰明人，一定知道我來問什麼的。」余歲歲開門見山道：「你和薛壬朗，到底誰才是隱王的孩子？」

妙先生勾唇一笑，目光落在余歲歲隆起的肚子上。「妳知道，孿生的兩個孩子，會有多麼相似嗎？相似到，就連她們生下的孩子，都是無比相似的。」

余歲歲一愣，看向陳煜。

原來，妙先生和薛壬朗，真的是表兄弟。

妙先生半仰起頭，陷入深深的回憶。

「當年，我母妃和姨母與敕蠻使團同來京城，愛上了我的父王。那時，他只是個被冷落在深宮的皇子。為了求娶母妃，他在先皇的殿前跪了整整一夜。我母妃出嫁那一日，是他多年來第一次走出深宮，擁有屬於自己的宅邸。後來我母妃才知道，從一開始，他們的相遇就是父王設計好的一場戲。從嫁進隱王府的那一天起，我母妃對於父王來說，就是個利用起來極為襯手的工具。借著她的母族，父王在西北大肆開荒、建堡，培植了大量的兵力，並秘密打造武器。」妙先生幽幽道。「他要那個位置、要報仇，要讓給了他希望卻又毀掉他一切的先皇付出代價。

「可先皇死得太突然了，沈迷煉丹，毒性積累多年，一命嗚呼。然而父王還沒準備好，貿然起事的結果，就是在潘家軍的面前不堪一擊。上刑場那日，他把府裡奶娘的兒子以我的名義帶走，而將我和另外一個孩子送出了京城。」妙先生看向余歲歲，目光空洞。「隱王從來就只有一個兒子，那就是我。薛壬朗是我的表弟，也是我從小到大的……替身。」

余歲歲和陳煜又是一驚。替身？

「七殿下，你當初娶錦陵縣主，是為了她父親手裡無上的兵權嗎？」妙先生突然反問。

「當然不是。」陳煜沒有遲疑的回答。

妙先生笑了笑。「是啊，像錦陵縣主這麼聰明的人，你打的是什麼算盤，她都能看得清。可惜，我的母妃和我的姨母，都是個被愛情沖昏了頭腦的蠢女人。」他說話的語氣，沒來由地流露出悲憤。「我的姨母，直到懷上了薛壬朗，才知道薛大人的真實身分，也才知道他早有家室，子女成群。姨母很早就死了，之後薛大人和我父王似乎察覺到了我們兩人的相似，便定下了這個替身的計劃。對於薛大人來說，那只是個可有可無的孩子；而對於我父王，他想要保護的，只是我體內流著的屬於他的那一半血脈罷了。」

一個記憶突然閃過余歲歲的腦海，她皺起眉頭，仔細回想。「我記得，薛壬朗生前，曾對我說過一句話──養育之恩，怎麼抵得過血脈相承呢？」

如今想來，這話不只是說給她聽的，更是薛壬朗自己人生的寫照。

妙先生眼中染上悲哀，扯了扯嘴角。「他直到死，都還在怨我。薛大人是他的親父，卻從來都未給予過他父愛，所以他對薛大人也沒有任何索求。我的父王則最會做戲了，讓他以為得到了他渴望的親情。後來，當他明白他存在的意義只是我的一個替身時，他認為一切相處都抵不過血脈。可他不知道，對於足夠絕情的人，血脈又算得了什麼？我和我的母妃，一樣是我父王的棋子。哪怕是我父王已經死去二十年，我都不得安生！

「我是要報仇。我的祖父、叔伯，盡亡於先皇之手。即使我根本無心什麼權位，我也要讓他在乎的皇權，在我的手裡永無寧日！可我越報仇，越覺得不知前路。我明明恨極了我的父王，又為什麼要被他的枷鎖束縛，一輩子都不能為我自己活一次？如果他的仇是仇，那我算什麼？我和我母妃、姨母及薛壬朗的血淚與性命，又算什麼？」

余歲歲越聽，心裡越沈重，她沒想到事情會是這樣。

一切的起因，竟皆源自當年先皇給予卻又收回的那般殘忍的父愛，源自於一段又一段被權勢扭曲了的畸形的親子關係。

而這樣的悲劇，依然無時無刻不重演在這世間。

恨了家人一輩子而忽視了孩子的賢妃、斬斷父女情誼的余清清、慨然遠走邊關的潘縉、悲痛出家的余欣欣、憤而逃離的明琦、隱忍多年為報母親大仇的陳容謹，還有用生命給了自己的親人最後致命一擊的明皇后……

好像有太多太多的人，成長在畸形的親情之中，然後自己也成了創造畸形的罪魁禍首，長此以往，惡性循環。

「平王世子呢？我記得，他最後一次來找我，還是正月十五那一晚。」妙先生問道。他在平王府住了很久，可唯一觀感不錯的，竟只有陳容謹一人。

陳煜嘆了口氣。「他很好。父皇雖然查抄了平王府，但也知他功績不菲。只是如今不適合大肆封賞，便先暫緩了。」

妙先生盯著陳煜的臉看了好一會兒，突然問道：「為什麼？你明知道陳容謹平定所謂西北之亂時，是打定了主意借平王之力助自己奪權的。如果不是錦陵縣主打亂了他的計劃，而又發現你和余璟部署縝密，他是不會臣服於你的。為什麼不對皇帝說實話？你就不怕，留著他這個心腹大患，將來會像我父王一樣，讓你萬劫不復？」

陳煜笑了笑，搖了搖頭。「容謹和隱王，從來都是不一樣的。那年在赭陽關的將軍府，薛壬朗擋住他的去路，告訴他中了圈套的時候，他只猶豫了一刻，就回來救我了。那天，他把解藥交給世子妃後，對我說過一句話——從他決定放棄的那一刻，才真正明白他父王失去的，到底是什麼。」

余歲歲微微含笑，聽著陳煜說話。

那天余宛宛將藥瓶交給自己時，說是「殿下」給的，她立刻就聽出來了余宛宛指的是誰，就像陳煜從未與她明說過陳容謹這顆埋在暗處的棋子，但她照樣懂的。

平王從來沒有真正服過當今陛下，但陳容謹，是不一樣的。

一場延綿數月的大案，在人頭滾滾中駭然落下帷幕。

平王、衢國公等一干涉案之人，處斬的處斬、流放的流放、圈禁的圈禁。

同時，余璟和裴涇也官復原職。

沒有任何懸念的，一道聖旨頒至七皇子府，陳煜敕封太子，入主東宮。

深夏之際，文武學館送走了前一批的學子，又迎來了新的一批。

慕媛和余宛宛正式成為學館的女先生，這一日，便是迎新之宴。

城西的這一整條街，都因為這個宴席熱鬧得不得了。何蘭的歸園食齋更是客人爆滿，根本忙不過來。

學館的一處小屋裡，傳來陣陣飯香，還伴隨著竊竊私語。

「唔……好吃，太好吃了！」余歲歲一手拿著雞腿，一手捏著馬鈴薯片，嘴唇上都是油光，還頗有些紅腫。

余環托著臉看著女兒吃得香甜的樣子，眼睛都快笑瞇成了一條縫，嘴裡卻不忘道：「小聲點，可別讓妳媽聽到，不然我死定了！」

「放心，她職業病犯了，看見新學生們就走不動道了，哪還顧得上咱倆啊？」余歲歲絲毫不在意。「爸，這辣椒真是永遠的神啊！打從你這回從西域弄回來後，我連何蘭的菜都覺得不香了！幸虧今天陳煜被父皇拉去批奏摺了，不然他准要管我不許吃這個吃那個的。」

余環臉一黑，故意道：「我也是看妳饞得很可憐的樣子才心軟給妳的，妳少說陳煜壞話，他還不是為了妳好？告訴妳啊，吃完這一口不許再吃了。」

「知道了！」余歲歲吐吐舌頭，卻是一點兒都不怕。

「啊——」突然，她輕呼一聲，手裡的雞腿掉在盤子之中。

「怎麼了？」余環嚇了一跳。

「我、我肚子……」余歲歲小臉一皺，指著自己的肚子，一陣陣的抽氣。

余環一個激靈。「莫不是要生了？」他從凳子上倏地竄起，走過去打橫抱起余歲歲，踹開門就往外走。

腹部的陣痛是一波一波的，余歲歲剛被余環抱起來，就覺得好受了一點。

她看看自己兩手的油膩，猶豫了兩秒後，反手把所有的油都蹭在余環的衣服上，然後抬頭看著余環無奈又焦急的眼神，咯咯一笑。

「爸爸，我有沒有跟你說過？」

「說過什麼？」余璟問道。

「你是世界上最好的爸爸！」

余璟哭笑不得，可嘴角的弧度，還是出賣了他的心情。

好在隨著余歲歲的月分越來越大，又因為她坐不住總愛亂跑，所以不管是東宮還是將軍府，甚至是學館，都備好了穩婆與郎中，就怕遇到個萬一。

余璟將她抱到房中，穩婆什麼的都已迅速就位，他這才一步三回頭地離開了房間。關上門，聽見屋裡傳來的一聲痛叫，他心一抽，隨手招來一個人。「去宮門，告訴太子，歲歲要生了！」

突然的發動，打亂了這個迎新宴席。

不一會兒，慕媛、祁川、余家姊妹等人就匆匆趕來，聚集在產房的門口。

慕媛一眼就看到了余璟衣服上的油光，瞪了他一眼，但沒有說什麼。

于娘子本就在這裡，此刻也已經淨過手，進去了。

屋子裡，余歲歲咬著牙，聽從穩婆的話，不要叫太大聲，保留力氣，一會兒再用。

只是那生產的痛豈能與尋常的疼相論？她便是忍著，口中也難免逸出痛叫聲，手指抓著床單，恨不得把它揪出個洞來。

「太子妃別擔心，胎位很正，您身體好，體力足，絕對沒問題的。」穩婆說道。

余歲歲這才放了不少心。

于娘子站在一旁，看到余歲歲嘴角的油光，無奈道：「剛剛太子妃是不是吃了什麼？」

「嗯……嗯……」余歲歲正禁受著又一輪的陣痛，只能斷斷續續地應道。

于娘子也沒說什麼，反而道：「也罷，算是補充體力了。」

穩婆在一旁笑意盈盈。「說起來，太子妃可是我見過最有福氣的產婦了！大將軍和將軍夫人寵著、疼著，太子敬著、護著，宮裡的聖人和娘娘也記掛著，自己更是能吃能睡，半點兒不受苦。等小皇孫生下來，不知會多受寵愛呢！」

余歲歲被她一番話說得心情大好，正想說什麼，肚子卻傳來一陣巨大的疼痛，讓她立刻不由自主地喊出了聲。「啊——」

屋外，被女兒的叫聲喊得心都在發顫的慕媛，只能抓著余璟的手臂才能勉強站住。

想當年，她生女兒時，那麼大的痛都忍過來了，卻沒想到今日只是聽到女兒的叫聲，她就覺得自己在陪著她痛入骨髓。

突然，屋裡傳來一聲驚喜的叫聲——

「哎呀，小皇孫冒頭了！快，太子妃用力啊！」

「冒頭了？」慕媛喃喃一聲。「才不到半個小時，這麼快？」

余璟見妻子神情緊張，不由得開了一句玩笑。「閨女大概像妳呢，當年我緊趕慢趕，到底也沒趕上出生的那一刻！」

慕媛白了他一眼，正想說點什麼，突然一想。「等等……該不會陳煜也……」
余璟一愣，隨即掩嘴偷笑了一秒。女婿和岳丈，境遇差不多也是應該的嘛！
不過陳煜到底還是比余璟幸運一點點，但也只有一點點。
他剛滿頭大汗地騎馬狂奔而來，跑到產房門口時，正趕上于娘子出來報喜。
「恭喜將軍、恭喜夫人，太子妃生的是龍鳳胎，龍鳳呈祥！」
陳煜大喜過望，撥開人群就要往屋裡走，卻被慕媛無情地推開。
「你這滿身汗臭味的，會熏著歲歲，還不先去梳洗一下！」
陳煜摸了摸鼻子，到底沒敢再往裡走。
等他離開後，慕媛才推開產房門，看著自己印象中一直還是個孩子的女兒。
「媽媽……」余歲歲看向她，露出個甜甜的笑容。「我有沒有告訴過妳，我好愛妳呀？」
慕媛眼角一紅，上前摸了摸她的額頭，替她擦去殘留的汗珠。
「說過了，在妳出生之後的每一天。」
太子妃順利產下兩個健康的皇孫，還是一對龍鳳胎，讓皇帝喜不自勝，也驅散了連日來朝中的許多陰霾。
流水一樣的賞賜不要錢似的送入東宮，在在都昭示著皇帝對這對嫡孫子、嫡孫女的喜愛。

沒過兩天，皇帝擬好的名字就寫進了皇家的玉牒。

兩個孩子，哥哥名為昭年，妹妹名為昭寧。

賜名那日，皇帝特意來了東宮一趟，與陳煜密談了近兩個時辰。

幾天後，皇帝下旨說身體因為此前中毒，多有不濟，故傳位太子，自己退居太上皇，頤養天年。

從陳煜封為太子，到繼承皇位，算下來只有一個月零幾天的時間。一時間，「一月太子」的說法在京城中口耳相傳，令人津津樂道。

因著余歲歲還在坐月子，便並未從東宮裡搬出來，反而是陳煜每日下朝後，都會回東宮安寢。

直到兩個孩子滿月，憋了一個月的余歲歲迫不及待地就下了床。

陳煜這才命人擬旨封后，著手準備封后典禮。

封后那日，余歲歲一大清早便被叫醒，由著宮人在身上、臉上處處擺弄，最後戴上沈甸甸的鳳冠，穿上了獨屬於皇后的大紅金鳳朝服。

在兩隊宮女的隨侍之下，余歲歲一步步走進光影疊彩的大殿，路過躬身敬拜的朝中百官，和他們身後的外命婦。

她的眼神，不由自主地便去尋找群臣中那個挺拔偉岸的身影，見他緩緩抬頭，與自己的目光相對。

余歲歲張口，做出了無聲的「爸爸」的口型，看著余璟朝她微微點頭，滿臉慈愛地看著她。

他的身後，一樣有一雙溫柔如水的眼眸看過來，盛滿疼愛與喜悅。

余歲歲對上慕媛的眼睛，一時間，兩雙眼眸皆是水光粼粼。

終於，余歲歲踏上了金殿的臺階，她的目光，也終於落在了那早已激動起身的男子身上。

她將手輕輕放進陳煜伸出來的手心，感受著他瞬間的緊握。

陳煜帶著她轉身，俯視階下眾人。

聽到他們齊聲高喊，叩拜這個大雲朝新一代的女主人。

余歲歲不由得將目光放遠，看著自大殿而起的一道又一道重重宮門，在一道筆直的中軸線延展出去，好像延展到皇城外，又好像延展向九州四海。

「我終於，把這一天彌補給妳了。」耳邊，傳來陳煜輕聲的呢喃。

「還不夠，我要一輩子……」

余歲歲收回目光，側頭看向他，莞爾一笑。

番外　太上皇碎碎唸小日記

乾元二年　冬　某日

今天本來不想寫了，悄悄說，正經人誰還寫這個啊？

真想問問她，這句話是跟誰學的？她連叫「皇爺爺」都還口齒不清呢，這話倒說得挺順溜的。

之所以寫，是因為我很生氣！我覺得被自己的兒子利用了！

今天早朝時，不知道是哪一個不長眼的大臣，非要硬著頭皮進言，勸誡煜兒選妃充盈六宮。

滿朝文武只有他長了一張嘴嗎？

別以為我不知道，他家正好有個適齡的女兒，這算盤打得西域十國都聽見了！

然後煜兒說，如今國庫空虛，到處都要用錢。皇后都帶領百官家中女眷勤儉節約了，身為一國之君、一朝之臣，更不能落於婦人之後，也該節衣縮食，保天下穩定安樂。

前段時間，皇后剛剛統查了一遍後宮人員與用度，發現了很多不必要的支出和人員的冗雜，正欲削減一部分來縮緊宮內開支。

因此，在保證當前宮中有品級的命婦與太上皇和太上皇后的日常開銷外，其餘多出來的宮女和用度都會一併減去。

成年皇子將不再由國庫全權恩養，而是一半自收自支，另一半才由國庫出給。本來他們封地的賦稅便不會上繳朝廷，如此一來，並不算對他們過於苛刻。

而那些異姓的王公貴族，尤其是世襲的爵位，在子孫承襲時則改為降級承襲，即王世子承襲爵位為郡王，侯爵承襲降為伯……

這樣一來，在這個關鍵時候，一國之君更不該為了一己私慾而廣納後宮，用百姓的血汗來養活不事生產的後宮命婦。更何況如今後宮之中的命婦已經夠多了，只能減，不能增。

那個進言的大臣被煜兒駁斥得啞口無言，可我這個太上皇，也無言了。

煜兒的後宮如今只有皇后一個人，未成年的皇子、皇女也只有我的大孫子元寶和大孫女俏俏，以及我的兒子老八。

這話不就是在說，我這個太上皇的妃子太多了嗎？

身為人子，居然如此當眾編排為父，我決定今晚少吃一口飯，表示強烈的不滿和嚴正的抗議！

其實，我的妃子已經很少了，哪有先皇的多呢？

父皇他為了生下有自己血脈的皇子，派人在天下各州縣搜羅適齡的女子，甚至是早與人訂了親事的，一旦符合標準，也只有被抬進宮這一條路可走。

這些女子，進宮的唯一作用就是生子。

生不出來，或是只生下女兒的，連品階都不會有，女兒更是擺在一旁自生自滅。除非偶有得寵些的，才能勉強撈個寶林當當。

我的母妃，正是因為產下了我，才一躍升至婕妤。

當初我繼位時，後宮的太妃多得數不過來，公主們連封號都少有，還是我讓宗正府擬了好幾頁的封號，這才把她們都一一安置好。

甚至有些，她們何時出生、何時嫁人、嫁給了誰、又何時薨逝，我都記不明白。

比起先皇，我留給煜兒的可簡單多了，他居然還這麼說我，哼，簡直枉費了我當年退位前，與他深談後的那份開明與理解。

當時我問過他，是不是真的決定了，許給皇后「一生一世一雙人」？知不知道這需要冒多大的風險與流言蜚語？

煜兒回答我說，他不想真的永遠當一個孤家寡人。

就為了這一句話，我默許了他的做法。

世間之事真是奇怪啊！父皇坐擁佳麗三千，我也廣納後宮，雨露均霑，卻都逃不過「孤家寡人」的結局。

煜兒明明只有一個皇后，就敢說自己擁有了一切，永不孤獨。

我倒想看看，他說的是對還是錯？

寫到這裡，還是很生氣，決定多吃一口飯，表示我的強烈不滿和嚴正抗議。

就這樣吧！

乾元三年　夏　某日

今天很高興。

祁川生下了一個大胖小子，聽說長得和我非常像。我一激動，就溜達出了宮，到潘府去看她。

站在府門口，我仰頭看著匾額上的「潘」字，朝身邊的老內侍笑了笑。

兩年前祁川出嫁的時候，榮華、煜兒還有皇后都想騙我，說她嫁的人叫「李初」。

哼哼，我又不是老糊塗了，那小子分明就是潘家那個潘縉嘛！當年他馬球奪魁時，還是我給他賜的賞呢！

他居然不聲不響地拐走了祁川，倒還有點兒本事。看在他在邊關辛苦多年的分上，我就不追究了。

煜兒見我不介意，就下旨准許李初改回本名「潘縉」。

這才對嘛，我大雲朝千秋萬世的基業，豈會容不下一個小小的名姓？

他姓甚名誰，本就與忠奸無關。他忠，潘氏仍留有餘蔭在；他奸，自有那律法懲治天理難容！

噫，有感而發寫了太多，總之就是很高興。

明天，明家的大姑娘要成親了，嫁的是佘卿的義子、皇后的義弟，我順便再去湊湊熱鬧吧！

明家的血脈，大抵只剩下她一人了。

——全書完

2022年10月出版

撿到潛力股相公

文創風 1109～1110

她當機立斷，花幾個銅板擬好婚書就把自己給嫁了，
而現成的相公正是那個她救回家養傷的瘦弱少年郎！
雖然至今昏迷不醒，但她已認出他是誰，這樁婚事將來穩賺不賠……

大力少女幫夫上位／晏梨

不速之客上門認親，聲稱她是工部陸大人失散的親生女，薑娘反應出奇冷淡，
毫不猶豫關門送客，對那官家千金所代表的富貴榮華無動於衷！
開什麼玩笑，誰說認祖歸宗才有好日子過？
重活一世，她已不稀罕當那個被自家人欺負、最終短命而亡的柔弱千金，
姑娘有本事自力更生，憑著養父留下的殺豬刀，以及天賦異稟力大如牛的能耐，
當村姑賣豬肉何嘗不是好選擇？小日子勢必比悲摧的前世過得有滋有味～～
只是本以為裝傻能阻絕陸府的騷擾，怎料事情沒這麼簡單，煩心事接二連三，
無良大伯還來摻一腳，籌謀著想把她賣給隔壁村的傻子當媳婦，
想來她得先下手為強把自己嫁了，名義上有了夫婿，看以後誰還敢算計她！
好在身邊有個最佳的相公人選，正是她從雪地裡救回的落魄少年顧言，
雖說他有傷在身至今昏迷不醒，但已花了她不少銀兩及心力救治，
也該是他「以身相許」回報的時候了……

2022年10月出版

見鬼了才當後娘

文創風 1104~1106

本來，她當一窩孩子的面吃香喝辣也不害羞，
可自打他們把她當親娘孝順、聽話，
她頓時慈母上身，不禁反省起來……

愛不在蜜語甜言，
在嘻笑怒罵下的承擔／霓小裳

何月娘穿越成乞丐後，最大的願望就是吃飽喝足恢復力氣。
因此，當陳大年這個剩一口氣的老男人，承諾給她溫飽，
並讓她照應他的六個孩子，不使陳家分崩離析時，她一口就應下了。
可憐她一個黃花大閨女，平白就有了六娃、兩兒媳、四個孫，
那陳大娃、陳二娃，都比她這個後娘年歲大了！
所幸陳大年逝去前強硬地將一家人擰成一條繩，接下來便是她的事了。
眼前一張張嗷嗷待哺的嘴，而這個家剩下的除了這棟房，
就餘下三兩二錢銀子，連給陳大年弄一副棺材的錢都不夠……
此外還有想欺負婦孺的親戚虎視眈眈，好在她填飽了肚子，
總算有力氣驅趕麻煩，並發揮她一手打獵的好功夫養家。
儘管她打獵、採藥掙得的錢，可比陳家給她那幾頓飯多得多，
但她既是答應負責任，那便會說到做到，可眼前這鬼是怎樣？
「我不放心孩子們，走了管道，讓一縷魂魄留在陽間一段日子……」
說來說去就是不信她，那怎麼不乾脆走走關係，從棺材裡爬出來呢？

2022年9月出版

糕手小村姑

文創風 1102~1103

她的發家金句是——靠人人倒，靠吃最好！
客人的肚子跟銀子，統統等著被她的廚藝征服吧~~

點味成金，秋好家圓／揮鷺

因嘴饞下河摸魚摸到見閻王，穿到異世活一回後，好不容易重生回到扶溪村，
佟秋秋決定了，絕不再為口吃的跟小命過不去，她要賺大錢讓全家吃香喝辣！
前世身為打工達人的她，從點心廚藝到特效化妝無一不精，都是發財的好營生。
村裡什麼沒有，新鮮食材最多，先帶弟妹與小玩伴們用天然果汁和果酪攢本錢，
再教娘親搗豌豆製出美味涼粉，做起渡口和季家族學的買賣，便要進軍糕點市場，
尤其她的各式手工月餅，那是一吃成主顧，再吃成鐵粉，賣到府城絕對喊得起價！
但月餅攤子生意紅火惹來地痞鬧事，氣得她喬裝打扮去修理人，卻被敲暈綁走，
唉，這輩子不為食亡，竟要為財而死嗎？可看到「主謀」時，她的眼都直了——
是異世時一起在孤兒院長大的季知非！那張能凍死人的冰塊臉，她不會認錯的。
難道他也穿越了？前世他性子冷卻待她好，連遺產都給她，現在為何要綁架她呢？

2022年9月出版

閒閒來養娃

文創風 1100～1101

丈夫學問好、皮相佳，偏偏胸無大志，
原本她是恨鐵不成鋼，負氣跟對方鬧和離，
老天卻透過夢來提點她，這婚姻一旦一步錯，
結局就是他失蹤了，她早逝了，兒子變壞了。
行，她不逼他考取功名，他倆好好帶娃總不會錯吧？

描繪日常小事，讀來暖心寫意／君子一夢

因為一場夢，蘇箏看見賭氣和離後的人生是一場悲劇——
兒子長大後成了惡貫滿盈的大貪官，最終不得好死，
她作為生母，在野史記載中則是愛慕虛榮、拋夫棄子的形象……
這一覺醒來，她摸著未顯懷的小腹，心想著這婚可不能離！
既然丈夫無心於仕途，只想在村裡私塾當個教書先生，
她也把名利視作浮雲，這輩子就安分跟著他在鄉下養娃吧～～
正所謂沒有比較沒有傷害，夢中她是一人苦撐孕期不適，
如今她不孤單了，身邊有個體貼又稱職的神隊友，
不僅平時幫忙打點吃食、包辦家務這些芝麻蒜皮的小事，
就連她害喜像孩子般發脾氣時，他也是各種包容呵護，
更別提兒子出生後，帶孩子、換尿布成了他倆的日常。
說實話，越是與他相處下去，越是感受到這個男人的好，
更重要的是，在他悉心指導下，兒子應該不會長歪吧～～

風 文創

1142

扭轉衰小人生 4 完

國家圖書館出版品預行編目資料

扭轉衰小人生 / 十二鹿著. --
初版. -- 臺北市 : 狗屋出版社有限公司, 2023.02
冊 ; 公分. --（文創風 ; 1139-1142）
ISBN 978-986-509-401-0（第4冊 : 平裝）. --

857.7 111022122

著作者	十二鹿
編輯	黃淑珍
校對	吳帛奕
發行所	狗屋出版社有限公司
地址	台北市104中山區龍江路71巷15號1樓
電話	02-2776-5889～0
發行字號	局版台業字845號
法律顧問	蕭雄淋律師
總經銷	知遠文化事業有限公司
電話	02-2664-8800
初版	2023年2月
國際書碼	ISBN-13 978-986-509-401-0

本著作物由北京晉江原創網絡科技有限公司授權出版

定價280元

狗屋劃撥帳號：19001626

網址：love.doghouse.com.tw E-mail：love@doghouse.com.tw